流年碎影

吴惠连
William F. Woo
著

陈婉莹 译 徐璇等 编译

生活·讀書·新知 三联书店

图书在版编目(CIP)数据

流年碎影/(美)吴惠连(William F. Woo)著;陈婉莹译;徐璇等编译. —
北京:生活·读书·新知三联书店,2018.7

ISBN 978 - 7 - 108 - 05751 - 8

Ⅰ.①流… Ⅱ.①吴…②陈…③徐… Ⅲ.①新闻一作品集一美国一
现代 Ⅳ.①I712.55

中国版本图书馆 CIP 数据核字(2016)第 156757 号

责任编辑 成 华

封面设计 刘 俊

责任印制 黄雪明

出版发行 生活·讀書·新知 三联书店

(北京市东城区美术馆东街 22 号)

邮 编 100010

印 刷 常熟文化印刷有限公司

版 次 2018 年 7 月第 1 版

2018 年 7 月第 1 次印刷

开 本 145 毫米×210 毫米 1/32 印张 11

字 数 310 千字

定 价 36.00 元

目　录

美国百草园

流年碎影

思索新闻

流年碎影

序

一

　　我首次知道 Bill [吴惠连（William F. Woo），昵称 Bill] 是在 1990 年，他获得美国亚裔记者协会（AAJA）颁发的终身成就奖，当时，他是美国密苏里州《圣路易斯信使报》的总编辑，是担任美国主流大报总编辑的第一位亚裔人士，也是该报第一位非普利策家族的总编。他的前任是创办普利策奖以及这份报纸的传奇人物约瑟夫·普利策及他的儿子和孙子。

　　1996 年我再次在媒体上看到 Bill 的名字。当时，美国新闻界乱成一团，市场化的压力如乌云压顶。在中西部，底特律市一家大报千余记者编辑举行罢工；在南方，《圣路易斯信使报》换了出版人，要走比较商业化的路线。同年，Bill 被迫离开《圣路易斯信使报》，到斯坦福大学教学。

　　两年后的 6 月，我准备到港大开设新闻课程，听到 Bill 在香港回归时曾花了 3 个月考察香港的新闻自由和有关问题，还写了个报告。我打电话和素未谋面的 Bill 谈了整整一小时，谈中国香港地区、新闻、中国内地……我们同意香港地区的新闻自由前景固然值得关注，但更要提高专业水平，为新闻业提供支持。

　　1999 年 8 月，Bill 成为港大新闻与传媒研究中心的首位访问教授，那时中心寄居在邓志昂楼的两个房间，临时借了刘靖之教授的办公室给 Bill 使用。那年夏天,Bill 和我策划课程,联系老师。我们没说,但心知肚明:香港与内地血脉相连,香港任重道远。

香港之旅点燃了他的中国情怀,其后 Bill 总抽时间每年一两次来香港和内地各处讲学,为像我这样为新闻教育苦干的人打气。2001 年底,他到 5 个内地城市讲学,在上海、广州、成都等地谈"9·11"事件对美国报业的影响。Bill 强调,不论面临何种挑战,准确、公正、客观性等原则,仍然是新闻业的基石。

去世前一年,Bill 整理了他的专栏文章。满满的 8 页目录,细读之下才发觉,其实我对他知之甚少。原来 Bill 最爱莫扎特,他的文章常引述文学作家,如 E. M. Forster(福斯特)、T. S. Eliot(艾略特)。但我们太忙了,平常谈话的时间只够重点谈新闻的话题。

在生命的最后几年,Bill 花了很多时间沉思西方新闻业的危机以及其背后的结构性问题。他是学者型的新闻人,是一个热爱新闻的、善良和充满生命力的人。

2006 年 4 月 12 日,吴惠连先生在帕罗阿托家中辞世,享年 69 岁。我们编辑出版此书,一则是纪念这位在美国新闻界有过卓越贡献的新闻人;二则是介绍这位杰出新闻人有血有肉的情感和思想。我相信,这本书的出版对于新闻爱好者、新闻从业者以及新闻传播研究人员都将是一个极有价值的参照。

香港大学新闻与传媒研究中心总监:陈婉莹
2009 年 1 月于香港

序

二

　　我刚去世的丈夫,吴惠连,一定会感到非常荣幸:他的文集将在他出生的国度出版。

　　像很多美国人一样,吴惠连心系中美两个国家。他的父亲、来自中国上海的吴嘉棠和他的母亲、来自美国堪萨斯城的伊丽莎白·刘易斯·哈特,在密苏里大学新闻学院读研究生时相遇了。1935年的密苏里还禁止白人和有色人种通婚,这对恋人被迫私奔到相邻的伊利诺伊州结婚。14个月后,惠连在上海出生。在父系家族里,惠连是一位祖籍安徽的朝廷文官的第五代子孙,他的爷爷是中国派往国际联盟(League of Nations)的代表吴清泰。在母系家族里,惠连是美国《独立宣言》的签署者之一约翰·哈特①的第七代外孙。

　　惠连的大半生都住在美国,但他曾是一个非常典型的中国孩子。10岁之前,他都在上海法租界海格路(今华山路)600弄31号的大房子里度过,生活在几代同堂的大家庭里。在那

---

① 1776年7月4日,大陆会议通过了《独立宣言》。约翰·哈特(John Hart)是最后签名的56个成员之一,他来自新泽西州,被英军追捕躲在树林和山洞里风餐露宿。一年后重归故里,发现重病的妻子已去世,13个孩子也各寻生路去了,是时他重病缠身,于1779年辞世。

些日子里，他讲普通话和上海话（除了和他母亲），在中文学校读书。即使在他60多岁的时候，他还能回忆起童年那些生动的细节——那条在家里澡盆内养着的鲤鱼，仿佛被厨子给遗忘了；傍晚时分从竹篱笆外传来的僧侣敲打铜锣的声音；美国战斗机"在空中轰鸣，轰炸机掷下一个个小黑点，远处冒起了黑烟"。

他的父母在1946年离婚，母亲决定将他带回密苏里州堪萨斯的外公家中，此举亦结束了他的童年时代。到了堪城，因为激烈的种族歧视，他忘掉了普通话和上海话，他身上的"中国化"特点逐渐消失。1954年他进入堪萨斯大学。很多人第一次见到他的时候，都很难猜出他有一半的中国血统。

在晚年，威廉（家人一直叫吴为威廉）形容自己是一个"无根的孩子"，在经历了种族、文化和国家背景的杂糅之后，他是一个在任何环境下都不能完全感到舒适的孩子。有一次他描写自己"哪怕面对的是亲人的内心，也好像永远站在外围窥视……就像一个站着将鼻子贴着玻璃窗观望的孩子"。也许正是因为他感觉自己是个旁观者，他成了一个记者。我也是个记者，能够理解这个职业对某类人的吸引，他们总是觉得自己是生活的观察者，而不是完全沉浸其中的参与者。

刚入行，威廉就是新闻业的一颗明星。两届普利策奖得主詹姆斯·B.斯蒂勒（James B. Steele），在20世纪60年代初曾是威廉在《堪萨斯城星报》的同事，他将威廉尊为良师。"比尔那时只有25岁，他简直是个传奇，有一种奇特能力将简单的故事化为动人的报道，"斯蒂勒回忆说，"像其他人一样，我很敬畏他。我们都希望能像比尔一样。"

1962年，美国著名的大报《圣路易斯信使报》给了威廉一份更好的工作。于是他搬去另一个州,开始了在那里34年的新闻生涯。他在《圣路易斯信使报》发展得很好,1966年获得了哈佛大学的尼曼学人奖,1973年成为社论版的主编,并在1986年成为该报的主编。他三次入选普利策奖的最后入围名单。

今天,很多美国记者认为他们是"带着连字符"的美国记者,比如:非裔—美国记者,亚裔—美国记者,印第安人—美国记者,在威廉的职业生涯中,他却很少有这种观念。在1984年圣路易斯一场关于中美社会的演讲上,公众对他的身份的兴趣使他感到意外。"我实际上是一个在年少时就离开了中国,除了还能用中文数数,我是个很快就磨灭了中国印记的人。"他说。

直到1990年,当拥有2000多名会员的美国亚裔记者协会颁发给他该会有史以来第二个终身成就奖时,他才想到自己是个"华裔—美国"记者。他感动极了。公众对他作为美国主流大报中唯一的华裔总编所取得的成就的认可,激发了他被延误的对上海10年生活的沉思。他的中文姓氏和他的混血长相,意味着他不仅是一个记者,也是一个中国人。他在《圣路易斯信使报》的每周专栏里,开始越来越多地回忆早年在上海的日子。他探测着记忆深处那长期被压抑的旧事,身上中国人的味道越来越浓了。

威廉于1996年从《圣路易斯信使报》退休,转往斯坦福大学新闻系执教。我们家也因此搬到了加利福尼亚州的帕罗阿托,这次搬家使Bill更靠近那些在旧金山湾区的众多中国亲戚,包括那些曾在上海相处了10年的叔叔阿姨们。在家庭的聚会中,他对被尊称为"大哥哥"(de guh guh)感到很高兴。另一方面,来自全球各地的立志从事新闻事业的亚洲人及亚裔美国人,都跑来聆听他的教诲。他成了很多人的导师,慷慨地花时间指导他们。美国亚裔记者协会前主席、《今日美国》华盛顿编辑主任卡特丽娜·卡米亚（Catalina Camia）说："比尔是个默默的开拓者，是美国亚裔记者中关键的精神领袖。他是每个人的榜样，他鼓励我们为新一代美国的亚裔记者而奋斗。"

1997年，威廉和我受奈特基金会（Knight Foundation）资助来到香港，以奈特国际媒体学人的身份来观察香港回归中国，并为将来的学人来中国的大学开展活动做些前期工作。那次在香港的停留以及我们在中国内地的旅行，是威廉人生的一个转折点。他认识了一批热切地想学习西方媒体经验的中国记者，并发誓要帮助他们。

在之后的9年里，威廉往来于中美十几次，有一些美国政府主办的项目，把他作为西方媒体的标杆人物。他也得到香港大学新闻与传媒研究中心资助，在中心筹备和创建的头两年里，威廉成为该中心的创始人——陈婉莹的顾问，随后成为港大的访问教授。每次他从中国回到美国的家，他就变得更像中国人了。

威廉本来计划在2006年的夏天去上海研究他的家族历史，并撰写他"无根的孩子"的回忆录。但在2006年4月12日，他带着未竟的梦想去世了。

威廉对中国新闻事业寄予厚望。每次到中国，他都与记者和新闻系学生对话，他坚信他们能够找到自己的路，使媒体在那里成为行善的力量以及意见交换的活跃平台。我和我的孩子们感谢香港大学的陈婉莹教授以及出版社的编辑，他们使更多的中国人能够了解到威廉对中国的热爱以及他对中国新闻业的期望。

玛莎·史克（Martha Shirk）

于加利福尼亚　帕罗阿托

流年碎影

吴惠连(William F. Woo)是美国主流大报中的第一位华裔总编,他1936年出生在上海,在这里经历第二次世界大战的烽火岁月,因父母离异,于10岁那年离开中国,在美国长大成人。他从报社实习生做起,一步步成为美国新闻界的领军人物。因为文笔优美、新闻功底扎实,才华横溢的他曾三次入围普利策奖候选名单。在主持约瑟夫·普利策家族的《圣路易斯信使报》10年后,他又在斯坦福大学任新闻学教授10年。10年间桃李遍天下,是一位备受尊崇的学者型新闻人。

2006年4月12日,因患癌症,吴惠连在加利福尼亚州帕罗阿托家中去世,享年69岁。斯人已逝,但其生命历程的近70年前尘往事,仍然耐人寻味,发人深思。

父亲母亲

吴惠连常在文章中提到父亲。其父吴嘉棠(K. T. Woo)是20世纪40年代上海的风云人物,在当代中国新闻事业中占有一席之地。他是中国第一批系统地接受西方新闻理论教育,并将这些理论在中国付诸实践的报人之一,曾任圣约翰大学新闻系教授兼系主任、《申报》采访部主任、英文《大美晚报》总编。

吴家并不是传统的文人家庭,而是洋务运动中洋务派的背景出身。吴惠连的祖父吴清泰是在上海南郊的龙华做水泥生意发达的,生活和理念很西化的他,说服了吴家的所有家族成员在19世纪末改信基督教。他本人接受过西式工程师的训练,成为一位地位显赫的实业家,常与一些参加国际联盟会议的代表聚会,游历于美国与欧洲。

　　在家族中,祖父拥有绝对的权力,等级森严,但也运转得和谐融洽。家族的所有男性都就读于上海的圣约翰大学①——当时上海著名的贵族学校,女性则进入墨梯女校②。这保证了家族成员们能够接受良好的教育。祖父也是圣约翰大学的校董之一。

　　1913年,吴家的长子嘉棠出生了。1930年暑假,吴嘉棠进入圣约翰大学新闻系就读。

　　圣约翰大学新闻系是中国第一个新闻学系,由美国密苏里大学新闻学院③在1920年协助创办。该系是密苏里大学新闻学院院长沃尔特·威廉④建议设立,采用美式的新闻学课程。基本课

---

① 圣约翰大学创建于1879年9月,是一所由美国圣公会创办的教会学校,也是中国最早以英语为教学用语的大学。1952年9月,教育部调整高等院校系科设置后,圣约翰大学各院系分别并入相关院校,校址划归华东政法大学。历时73年的圣约翰大学是中国教会大学中历史最久的学校之一。

② 英文名McTyeire's,中西女中的前身,由林乐知牧师于1890年创办。宋霭龄、宋庆龄、宋美龄三姐妹都曾就读于该校。该校为今天上海市第三女子中学前身之一。

③ 密苏里大学新闻学院是世界上第一所大学新闻学院,是美国著名新闻工作者和教育者沃尔特·威廉(Walter Williams)于1908年创办的。该学院几十年来与中国的新闻界和新闻教育界有着长期良好关系,目前是全美最好的新闻学院之一。

④ 沃尔特·威廉(Walter Williams,1864—1935),1895年被选为美国全国报刊编辑协会会长。1908年在美国密苏里大学创办新闻学院,任职达20余年。曾四次访华,推动中美新闻事业的交流与发展。

程有新闻、编校及社论、广告、新闻学历史与原理等,课程多以英语讲授,颇受学生欢迎。美国最著名的新闻行业期刊《编辑与发行人》(*Editor & Publisher*)在 1922 年 7 月 17 日曾载文说:"圣约翰大学是东方的耶鲁大学,圣约翰大学报学系不仅是中国第一个新闻学系,也是亚洲第一个新闻学系。"

在圣约翰大学,吴嘉棠习得了西方的一整套新闻基础理念和技能。1934 年毕业后,他决定出国留学,经人介绍,被密苏里大学新闻学院录取。于是,吴嘉棠乘上一艘豪华邮轮漂洋过海,来到了美国。这是他传奇人生的开端。

在密苏里,吴嘉棠是一个好学生。他进修英语特别用功,听说读写的能力,都有极大的提高,不论是用英文写新闻、特写,还是撰述社论,都能像中文一样挥洒自如,丝毫不逊色于美国学生。

而对于吴惠连的母亲伊丽莎白·哈特来说,那是她 10 年之间一场梦的开始。1934 年,正值少女年华的她在堪萨斯,遇见 21 岁的吴嘉棠,两人很快就私订终身。而按照当时堪萨斯州的法律,白人还不能和其他种族的人登记结婚,于是他们跑到北边的伊利诺伊州去结婚,让事后才闻悉的两个家庭都大为震动。

吴惠连后来接受记者采访,回忆父母这场轰动一时的婚礼时说:"因为当时密苏里州禁止白人与其他种族的人通婚,这件事成了新闻,在当地见报,经过美联社转载,《堪萨斯城星报》也刊登了这条消息,外祖父母这才知道女儿已经嫁给一个中国人,大吃一惊。但最吃惊的大概是我中国的祖父母,因为儿子事先完全没有说起过。"

1936 年,学成的吴嘉棠带着妻子匆匆回国,摩拳擦掌地准备干一番新闻事业。

"有一天下午,吴嘉棠回到母校圣约翰大学,无意中遇见了上海《大陆报》①主持人董显光②。当时《大陆报》正在改革,需要新闻人才,董显光四处招聘记者,获悉吴嘉棠刚从美国回来,认为人才难得,与吴嘉棠一席谈话之后,就决定邀请吴到《大陆报》工作。

　　在试用期间,吴嘉棠尽管是初出茅庐,没有工作经验,但是他精通英语,干劲十足,受到董的赏识和器重,没过多久,董就破格提升吴嘉棠为《大陆报》的总编辑。

　　消息一经传出,引起上海报坛的轰动,一个年纪未满 25 周岁的青年,一跃而登上总编辑的宝座,不能不说是一个奇迹。这个消息还传到密苏里大学新闻学院,成为热门话题,校园内也议论纷纷。③

　　而吴惠连,出生在这一年的一个大火之夜。刚刚出任总编的吴嘉棠把即将临盆的伊丽莎白送到医院门口,让她独自走进医院生产,自己则赶回报社安排火灾报道。

———————————

① 《大陆报》是 1911 年 8 月 29 日创刊于上海的一份日报。由美国人密勒（T. F. F. Millard）、费系煦和华人伍廷芳、钟文耀等联合创办的中国国家报业公司来筹办,中美人士兼有股本,费系煦任经理,首席主笔为密勒。该报代表在沪美侨利益。其消息繁简得当,文笔清约,在英文读者中颇受欢迎,销量一度超过《字林西报》。民国年间,此报多次易主,1949 年后被人民政府接收。

② 董显光(1887—1971),早年就读上海中西书院,1909 年自费赴美专攻新闻。1913 年春取道日本回国,途中结识孙中山。到上海后,经孙中山介绍,任《中国共和报》副主笔。1914 年任英文版《北京日报》主笔,后任《密勒氏评论报》编辑,其间一度赴美任《北京时报》驻华盛顿记者。1925年于天津创办《庸报》,1929 年夏,任上海英文报《大陆报》总经理兼总编辑。1934 年由蒋介石介绍加入国民党。1949 年去台湾。逝于美国。著有《一个中国农夫的自述》《蒋介石传》《中国和世界报刊》等。

③ 引自储玉坤《吴嘉棠报海沉浮记》。

　　　　　　　　　　　　　　　　　　　　　　　　流年碎影

上海 10 年

在大火之夜降生的吴惠连,童年在时局动荡中度过。

国难当头,日本人的铁蹄踏破中国大地,圣约翰大学也一度停办。吴惠连记得父亲经常出差,不知他在做些什么,只知道父亲身处战时的首都重庆,参加抗战的工作。《大陆报》被迫关闭,吴嘉棠的愤懑可想而知。

婚前也是记者的母亲同样投身抗战,她是日本的敌国——美国的侨民,行动受到限制,却充满正义感,在匿名机构做英文广播,还经常去探望和鼓励在上海的美国士兵。

一大家人生活在海格路(今华山路)的大房子里,祖父祖母沉默而神秘,气氛非常紧张,战机在天空盘旋,轰炸不断。家庭经济也紧张起来,母亲可以通过红十字会从美国取得一些救助,但这些救济并不常有。每当领到一些钱,母亲总会上交祖父祖母,用来买食物和家庭日常用品。她甚至还卖掉了订婚的钻戒。吴惠连也开始领略世态炎凉,从小就形成心思敏感的性格。

多年以后,当看到海湾战争爆发,吴惠连想到当年曾亲身遭受战火的景象,战争对孩子的影响之大,让他感同身受。他写道:"身陷战争让他们的生活不安全、不稳定,面对着这一切,他们只能恐惧地战栗,就像儿时的我一样,看着那些远方冲天的烟柱和一轮轮呼啸掠过的战机,听着空袭后长而尖利的警报响彻夜空,这种梦魇般的恐惧远不是孩子们能够懂得的,也远不是他们能够逃避的。"

战事愈演愈烈,珍珠港事件爆发,吴嘉棠在日军占领区的活动,引起了当时汪精卫伪政权的仇视。就在"珍珠港日"的同一天(1941 年 12 月 8 日)凌晨,枪炮声把 5 岁的吴惠连从睡梦中惊醒——日本人跨过苏州河了。吴嘉棠被汪精卫政府列入黑名单，全家人躲进国际饭店一套高层房间里避难。

"当时天很黑，父亲和母亲正忙着烧文件，我一个人就像现在这样站在窗前，朝下面雨中的街道投掷纸飞机。"吴惠连对这一幕的记忆如此深刻，60年后，他回到上海时，总是住到国际饭店重温当时的情景。

战争的大时局固然艰难，但更令人难过的是父亲和母亲之间的情感裂痕。战争之前常态的生活，注定不会重来了。父亲吴嘉棠在战争结束前便提出离婚。一个晚上，吴惠连在自己的小床上被父母的谈话惊醒。父亲对母亲说："回到美国再婚吧。"母亲用可怕的嗓音回复："不，一旦结婚就决不分离。"但已经没有什么能挽回父亲的心。

战争结束时，吴惠连的心情复杂。在某种程度上，战争是一个向心力，在困难时期使家族更紧密地连在一起，和平反而拆散了家人。父母离异，他得与母亲离沪返美。1946年，吴惠连10岁，他"私下甚至有点憎恨和平"。

1946年11月底，吴惠连与母亲登上轮船离开上海，到美国投奔从未谋面的外公。

那是感恩节前夕，母子俩黯然地搭乘军舰"山猫号"（S. S. Marine Lynx）离开上海，离开他的父亲，她的已离异的丈夫。大家族里几乎所有人都来港口送行，"使劲地挥手和大叫"。只有吴嘉棠没有出现，他提前告知大家他还要在办公室处理版面。

那是吴惠连和他母亲与中国的诀别，父亲却没有来，遗憾与悲伤让吴惠连终生难忘。这与吴惠连出生当天，父亲为工作而缺席的事实一样，冲击着吴惠连的心灵。父亲对新闻的执着和热情，曾一度使幼年的他心向往之，但是家庭的悲剧，又让他对新闻感到灰心。

确实,对新闻过于热情的人好像总是会过于自我。父亲因为新闻而成为上海炙手可热的人物。在战乱期间,外籍教授相继离开,圣约翰大学新闻系主任出缺,学校聘请吴嘉棠替补系主任的空缺,使他从一个普通教员提升为高级教授,声名鹊起,校内外都知道吴嘉棠这位学贯中西的新闻人。

和母亲离婚好像对父亲也没有造成多大的影响。不久,吴嘉棠便和《申报》的女记者谢宝珠结婚。谢宝珠是当时上海滩出名的美女记者,与国民党中央社陈香梅等记者交好,婚后两人生活豪华阔绰。这也是吴嘉棠一贯的生活风格。

英文《大美晚报》①发行人史带②也仰慕吴嘉棠的大名,聘请他担任总编辑。从到任那一天起,在《大美晚报》的版权页上刊出了吴嘉棠的名字,与发行人史带并列,受到瞩目,这在中国外文报业史上绝无仅有。

---

① 《大美晚报》是美国商人在华出版的英文报纸。1929 年 4 月 16 日在上海创刊。发行人为史带,总编辑为克劳。1930 年 8 月 13 日并入英文《文汇报》(Shanghai Mercury)后,英文报名改称 Shanghai Evening Post and Mercury。1931 年美国记者高尔德任总编辑。1933 年 1 月 16 日推出中文版。1937 年,日军侵占上海,同时接管设在公共租界里的国民党的新闻检查所,宣布所有的中国报纸都得接受检查,这是上海的"孤岛时期"。在美国注册的《大美晚报》中文版作为不接受日军新闻检查的两家中文报纸之一,成了宣传抗战的重要论坛。1941 年底太平洋战争爆发,高尔德等人返回美国,该报中英文版停刊。1943 年高尔德重返中国,主编《大美晚报》重庆版,1945 年 6 月停刊。抗日战争胜利后,高尔德返沪恢复《大美晚报》,自任总经理兼总主笔。1949 年 5 月上海解放后,因不实报道,高尔德受到上海市军事管制委员会的警告和报馆内排字工人的反对,该报于1949 年 6 月下旬自动终刊。
② 史带(C. V. Starr,1892—1968),美国人。1918 年来到上海,友邦保险的创始人。在旧上海发家的冒险家之一,保险业和报业的传奇人物。

与此同时,在《申报》任社长兼总主笔的潘公展赏识吴嘉棠,聘请他担任《申报》的采访主任。自1947年到1949年初,是吴嘉棠的黄金时代,一个30岁出头的青年身兼三要职:大学新闻系主任、英文报纸总编辑,再加上《申报》采访主任,上海报坛上无人不知吴嘉棠其人。美女记者谢宝珠嫁给他,更是轰动一时的新闻。①

　　而少年吴惠连随母亲返美,便一直没有再回中国。直到50年后,花甲之年的吴惠连才因新闻的机缘又来到上海。他曾回到海格路600弄31号那幢灰泥外墙的老房子,找寻童年的记忆,站在小晒台上,只见物是人非,使人怅然。

　　他以一个美国少年的姿态成长,尽管东方的血液似乎被冲淡了,但仍然留在内心的最深处。

美国故事

　　表面上吴惠连如大多数美国少年般成长,但中国人的身份、上海生活的烙印以及战争的经历使他比其他的孩子心思更加复杂。这也使他吸取了两种文化的长处并融会贯通。

　　他始终没有改姓,因为他记得祖父对他说的话:"要记住,你始终是吴家的人。"

　　母子两人一同住在堪萨斯的小镇,生活安静而清贫。吴惠连写给父亲的信,一直也不见回复。

　　这时吴嘉棠的黄金时代已经过去了,他曾经在上海大红大紫,却因为时局变幻转折而流落他乡。1949年春,解放军渡江南下,吴嘉棠选择离开上海,一去不返,此后再也没有回来。他心怀

―――――――――

① 参见储玉坤《吴嘉棠报海沉浮记》。

大志,雄心勃勃,想在日本报界大干一番,借助盟军司令麦克阿瑟在日本的势力,在东京创办一家名为"泛亚"(Pan Asia)的通讯社,每天向亚洲各国的中英文报纸供应新闻特稿和新闻图片。

1951年的某天,吴惠连接到父亲的信息,说他正在前往密苏里大学的路上,准备以泛亚社的名义捐赠教育基金给亚洲的新闻学子。但这唯一的团聚,最终因父母之间的冷战而难堪地收场。

在选择大学的时候,吴惠连刻意避开父亲从事的行业,他读的是堪萨斯大学的英国文学专业。1956年,在大三的时候,他因家境贫寒被迫辍学。刚好《堪萨斯城星报》有个学徒工的机会,他去应征,结果发现自己非常喜欢这份工作,而且也能干得好。后来,吴惠连回忆道:"以前别人常问:是不是你父亲帮助你进这一行?根本不是。我父亲是许多年后才知道这件事,他很吃惊,但心里可能很高兴。"

新闻,始终是这个家庭解不散的联结。虽然父子之间并不是自然的传承。父亲与母亲婚姻的破裂,甚至让吴惠连将新闻这个职业看作导致家庭悲剧的根源之一,但冥冥之中,新闻还是和这个家庭有不解之缘。

1957年吴惠连被《堪萨斯城星报》正式聘用,从写小讣告开始他的新闻事业。讣告几乎是最严格的训练了,所有的人名和地址都要再三查证,每一件事都要绝对精确无误。不是新闻专业出身的吴惠连就在那时打下了新闻基础。他越做越好,对报纸的贡献也越来越大,1961年,初出茅庐的他甚至独家采访到来堪萨斯城发表演讲的副总统林登·约翰逊。

那时,吴惠连的待遇很低。他后来回忆当时的情景:"在上班时,我的口袋里经常只有25美分。一碗蔬菜汤就要15美分,但还有10美分可以留在下班后享受啤酒。而即使只是这样,我都觉得自己是世界上最幸运的人。"

1962年他加入《圣路易斯信使报》,这份报纸在美国名声很好,是创立了著名的普利策奖的约瑟夫·普利策家族的报纸。1864年约瑟夫·普利策从匈牙利移居美国,定居圣路易斯市。1872年他用3000美元买下了《圣路易斯邮报》(*St. Louis Post*),6年后又用2700美元买下《圣路易斯快报》(*St. Louis Dispatch*),将两者合并为一,就成了《圣路易斯信使报》。

《圣路易斯信使报》是比较偏向自由派(亲民主党)的主流报纸,不过也支持过共和党人。吴惠连从特写记者做起,写过专题报道,跑过海外报道,被派驻过华盛顿首府,采访过数位总统,见证了肯尼迪总统的葬礼,多次报道民主党全国代表大会……他勤奋工作,逐渐得到同行的认可。在1966年他获选为哈佛大学的尼曼学者。

20世纪70年代吴惠连当了社论版编辑,并时常思考报纸的前途问题。当时报社的老板是约瑟夫·普利策三世,他兼任总编和社长。1985年的一天,吴惠连敲开约瑟夫的办公室,对他说:"我想跟你说件事,如果你不把我扔出去的话。我认为你应该把报纸交给我来办,这里是我的办报方案。"

约瑟夫·普利策三世没有把他扔出去,也没有立即任命他当总编。但从此他们经常交谈,约瑟夫了解到吴惠连的看法与普利策家庭的办报精神很接近,约瑟夫·普利策三世认为他可以继承报社的传统,就有意栽培他,最后果真让他当上总编。吴惠连成为该报第一位非普利策家族的总编,也是美国主流大报中第一位华人总编,此后他曾两度当选美国报业总编协会(ASNE)理事,三度获普利策奖提名,并进入最后的决胜阶段:1971年的全国性报道奖、1977年的外国报道奖和1991年的评论奖。

他成为新闻界的先行者,担任美国广播电视大奖皮博迪（Peabody）奖的全国顾问委员会成员、普利策奖多届的评委、美国报业编辑协会以及美国报业研究所的委员、白宫学人委员,并在 1991 年获得了密苏里大学新闻学院的荣誉金奖。

在美国新闻的黄金时代里,吴惠连也成就了自己黄金般的事业。

新闻传承

吴惠连在新闻界逐步发展,父亲吴嘉棠的新闻事业却开始走下坡。

通讯社的新闻传播方式,在第二世界大战时期发展迅速,战后各国更是纷纷投资成立通讯社,竞争十分激烈,吴嘉棠的泛亚社因限于人力物力,难以与国家大通讯社抗衡,业务每况愈下,最后宣布倒闭。他也离开东京,到香港另觅出路。这对心高气傲的吴嘉棠而言,是个不小的打击。

1960 年,有人推荐吴嘉棠给香港星岛日报集团主持人胡仙女士,她久仰吴嘉棠大名,决定聘请吴嘉棠为英文《虎报》①总编辑。而吴嘉棠因为曾在英文《大美晚报》任总编,显得驾轻就熟。

但吴嘉棠总觉得《虎报》只是一隅之地,不能发挥他的才干,无法与当年自己在报界的辉煌比拟。1964 年,他向胡仙提交辞呈,为他的报业生涯画上了句号。

吴嘉棠脱离《虎报》之后,决定从商,他回到美国纽约,转到南

---

① 英文《虎报》创办于 1949 年,由有"报业大王"之称的著名企业家胡文虎创办。2000 年 5 月底改为一份以年轻人为主要读者的英文报纸 *HongKongiMail*。两年后又易名为 *The Standard*,并恢复中文名《英文虎报》,是一份海内外华人十分熟悉的英文报章。

美洲去淘金，但隔行如隔山，很快就遭到失败，以致倾家荡产，无法在南美洲立足，再加上妻子谢宝珠提出离婚，吴嘉棠孑然一身，再度回到香港。①

在吴嘉棠晚年，吴惠连曾去探望过父亲。他对父亲的感觉是复杂的。在他眼里，父亲是一个富有魅力的人，工作上是威严十足的编辑，兴起时是可爱的健谈者。老一辈报人问起他："你就是吴嘉棠的儿子？"他经常自豪地承认："是的，我是。"

另一方面，父亲的生活态度奢侈挥霍，为保持自己高档的品位，常不顾自己的资产状况。"他总是装扮得体，手表不是劳力士就是欧米茄，他雇用私人司机，出入豪华酒店如进出家门，给小费同样豪气。他很享受慷慨大方（甚至是耗费巨资）的乐趣。"吴惠连这样描述父亲。

1982年复活节，吴惠连飞赴香港见父亲最后一面。吴嘉棠躺在医院，因为肺癌而奄奄一息。

毫无疑问，吴嘉棠、吴惠连父子是中美新闻史上两个闪亮的名字，拥有他们独一无二的地位。

吴嘉棠代表的是20世纪初期，一批在西方学成归国，希望改变中国新闻业落后现状的有志青年。和他同一批出道的汪英宾、赵敏恒、宋德和、梁思纯、段连成，以及比他更早的董显光等人，都成为当时中国新闻业的栋梁之材，这对于中国人突破蒙昧、接触世界、接触科学、接触现代的新闻理念及运作方式，有重要的推动作用。

吴惠连代表的是美国新闻行业中亚裔的力量，他们在美国式的环境中展现了影响力，吴惠连更成了美国主流大报的第一个华

---

① 参见储玉坤《吴嘉棠报海沉浮记》。

人主编。他们将独特的视角、热爱和平的特质、追求和谐与爱心的信念灌输到办报理念和对新闻终极价值的追求中，为美国社会乃至世界的发展，做出了贡献。

父子之间也各自有鲜明的性格特征。表面上，他们若即若离，但内在的血脉却无法分割，不但演绎出一部精彩的家族故事，也深深刻上了时代和国家、民族的烙印。

父亲吴嘉棠风流倜傥，生活奢华，出手阔绰，有大将风度，一生奔波无数，内心却始终保持高傲。在父子关系中，他经常是失职的，从吴惠连出生的那一刻起，他便经常因为新闻事业繁忙而不能承担做父亲的责任。他做着在儿子心目中神秘的不可忽视的工作，保持在家庭里的权威，以至没有时间顾及儿子的心灵，从未和儿子有过推心置腹的谈话。他甚至没有用心给过儿子礼物，连遗产也是一本毫不相干的书。在儿子 10 岁的时候，他更与妻子离婚，让儿子独自在美国长大。

在本书的第一部分"远去的家族背影"中，我们可以读到吴家父子间莫可名状的联结。父子两代的新闻情缘与坎坷生涯、对中美新闻事业的贡献以及他们贯穿 70 年的家族故事，实为华人新闻史的时代绝响。

桃李不言

吴惠连在《圣路易斯信使报》做了 10 年总编，直到 20 世纪 90 年代中期，他因和普利策家族办报方针理念不合，离开了《圣路易斯信使报》。

进入 20 世纪 90 年代，美国报业的黄金时代开始逝去。商业化对新闻的侵袭无以复加，资本主义的残酷无情，也使几十年的情分在一夜之间变得凉薄如水。老板想要更商业化，而吴惠连认为还是要维护新闻的公信力和社会责任感。最后，吴惠连被迫离职。

20世纪90年代末期，传统报纸受到互联网等新媒体的严重冲击，报纸经营业绩下滑，投资人倍感压力，黄色低俗等刺激感官、刺激市场的新闻抬头，报纸的公信力大跌，受到公众的质疑。吴惠连的离开，其实是一种必然。对他来说，这也成为一个新的出发点。

离开《圣路易斯信使报》之后，吴惠连受聘到斯坦福大学新闻传播系任教授，主讲公共事务报道、评论写作与新闻伦理几门课。他把对新闻的满腔热情投射在学生身上。他坚持每周给学生写一封信，和他们谈新闻报道的写法、做人的道理，孜孜不倦地教导和鼓励他们，赢得了学生的爱戴。

他与学生们讲自己的记者生涯中最受用的信条，讲记者这个职业的独立且孤单的天性，讲"真实"的两难，讲他对"所有新闻报道形式中最沉闷和孤独"的调查性报道的种种考虑，讲新闻工作者的困境，记者如何在不同的道德筹码中做抉择，讲新闻该如何有效地变革，讲他那些为民主献身的记者朋友……他念念不忘约瑟夫·普利策的"82字箴言"，并教学生们在写作中"学习莫扎特音乐中的简单"，用一种最简单自然的力量来演绎新闻故事。

他也谈到自己的父亲。父亲一直是遥远而陌生的，使他的童年在战争、异域、告别、孤独中长大，这使他变得多愁善感、细心，而又相对内向。他清晰地记得童年离开上海时留下的每一件东西，做过的每一件事，灰泥外墙的房子，地下室的蟋蟀声，那只叫作"毛毛狗"的爱犬和院子里的玩伴。他未完成的自传，也是在这些细节中戛然而止。

但他深爱着父亲，一直想念着他，并为他找到合理的解释，认为父亲这样漠不关心也许是因为男人的表达障碍。他对家族的故事怀有深深的感情，并因自己的中国背景而骄傲。

"我和父亲有着不同的生活，是很不相同的两个人，但我们都是新闻工作者，我们的心脏同样因突发新闻而加速跳动，我们都是大报的主编。然而，我和父亲最大的不同，是对新闻工作和生活之间关系的看法。"

在本书的第二部分"美国百草园"里，我们可以看到吴惠连如何做三个孩子的父亲。他与孩子们在一起，开着车探险旅行，分享他们成长中的每一步，包括何时长得比他高，也包括给他们性启蒙，带他们去看世界杯，写下作为一个父亲的忏悔与自省的文章。他记得儿子出生的时间，精确到秒，他每次出国都记得给他们带礼物，我们可以在他的文章中看到许多描绘家庭活动和聚会的温馨场景。

吴惠连的个人经历使他具有跨文化的热情和能力。他深信新闻是生活的一部分，他对学生们讲："无论你是和我一样从事新闻工作 40 多年的老将，还是刚入行的新手，成为一个新闻工作者仅仅是你生命的一部分。但活着的每一天，你都是一个人。到了最后，你是一个怎样的新闻工作者会变得不那么重要，重要的是，你是一个怎样的人。"

未竟中国心

在 1997 年，吴惠连和妻子玛莎·史克获得了奈特基金会的学人奖，到中国香港进行学术访问。重回香港使他心情起伏，他也见证了香港回归中国的历史时刻，想为中国做点什么的念头变得愈发强烈。

香港回归一周年时，吴惠连应香港大学新闻与传媒研究中心总监陈婉莹的邀请,担任客座教授,和她一起设计研究中心的课程,为学生讲学。后来,他又多次到中国内地讲学,关心中国青年媒体人的成长。陈婉莹后来出任汕头大学长江新闻与传播学院的院长,吴惠连也担任了客座教授。

他也回到故乡上海,"9·11"事件发生的那天,他刚好在上海,他与编辑们一起在编辑部赶制"9·11"事件的版面,那个版面后来成为中国唯一入选"世界新闻博物馆"的版面。

吴惠连一直有一个愿望,就是写一部自传,将其家族遗落在上海的往事碎片拼凑起来,呈现一个中国少年成长的故事。可惜,这部自传,他只写了第一章,便离我们而去了。他去世的前一天,还在向斯坦福大学相关部门写信,为一位优秀的贫困学生争取奖学金。去世的时候,他的电脑还在工作……

《纽约时报》等各大报纸刊登了他的讣告,悼念这样一位出色的报人、优秀的新闻学教授以及一位好人的逝世。在他的葬礼上,社会各界人士和亲朋好友纷纷前往吊唁。他的遗孀玛莎·史克决定成立吴惠连新闻基金,放在香港大学新闻与传媒研究中心,帮助中国内地的学生到中国香港和美国学习新闻。这与55年前,他的父亲专程前往密苏里大学新闻学院,为亚裔学子设立奖学金的行为遥相呼应。

(补记)

本书重温了这个家族三代人70年间的历史,是新闻业发展历史的一次精神旅途,更是对这个新闻家庭的致敬。

文/徐璇

开篇　未能写完的自传

傍晚,我走上楼。平台上一片漆黑。我在薄暮中看到了祖父祖母在后卧室里。灯还没开,房间里光线暗淡,显得很宁静。"比尔,到这儿来。"祖父说。我跑了进去。

　　祖父母坐在床上。因为战争,我们一大家,包括 3 个仆人,一共 11 人住在这个房子里。祖父和他的小儿子,也就是我的乔治叔叔,睡在这间后卧室里。祖母并不常来这间房,他们看起来在讨论什么正经事,我站了很久,祖父才又开口说话。

　　房间的窗子朝东,在最后的日光中,还能看到窗外制帽厂的轮廓和高耸的铁烟囱,就在我们巷子后面的耕地和一小块墓地上。住在这儿的日子里,我不止一次翻过竹篱笆越到那些农田和墓地。大人们都说那里太危险了,两年前,一条小黑狗疾跑着从工厂旁的篱笆洞里穿过,撞到黄医生的儿子。那个可怜的孩子后来死了,他和我年纪相仿。

吴惠连的祖父吴清泰

我也看过这只狗到处乱窜,大人们总是喊着叫我们这些孩子闪开。而现在,1946年的9月末,还差几天就要过10岁生日的我,却很快就要离开这里了。

站在微光中,我向外望着那间制帽厂。我想要努力记住它,让它烙印在脑海里,永不磨灭。我想永不忘记它的样子、它的颜色,还有旁边那排黑褐色的竹篱笆、医生的大房子——我经常在那里和他的孩子们玩;还有医生的园子,那尽头有浅浅的墓堆,还有一个从未装过水的小混凝土水池;还有那些榆树、杨柳和青草。

等着祖父和我说话的时候,我希望自己能将整个房间以及房间里的一切永远装在脑子里——两张窄床,一张单人桌,一台落地灯,两个朴素的衣柜。我想,如果不这样做,上海将永远离我而去,况且我不知道何时能够回来。

从另一个高高的竹篱笆外的佛寺,飘来了和尚敲钟的声音,每天的这个时刻钟声都会响起,每一记钟声都带着长长的回响,仿佛有着寓意深远的预示。这声音无数次伴随我回家,连我骑的自行车也跟着微微颤抖。

"比尔,"祖父说,"你很快要去美国了。"他说得缓慢而低沉,用的是英语。暮光中我几乎看不清他和祖母。"等你到了那边,你要给我们写信。哪怕你母亲叫你不要写,你还是必须给我们写信。你必须记得你是吴家的人,你永远是吴家的人,比尔。"祖父停顿了一下,仿佛要让我仔细记住这些话,"我们会想你,比尔。你是我们的一部分,你要告诉我们你过得怎么样、你在做什么,告诉我们新学校的情况,告诉我们美国的情况。你永远不能忘记你是谁,永远不能忘记! 比尔!"

我开始大哭,闭上眼睛,不断地点头,说我肯定会写信的,我肯定会写信的,妈妈肯定不会阻止我的,不会。是的,这是我的家,无论我在哪里,只要我活着,我都是家的一部分。

1915 年左右，吴嘉棠与母亲

突然之间静了下来，祖母没有说什么，但她的沉默反而凸显了祖父那番话的效果。他们就像那寺庙每晚响起的钟声，宣布这一天的结束。房间里彻底黑了。突然间，我明白了我流泪的深层原因，即那个藏在心底、很快将发生的分离的痛苦。祖父是我所知的最聪明的人，他肯定认为对我说这些是很必要的。他和祖母刚才一直坐在这里谈论美国将改变我什么，他们担心的是我，这个中国父亲和美国母亲所生的孩子，将很轻易地丢掉属于他们的那一部分，然后我身上，就没有什么永恒的东西，无论什么时候，无论再发生什么，没有什么能使我有别于芸芸众生。

终于，有一天，当我回忆起这场在上海家中后卧室的对话时，我能够从另一个角度来看。我想把它看作两位老人的悲哀，唯一疼爱的孙子就要离开他们，并且很可能再不相见。他们所能给他最重要的东西，能使他随身带上并终生珍惜的东西，也许只是一个名字和在家庭中的一个位置。而在这个孩子一生中随着成长而丢失的东西中，这两样是最不可代替的。日后的我想起来时，能理解祖父想要告诉我这些的原因。但在当时，他那些对不忠行为的警告以及对我易变的性情的评论，却对我造成了持久的震惊和伤害。事实上，我从未能忘掉他那番话。

"请记得这些。"祖父又说了一次。我离开他和祖母，回到和父母亲住的卧室。我不记得那天发生的其他事。那已经年代久远。就像对从那以后的很多事情，我的记忆都是断裂的、剧烈的、散落而间隔着的，像珠子一样随意地串在一条线上。很多年以后，那些单个的珠子串成了整条项链，有它独有的色彩和款式。从它的样子，我开始看到浮现出来的往事。而当我意识到这就是我的生活时，仍然会觉得惊异和奇怪，与此同时，生活也慢慢地按照它自己的样子在改变，一个又一个的珠子不断加到这条线上。

战争结束后，我和母亲一起去美国，回到她在堪萨斯城的家中，而父亲将不和我们一起。只不过我不清楚何时要离开，日后是否还会回到上海。从母亲、祖母和祖父、阿姨和乔治叔叔很少的交谈中，我想我们是去寻求更好的生活。但我从没问过这件事，我害怕知道答案。父亲也始终只字未提。

战时家里充满了不确定和焦虑的情绪，当时全上海的每个角落都弥漫着这样的气氛。然而，除了这些折磨大人们的情绪和情感上的发泄（每个人都保护我远离这些情绪），除了因为空袭和日本兵的出现带来的危险，以及一场失败的战争长期带来的压力之外，我们家过着一种有规律的、正常的、虽然在忍受着却也令人鼓舞的生活。而现在，战争结束了，生活必须继续。重新开始有时却显得更加艰难。

父亲回到新闻事业中。之前他曾经中断新闻事业，在股票市场做了一阵。战前他曾是英文《大陆报》的执行主编，现在他做的是《大美晚报》。我记得那些日子，他像一个严厉的教官，很少和我们在一起。

在我的印象里,只有一次他和我一起玩了一会儿。我们跑到医生的园子里,把球扔来扔去。因为难得单独和他在一起,我激动地炫耀我的球技。但几分钟后,他说他得去办公室,就走了。

在 1945 年 9 月——战争结束后一个月,母亲去美国军方驻上海港的指挥部做秘书。有一段时间,她不知疲倦地每天上班,任务是组织各方资源来解决上海船务混乱的问题。她经常和美国的军官吃晚饭,他们开着吉普车来接她。我认为这是对家庭的不忠,虽没有开口抱怨,但总是很粗鲁地对待来接她的军官。生活在一个屋檐下的姑姑们对此也很反感,对母亲挺冷淡。母亲没有说什么,直到后来,家里人才知道父亲想要和她离婚,准备娶他办公室里的一位年轻小姐。很多年之后,我才能理解母亲内心深处的痛苦。

我的两个姑姑,薇恩和娜丽,都有了工作,开始谈婚论嫁。战时,P. F. 庞和爱德华·季——对我来说是庞叔叔和艾迪叔叔——已经分别向薇恩和娜丽求婚了。他们经常和我们一起,已被当成家庭的一员了。两对情侣忙着计划因为战争和日本人占领而推迟的婚礼。乔治叔叔也工作了,谈到了想和未婚妻艾薇儿早点结婚。

这么多的事都在同时进展。尽管战争有序进行而且结果已可预料,生活仍很快地转变,变化的速度远超乎我的适应能力。也许转变本来就已发生了,而日益迫近的赴美行程加速了家庭的变化,从危急时期的紧密团结,并在相依为命中互相传递温暖的感觉,到现在是一群独立的人依靠血缘联系在一起,但显然已走向各自的道路。这次的离别不是暂时的过渡,而是我赖以依存的生活的终结。当这个灾难最终降临到我身上,我多想从大人们那里听到些什么,他们却都三缄其口。

母亲和我讲美国的廉价商品店,还有店里的自动贩卖可乐机,就像美国的欢乐生活能够补偿我骤然失去的一切。祖父已再三叮嘱我要写信,要对家庭忠诚,这些暗示着什么呢?美国和美国人很快就将环绕我,带着他们不可抵抗的意愿和偏见,无情地把他柔弱的孙子变成另外一个人吗?这样看来祖父母对我的期望值是很小的,当时的我没法想明白。我猜道:难道每个中国孩子都是"毫无价值"的吗? 姑姑和叔叔们不怎么讲这些,父亲更是绝口不提。

所以我以自己的方式来准备这场离别。我收集我想带走的玩具。一只黄色小熊是我的首选,在它的肚子那块,我已经用口红实验了无数次的阑尾切割术。我们在一起度过了战争。令我不解的是,大人告诉我这只熊必须留下来,他们说美国的男孩不玩这种毛绒动物公仔。我自顾自地将玩具分类、取舍、保存。我洗净了蟋蟀罐,把它送给医生的女儿露丝,我曾随口承诺某一天要回来娶她。还有一些小玩意儿,几个用木头或皂石刻的动物,几张中国唱片,一些书法练习本,一套象牙筷子,这些让我想起中国的东西,都被包好放进我的旅行箱。

我们住在法租界的海格路 600 弄 31 号,我花了好几个小时,骑车和步行,在弄堂里兜来转去,我要记得整条弄堂的模样。我把一座白色的房子放进记忆里,那里住着一个德国女孩乌塔,他们家一直坚持挂着纳粹旗,直到德国被打败了,而他们也迁往别处。她比我大一点,经常抓我的头发欺负我。我记住了战时弄堂的领导人肖医生的房子,是他帮我缝合了被门夹破的手指。我仔细看着那堵混凝土墙,上面歪歪斜斜地插着些玻璃,它把我们家和一座以前是英国人住的房子分开来,后来那房子在战时被日本士兵接管了。如果球抛过这座墙,就永远不会回来了,我因此丢了很多球。

我查看了在台风中经常被刮倒的竹篱笆,还有家里二楼窗户上被太阳晒成褐色的遮雨篷,那里结满了蜘蛛网;我用夜贼一般敏感的手指,触摸着我们家裂开的灰泥墙外壁,感受家里车库那红褐色木门的质地;我走到屋后的菜园,这是玉米和西瓜生长的地方;我甚至还仔细留意了走廊的结构,不知为什么,我害怕在美国没有这些走廊连接各个地方;我探访了医生家隔壁的跛脚男孩,还有弄堂另一头的房子里的男孩子们,他们从不让我参加他们的球赛;我还偷了些零钱,到街上的食物摊买了东西,以前我是不被准许去吃路边摊的。我买了炸得很焦的臭豆腐,还有腌梅、橘子和甘蔗、糖浆,甘蔗都是现场劈开再削掉皮吃的;我还跑到了野草地里,复活节的小鸭子被厨房里的猫咬死了之后,被埋在那儿。

在家里,我找了个借口,去参观了仆人们住的阁楼。那里住着两个女人和一个男人,一个厨娘,一个保姆,还有一个叫志良的宽肩膀男人,他经常和我一起玩。我看着狭窄房间里顺着墙摆放的床,闻到从厨房飘来的大蒜味,还有很少洗澡的身体散发的气味。我走出来,看到两个半月形的走廊,从一间大房间延伸出来,那个房间是祖母和两个姑姑睡的,我平时也在那里用凉席小睡。我想要记住浴盆是什么样子的。在家里重要的宴会前,里面经常养一些大鱼。

我研究床的上方天花板的裂纹形状,记住屋里挂的那些粉红色和橙色的丝绢画轴。我又一次去了餐厅饭桌下的黑暗处,在那里我向我的秘密堡垒说再见。我从最高层的走廊向外望着整条弄堂,在那条走廊上,一家人经常在炎热的夏夜一起纳凉,收听短波广播,我也是从那里听到美军轰炸上海的。我就要离开了且不再回来,而这里有那么多东西需要记住,那么多东西需要带走,那么多东西将在未来的生活中消失。如果我能保存这所有,我也许就永远不会失去自我吧?

日子如水,9 月过了就是 10 月了。航行的日期是 13 日,越发逼近了。一只病狗痛苦地爬到弄堂里来,躺在家门口。那是一只德国牧羊犬,瘦得可怜,几乎不能动了。它的皮肤上都是癣,还有严重的伤口。我们给了它水,它想挣扎着摇一摇尾巴。这时突然有人叫道:"毛毛狗回家了!"

多年前,在一个寒冷灰暗的圣诞节清晨,一个男人骑着自行车来到我家门前，车前把的篮子里载着一只灰褐色的小狗，用报纸包着。他告诉我们这只狗的血统很名贵，叫做范·罗德豪斯王子三世。父亲喜欢这个名字。但我叫它"毛毛狗"，它就像一个毛球。尽管父亲有些不情愿，"毛毛狗"的名字还是这样叫开了。

毛毛狗长成了一只巨大强壮的德国牧羊犬。它性情乖顺，容忍我各种各样粗鲁的玩法。有个欧洲人来训练它，它也顺利地套上了狗颈圈。有一次，一个曾留学美国的日本人在街上遇见我母亲，停下来赞美这只狗，母亲没理他。母亲是一个美国公民，不愿以文明的方式对待敌人。

一天，毛毛狗失踪了。我们找遍了整条弄堂和附近的街道，叫着"毛毛狗！毛毛狗！"，但是怎么也找不到它。我伤心极了，它是我最好的玩伴啊。接连好几个星期，我祈祷着能找到它。有人说，是日本军官找人偷走了它。有人暗示说，毛毛狗是肉荒的受害者。也有人说一个俄国人，或者是一个犹太人，就是那个挨家挨户卖小圆面包的人，偷走了它。到后来，我们也不再抱希望了。

而现在，就在我将要离开上海的时候，毛毛狗回来了，带着满身的疾病和感染。它不是我记忆中的那只狗的样子，要是有人照顾的话，它应该又能够恢复原样。我非常希望能带它到美国，但那显然是不可能的。相反，第二天，它被送到动物医院了，在那里，它的症状被诊断为严重的红疥癣，已经治不好了。兽医对它无能为力，毛毛狗接受了一针注射，被施以安乐死。

毛毛狗回家了，我能想象它是如何挣扎着穿过那些狭窄的街道来和我们重逢，它花了多少时间呢？偷拐它的人，又出了什么事呢？但我一点也不奇怪为什么毛毛狗能回家，因为就像这个时候，我和母亲终于要走了，而我知道有一天，无论有什么困难，我也将会回来。那是我对自己的一个承诺，虽然我也明白，有朝一日我回到这里，定是世事沧桑、物换星移,这个地方的生活与我离开时相比,会发生巨变。可能我的运气会比毛毛狗好一点儿。

早晨,一辆吉普车来接我们,我们的行李箱和手提箱放在里面,然后母亲和我上车了。仆人们站在门口哭泣,志良更是难过得不能自已。父亲还在办公室,他们告诉我那天他非常忙,不确定能不能来送行。我们另外订了辆车,其他家人坐在车里跟着我们。车开动时,我在后座转过身来,一直看着我们的房子,吉普车从弄堂转弯驶向街道,我仍回头望着。

"山猫号"航船——一艘军舰改装的客运轮,被拴在黄浦江的船坞上。当我们靠近时,能看到船首还有反击飞机的炮塔。一艘战船!我激动地想着。船坞很拥挤,我看不见家里人。登船后,我们被安排到各自的舱位。母亲和一位怀抱婴儿的妇女共享一个船舱。所有的男人和孩子,包括我,被安排在对着海的灰色金属床铺。我注意到他们几乎全是欧洲人或者美国人。我现在只靠我自己了,这一点也使我兴奋。我选了一个上铺后去了母亲的船舱找她,我们一起跑上了甲板。

从栏杆上望下去,能看到家里人在下边的人群里,他们站在码头上人群的第一排。祖父和祖母,还有两位姑姑,乔治叔叔和他女朋友艾薇儿,庞叔叔和艾迪叔叔,他们挥着手,我还能见到他们用手帕擦着脸。穿过喧嚣和混乱,我似乎还能听到薇恩姑姑在喊着:"比尔,别走!比尔,别走!"这声音直到现在仍清晰如在耳际,那流泪的告别场面也历历在目。而父亲,并不在其间。

"你爸爸正在办公室里忙着,"母亲说,"我知道他也希望来这里。"我相信她的话。我想他的报纸工作是多么重要啊,所以我们离开时,他不在这里并不奇怪。我的离开算不上什么新闻大事件。我真切地相信自己不重要,关于这一点,我日后想了很长时间。

最后,船驶离船坞。我再也听不到薇恩姑姑的喊声。我们开始前进,顺江而下驶向大海。家人们变得越来越小,直到最后我完全看不见他们。

海关大楼、钟塔、圆顶的汇丰银行大楼以及其他外滩的建筑越退越远。我们经过一排排的浮船,逐渐远去。有很多美国送给中国的大船靠着岸,生锈了,被遗弃在船坞上。江里到处都是小船、远洋舢板以及大大小小的蒸汽船。天气晴朗而温暖。我们往北走,往长江的大江口开去。到达江口时,我觉得我们确实到了海里,而海面是褐色的。就我的视野所及,到处都是泥泞的水,随着微波上下沉浮。

一些旅客开始离开甲板往下走。母亲和我还逗留在栏杆边。船开动之后,我们一直没怎么说话。我知道她也因为离开而难过,尽管她渴望回到堪萨斯的家乡。我想说些什么,也想听些什么,但我害怕触动了她。

吴惠连和母亲在 1946 年离开上海前留影

"妈妈!"我说。

"嗯,比尔。"

"妈妈,我们什么时候会再回家?"

然后母亲说了我猜到她会说的话,这些话使我准备结束一段生活而开始另一段新生活。

"哦,比尔,"她微笑着对我说,"家就在我们要去的地方呀。"

我望着我们身后,城市原来的那个方向,但我只能看到天和水。上海再也不在那里了。

远去的家族背影

我 6 岁的大儿子汤姆在学习读写,而我 76 岁的妈妈伊丽莎白正在忘记这项技能。儿子突飞猛进的智力,让我们这些做父母的激动不已。可是,妈妈的智力和理解力却在锐减,她在挣扎中,渐渐堕进阿尔茨海默病①这个无法逆转的黑洞。

汤姆和他的同学们开始念一年级了,看着他们,那是最美好的时光,充满了热情、欢乐和无穷的好奇心,也经历着尝试、失误、挫折和胜利。无论在家里还是学校,汤姆总是将本子写得满满的。他只是为了写而写,然后再用带有花饰的 D'Nealian 字体修改之前那些文字。

我们发现他有作诗押韵的天分,还能写一些简单的小说,每当他在小说里加入了自己创造的人物角色,就会自豪地邀请我们分享他的喜悦。

这个 6 岁孩童的阅读清单越来越长。他专心地阅读《园林看

---

① Alzheimer's disease,一种由于脑的神经细胞死亡而造成的神经性疾病。发生于老年和老年前期,以痴呆为特征。

守者》(*Ranger Rick*)儿童杂志;现在,他已经掌握了一些诸如"毒药使你中毒""老树精""打球吧,阿米莉娅·贝德丽娅"以及"被火山埋没的庞贝古城"等知识。他甚至会把弟弟班尼特安排在身边,给他讲"诺亚方舟"的故事。班尼特听得如此满足,和以前我们坐在他身边讲故事一样。这些可都要归功于汤姆的老师们。

汤姆渐渐变得更加自由,我就要学会慢慢放手,我承认有时会感到一种苦涩的甜蜜。他还这么小,那么娇弱,却在解放自己,将自己和"无知"拉开了距离。他正在探索宇宙的奥秘,最重要的是,他懂得为自己而思考。

于是,我们的关系变了。他开始宣称独立,我和他母亲也要适应他的要求,我们不再和以前一样,只提供给他简单的原始信息,而是给他一些总结性的智慧支持。

母亲伊丽莎白是我见过最有文化修养的人之一。她喜欢在家里,写一些有关古希腊主题的无韵诗。她最崇尚思想的力量。和现在的汤姆一样,她喜欢探究文字的起源。双陆棋对她来说就像是儿戏,她的房子里到处散落着填字游戏的书本和练习本。她总是以令人惊奇的速度读完悬疑小说,让我羡慕不已,奉她为榜样。

现在,母亲连自己的名字都不会写了。上次我见她,她在签名时仅能写下 E-l-i-z,后面的字母怎么都想不起来。她一再尝试,但笔头就是不听使唤,最后她哭了,觉得耻辱,也因为恐惧。

从另外一个角度来说,她也被解放了,她正在远离这个世界的痛苦,驶向新的天地。但这解放同时是另一种孤独的幽禁——这正是她以前极力避免的。

相信辩证法的人也许能够这样安慰自己(也可称其为信念)——当母亲正在从那些思想以及催生思想的文字中撤出的时

候,她的位置已被小汤姆补上了。

我甚至可以说,如果母亲离开了,小汤姆会继续充满新奇地探索这个世界,掌握启迪的力量。如果母亲能够想到,她的孙子正拾起了她放下的火炬,她一定会感到无比自豪和高兴。

变化之时，希望之景①

一九九〇年一二月二三日

　　最后，这三个人钻进了颠簸不堪的老福特汽车中，穿过飘散的雪花向新家驶去。男人（指吴惠连本人，编者注）开着车，旁边坐着他那快到80岁依然喋喋不休的姨妈。后面坐着的是他虚弱的母亲，裹着毛毯沉默不语。因为阿尔茨海默病缠身，她被疲惫的阴霾笼罩着。

　　"这是个东方三贤圣之旅。"②男人想着。他不快地玩味着这句话，直到他启动姨妈的老车，才收回了思绪。

　　很多年以来，堪萨斯城一直是这些暮年女人的家园。她们怀着忧郁和痛苦来到这个地方，在这里得到某种程度的自立。所以，现在要离开还真难。

　　母亲来这儿时还是个小孩子。她在她的母亲去世以后，被送来和亲戚们生活，住在舅舅和舅妈家。养母领养她时，把她的名

_____

① 本文虽是作者亲身经历的记录，但是以小说形式来写的，故用了第三人称。
② The Journey of the Magi，Magi 是 Magos 的复数，此词源自《圣经》，见于《新约》中《马太福音》第二章。耶稣诞生后，这三位贤者从东方一路走来朝拜，并给马槽里的婴儿带来了礼物，即黄金、乳香和没药，象征着尊贵与圣洁。

流年碎影

字埃德娜改成了伊丽莎白。

玛丽姨妈是 1946 年搬来的,同行的还有她的丈夫和一只波士顿牛头犬。在这里发生了一些事情后,丈夫独自返回俄亥俄。他们的婚姻后来走到了尽头,玛丽选择留在堪萨斯。她读了商学院,在那里她学会了操作办公设备。这样,她也成为堪萨斯大家庭中的一员。那只狗最后因心脏病发作死在氧气帐中。

这些从绝境中走出来的女人自食其力,改善自己的生活。伊丽莎白和中国丈夫离婚后独自抚养儿子。养父去世后,没有给她留下任何遗产,于是她去找工作,为一个法律出版社做校对,每天看那些有理有据的诉讼文书。

两姐妹相依为命,玛丽的生活也开始有条不紊起来,她凭劳动得来的收入对大家庭的幸福安宁做出了贡献,她重新萌发出自信和自尊。她和妹妹伊丽莎白一样,当年被父亲打发离开,又和丈夫离婚,但她终于在这里找到了安全感。

而现在,这两个女人不能再继续走下去了。母亲渐渐地失去了自理能力。姨妈倔强地反抗着任何可能令她们失去自主和自立的变化,她尽一切努力对抗任何外来援助的介入,包括排斥让她们搬去圣路易斯侄儿家中的决定。

残酷的是,沉重的负担还是把姨妈压倒了。那些琐碎的小事情引发的后果远远超出她能掌控的范围。她因为流感几乎不能动弹,炉火的开关失灵了,灯芯炸了……这些倒霉事对于大多数人只是小麻烦,对这两个女人却成了不能承受之重。

最后,男人收集好种种理由,下定决心反对姨妈的主张,安排了她们的搬迁。他找到一处公寓,离自己家只有几条街,近到可以派儿子送面包过去。他又非常坚决地清理了她们穿不了的旧衣物,把不合用的家具送去拍卖。

姨妈保管着她年轻时的旧照片和纪念品。她认为他对这些纪念物没有感情，让他很受伤。有一会儿，母亲坐着，木然得像块石头，机械地叠着纸巾。不一会儿，他看到她哭了起来。"怎么了？"他问，但母亲没有回答。她们去乡村俱乐部的广场看了最后一眼圣诞夜的灯火，度过了在堪萨斯城的最后一夜。

　　他在圣诞节前赶到圣路易斯，将她们安顿在新公寓里。新公寓很不错，不过，这个地方显然太冷清了，浴室的位置也设计得不太好。但好在有个温柔能干的女人，每天都来打理家务。不久，她们就适应了新环境。

　　一次，男人带着妻子和两岁大的孩子去探望她们。记得母亲以前喜欢听《圣经》音乐，他还带上了磁带播放器和玛利亚·杰克逊唱的圣诞节歌曲磁带。

　　那浑厚的女低音在客厅回荡，"将欢乐带给世界，上帝已经到来……"在这歌声中有着几代人的苦难与尊严，也有着几代人的信仰与希望。母亲露出了笑容，他们看到她的手在椅子的扶手上打着拍子。

　　"你喜欢吗？"妻子问道。

　　"它简直是……太美了！"母亲说着，满脸神采。

　　男人起身，妻子随他来到卧室，"我们圣诞节要送给她们一台录音机"，她边说边给他轻轻地拍背。

　　客厅里，母亲微笑着听玛利亚·杰克逊的歌声，一边端详着小孙子。她被小男孩吸引住了。小家伙坐在窗台上，兴高采烈地俯身注视着一列载货火车从公寓边隆隆驶过。十字路口的灯闪成了红色，如同圣诞节彩灯。男人又想起东方三贤圣的故事，他们最后在一个孩子身上得到了回报。于是男人也给自己许了个愿。

今后的日子里会有逆流、惊骇、挫折甚至争吵。即使如此，这个男人仍然坚定地守护着希望和那幅画面：老妇人和小男孩在房间里，一同沐浴在乐声中。那是他拥有的最好的时刻。他突然了解：圣诞节的卑微愿望能够承载很多遥不可及的梦想。

沉默中母亲的呼唤

一九九一年五月一二日

在母亲节的清晨，救护车将她从疗养院载去了医院。一个潜伏几周的小问题终于爆发出来，好在及时送医处理，我到她跟前时，状况已经稳定下来。母亲睡得很好。她睁开眼睛，看到是我，笑了笑又继续睡了。

我不奢求更多，很早以前母亲就已经忘记我的名字了。她经常微笑，特别是我带着她的孙子来探望她的时候。小孩子和长辈们可以通过超越语言的方式来沟通。除了花朵，我没有任何礼物了。到最后，我们能给予父母的，只有用生命本身来感恩与颂扬他们，努力用自己的生活方式让那些带我们来到这个世界的人，感到荣誉和受到尊敬。

时间一分一秒地流逝，很多日子以来我与母亲的交流，多数是简单的问答。她的回应总是和问题无关，这是阿尔茨海默病可怕之处，和这种病症接触过的人最后都会明白这点。那一天终究会到来，甚至比我们预想的还快，到那时一切交流和言语都将停止。

过去的几个月里，与日俱增的沉默主宰了我们的见面，不过我们有了新的沟通方式。我仿佛听到母亲的声音,咬字清晰,同我记忆中的并无两样。

在收拾母亲的书和杂物时,我发现了她留在书页边的笔记。母亲总爱在书上做些批注,在页边的空白处,我读到了母亲的话。

在她读尤金·奥尼尔的时候,我感觉到她情绪中持续而长久的急躁不安。"为什么剧情不在这里就此打住呢?"在马克希姆·高尔基《最底层》的首页,她用铅笔写着这样的评语:

人不可能只是在纯粹的动物层面上存在。他拥有越多的想象力,就放大了越多的痛苦。想象力就是意识的放大镜。

充满智慧的比喻点到即止,这才是我记忆中很久以前的她。

20 世纪 50 年代,她还有一些关于晚年的想法,用活页纸粘在现代音乐剧《上帝知道原因》的剧本上:

在花园中闲逛,对小恙也神经紧张,完全脱离了生活,对现实世界漠不关心。

是什么煽动她对晚年不良的情绪?这是一个前兆吗?我从来不知道她把晚年想得如此凄凉,也从来没有想象过,终有一天她会失去对这一切的包容与兴趣。

没有任何对于过去的回忆值得我流连。我总是企盼着即将来临的那个季节……我有一个好儿子,有一个漂亮的孙子,马上还有一个婴儿在 5 月间会降临。这个混乱的世界曾让我悲伤,我尽力去阻止那些不好的东西侵入我们的生活;不过从心底来讲,我还是快乐的。对于这点,我觉得我中国血统的公公婆婆影响了我……

　　这些文字来自于一封写给她大学室友的信，信上没有注明日期，大概在 6 年前我第二个儿子出生前夕。那位室友非常好心地将信寄回来给我。信中文字优美，充满智慧。这些话她也对儿媳讲过，但她从不当面对我说，我不明白为什么。是否因为写信要比直接说出来更容易呢？

　　《俄狄浦斯的奴隶》，索福克勒斯最有名的戏剧之一，是用来作为西方思想中在仁慈和公正之间协调的经典。我知道母亲被这部戏剧深深地震撼，但是记在扉页上的一段话却有着意想不到的尖刻：

　　　俄狄浦斯，一个穷其一生面对真相的人，一个越老越睿智的人，一个低下头来倾听合理建议的人，却不能够被埋葬在充满情感的城市底比斯，而不得不到阿西娜的雅典去寻找一块安息之地。

　　一片受庇佑的安息之地。当然，这也是母亲热切希望的——启迪智慧的地方，不受情感的困扰，超越了动物的层次，在那里想象力能够得到延伸，真理可以被阐明。

　　最后，蒙太奇似的片段再一次被用铅笔涂写了出来，那些和其他思绪一同遗失在某处的思想，帮助她保持她的方向：

　　　对于那些人，他们既没有活下去的愿望也没有死去的决心，他们既不反抗也不逃避，对于他们我们又该如何是好？

为何如此呢？是什么让你做出这样的评价？我的母亲,你在对着哪些人思考？从这些书页的空白上,从这些旁批和标注里,母亲的声音静静地向我诉说;我也同往日一样,在她的话语前徘徊、思索。

终于还是发生了。圣诞节来临的时候，疗养院打来电话告诉男人（指吴惠连本人，编者注），母亲的病情突然恶化，已濒临生命的终点。星期天的大清早，他守候在母亲的床边，耳边传来她费力的呼吸。仿佛房间中只剩下他自己，男人静静地任由思绪倒回从前的日子，去捡拾记忆中的生活片段。这儿，那儿，男人仔细地回忆着每一个片段。

几个月来，母亲的病情已经严重到无法开口说话了。一年前的圣诞节，她还沉浸在音乐的欢乐中，享受着天伦之乐。小孙子惊讶地望着闪耀着的灯光的场景深深感动了她，她快乐地鼓掌。但在这之后，她的生命之树所剩的开关一个一个相继关闭。她忘记了如何吃东西，如何说话、打手势，如何用眼睛看，她毫无意识，忘记了如何生存于这个世界。还能做什么呢？只能等待，等待老年痴呆症熄灭那最后一盏灯。

男人的姨妈也在这里，几天前他和妻子、三个儿子参加了疗养院的圣诞聚会。那天疗养院挂上了漂亮的装饰，教友组成的唱诗班演唱着圣诞颂，歌声飘扬，聚会中的美食相当丰富。男人和最小的儿子到母亲住的病房静静地坐了几分钟。小男孩对病房里的医疗设施和家庭合照很感兴趣。

圣诞聚会的气氛并没有令男人的情绪好起来,他心情低落地回到家中。第二天,他和妻子参加了朋友女儿的成年礼仪式,感觉很温暖,生气勃勃,令人十分愉快。他注视着眼前这个站在成年入门台阶前的女孩,看着她口念神圣的古老宗教词汇,男人感受到生命的奇迹带来的舒适与安慰。一个好人正在远离这个世界,走向黑夜与安宁,然而眼前,一个诸王与先知的孩子正在登上舞台。

此刻他坐在母亲床边,感到这会是陪伴母亲的最后一个圣诞节。想着想着,他的记忆定格在多年前的夏季一朵凋败的花上。

母亲偏爱一本叫《波哥》的连环漫画。男人还记得她珍爱的诗篇,记忆最深刻的是一首哀歌体四行诗。

> 昨日的歌声不需放下
> 昨日的音调仍能唱起
> 人世的转化无穷无尽
> 你能否对着过去唱那明日歌

每个圣诞节,母亲都要在圣诞树下摆放一个盒子,用《波哥》里面的连环画纸包装起来。盒子里面其实空无一物,母亲只是想把连环画上的故事放在礼物中间,这是母亲的圣诞颂歌。

故事中的主人公是一只不爱讲话的豪猪。圣诞节的早上它来到朋友袋貂波哥那儿,手拿一枝枯萎的花,那是它上一年夏天采摘下来的。豪猪将花送给朋友说:"送给你。我知道没有人喜欢干瘪的花朵,但是不管怎样那花儿是我一直保存下来的。"波哥被感动了,它说:"哈,你一直没有忘记。一朵花、一个挂念和永不停止的感恩就是母亲心中的颂歌。"

很久以前的某个 8 月,男人在西伯利亚偶遇一大片白色雏菊地。他立刻明白应该做什么。在一大片花儿中,他找到一朵非常漂亮的雏菊,摘了下来,夹在一本旅行指南中。

男人从西伯利亚带回许多礼物,母亲和姨妈都非常高兴。圣诞节的早上,所有的礼物都被拆开后,男人从一个信封中拿出那朵凋败的白色雏菊。"我找到了这个,"男人对母亲说,"当时我想到了您,没有人愿意接受枯萎的花朵,但是无论如何……给您。"母亲则接话道:"啊,你一直没有忘记。"

男人想知道儿子们如何理解祖母的圣诞颂歌。在他们给圣诞老人的信中,礼物清单上面都是玩具和游戏,没有像雏菊那样免费而又恒久的心意。生日时也是一样。儿子们许下的华丽愿望,只能在接受礼物的那一刻得到片刻快乐。

世界围绕在儿子们的周围,他们以为世界将如此永恒。过去的经历轻如羽毛。他们只考虑将来如何,从不考虑过去。他们的世界很简单,在他们活跃、勇敢的简单中,母亲找到了她最后的快乐。

这是最后一个圣诞节,男人去种花人那里买了一朵最美的雏菊,把它放在母亲的床边。他想,我一直记着,一些事情我不会忘记。那个晚上男人陪伴着母亲,直到早上,她走了。痛苦和不幸终于到了尽头,这本身就是一份圣诞礼物,像鲜花一样珍贵的礼物。有一天,当孩子们做圣诞节的祷告时,他们会明白,这是大自然的循环与延续,12 月的圣诞节过去了,温暖的日子就会来临,那时,更多雏菊会在大地上盛放。

　　战争期间，父亲时常来往于中国内陆。没有人告诉我父亲究竟在做些什么。我只知道他在战时的陪都重庆，工作和抗战有关。

　　虽然我当时还小，但抗战对我并不陌生。祖父固执地保留了收音机，每天组装起来收听 BBC 电台，听后又把收音机拆分成零件藏起来。

　　母亲在战时用隐秘的发射机做英文广播。当美国军人前往安全区途经上海被捕时，她以同胞的身份去探望和鼓励他们。

　　因此无论父亲在重庆做些什么，他参加抗战的事实似乎顺理成章。尽管那时父亲、母亲和我住在祖父家的同一个房间，但我对他的生活知之甚少。我听说他的报纸倒闭了，但从不清楚他每天在"办公室"做些什么。

　　1945 年抗日战争结束，政府授予父亲多项奖章。父亲给了我三个挂有红蓝缎带装饰的小铜章。如同那段时期我的其他物品一样，那些奖章现在已经遗失。但我时常想起它们，只记得那天父亲随口一说："过来，比尔，这些给你。"

收到这些礼物我非常开心，那时我不明白这些奖章对他的意义。他给我的时候，就像它们不过是三颗糖果。我收到这样的礼物，但并不认为父亲有多在乎我，相反地，我觉得他并不在意。

当我慢慢年长，逐渐懂得向自己的孩子表达关爱有多困难，有时候我发现自己强烈地怀念那些奖章。这些看似无意的小礼物，是否包含了父亲对我的难以表达的关爱呢？

到底是漠不关心还是表达障碍？将近半个世纪过去了，我依然没有答案。而我也告诉自己，父母对孩子的言语、沉默或行为，原是有如此强大与持久的力量。它们刻印在孩子的记忆中，一生无法随意改变。

人的内心是神秘难测的，人的外在却可以很简单地诠释。父亲是一个富有魅力的人，工作上是威严十足的编辑，兴起时是迷人的健谈者。他结了四次婚，身边不缺名媛陪伴。我第一次在纽约参加他的派对，是在一个风雪天，晚会进行到一半时收到爵士名人班尼·顾德曼①发来的电报，因暴风雪无法赴约而致歉。

父亲过着奢侈挥霍的生活，据我们所知，这远超出他的资产实力。他装扮华丽，一身剪裁考究的服饰，喜爱粗条纹与深色系，打着黑色领结。他出入豪华酒店如进出家门，给起小费同样阔气。他很享受慷慨大方，甚至是耗费巨资的乐趣。我多少遗传到一些，也乐在其中。

新闻工作者所获的慰藉往往不是物质上的。父亲因为纽约更诱人的机会而在 1964 年离开了香港的报纸。最后，他在第五大道购入了一处豪宅，却无力将其改建成他所设想的令人瞠目的

---

① 班尼·顾德曼（Benny Goodman，1909—1986），被誉为"摇摆乐之王"，他不但使摇摆乐广为流行，同时塑造出乐队的个人风格。

效果,结果连一晚都没住过,就转卖给别人了。他还有一辆豪华轿车,因无法按期付款被银行收回。

世间的辉煌成就接踵远去,父亲去世了。他香港住处的厨房里面堆满了欠单。至今,中国那些通晓亚洲新闻业的老一辈人见到我都会先问:"那你是吴嘉棠的儿子咯?"我常自豪地承认:"是的,我是。"

我从未了解过父亲的内心世界,也许我已经了解了一点,却还在寻求一些别的什么。父亲讲述了很多神奇的故事,但却从未向我或者他的其他孩子透露自己的故事。一日,我收到一位同父异母兄弟的一封痛苦的邮件,他才30岁出头却因追求豪华轿车、劳力士表和盛大的排场而破产。父亲是上层生活模式的榜样,但作为儿子,我们需要从别处学习实用的道德规范。

偶尔我会与父亲谈论政治。父亲生活在时代变迁的中国,他有很多朋友献身于共产主义事业。他清楚地知道优秀的新闻工作者来自经验与开明。他推崇忠诚,以一个记者与编辑的观察,他报道了许多勇于承担与牺牲的中国名人。但每当我将话题绕到他本身的故事时,他却不说话了。他有技巧地自我保护,不知道或不在乎他透露自己的故事(哪怕只是一丁点)对孩子的意义。

我从他那里获得的全部财产,就是一条被蛀虫咬坏的黑色领带,还有他的未亡人塞给我的一本书。极富讽刺意味的是那本书无关他或者我,是关于中国本土犹太人的一本书。

我希望我还保留着那些奖章,但我更希望能了解获得这些奖章的那个人。我用了一生的时间努力去了解他,而且仍在继续。我真诚希望我的三个孩子不会有我这样的经历,我们的父亲可能死去,但我们这些男人永远是父亲的儿子。

最近舅舅和舅妈举行结婚 50 周年纪念活动，我去了阿拉巴马的蒙特马利参加庆祝仪式，俄勒冈、巴拿马等地的亲朋好友全都来了。

舅舅是个普通的空军稽查员，在美国东南部工作。他和太太夏洛特都是生活朴素、谦逊真诚的人。所以周末的庆祝活动并没有什么奢华的排场。活动分别在他们家、长老会教堂、附近一个空军基地的军官俱乐部以及友人雪妮家进行。我们聚在雪妮家吃了早饭，然后就各做各的事去了。

他们三个孩子还把《这就是你的生活》节目中的一段录下来，和自己家里有趣的旧幻灯片在一起放，里面有最家常的记忆以及我们都会唱的脍炙人口的歌曲。看着教堂里围绕在我身边的亲友群，看着我的表兄表妹们、他们的配偶和孩子，我清楚地看见了家族里美国这面的侧影。

在这个大家庭里，有公共关系专家，有带着公文包的计算机行政主管，他的包里装满了使电子世界运转的专利发明。还有一个活动战略师，他的客户里有美国参议院里的共和党人士，也有因为基督教言论而打官司的夫妻。

还有在家接受启蒙或在学校上学的孩子。有些人在麦当劳做过收银员，有些人是激进的反堕胎组织"营救行动"（Operation Rescue）的活跃分子。

还有一个写歌的，还有一个人在某个周末开车带我去德塞特（Dexter）大道洗礼教堂朝圣，马丁·路德·金曾于某个周日早晨在那里发表演讲。之后他又带我去了民权纪念会，烈士的名字镌刻在黑色的大理石上。

我们通常以为一个家族里，每个成员会有其难以磨灭的特征与个性，也会有相似的兴趣爱好。这个聚会上充满了矛盾、强烈差异、外表及心理的多样性，以及截然不同的价值观。

然而无论是在这个周末，还是其他任何相聚的时候，我们之间并没有因为这些区别而疏远，或者彼此抱怨。只有爱、互相尊重、宽容才能帮助我们互相理解，建立和维护这个家族的关系。这关系源远流长，被前辈们的传奇故事、被虔诚的愿望和指引点缀得色彩斑斓，从而代代相传。每个人都勤勉工作，真诚待人，找到生活的快乐。

在这方面，我们家族和别的家庭并没有什么区别。家族是这个社会最自然、最持久的共同体，在家族里，我们发现多样性使这个世界更加丰富多彩，发现陌生人之间的差异使他们更乐于互相交流，并因此促成了许多机缘。这天的聚会，除了有亲朋好友，还有许许多多其他的家族的美国朋友。

我的舅舅杰克成长在美国大萧条时期。那时有句俗语：如果你找到工作，你就能写本书。在家里的五个孩子当中，只有我妈妈上了大学。故事主角是我的卡尔舅舅、弗兰克舅舅、玛丽姨妈、赫伯里纳奶奶、刘易斯姐姐、霍尔哥哥。

你可以在大厅里的照片看见这些去世很久的人,穿着那个时代的衣服。我和我的表兄弟表姐妹,是他们下一代的孩子,这些年以来,我们彼此更了解。家族关系将所有的亲人,包括我,还有我的妻子和小孩们,穿越时空地联系在一起。

那天吃晚饭的时候,还有一个 80 多岁的男人,他和我的表哥——那个帮助惹上麻烦的家庭打官司的律师,一个吹着长笛,一个弹着吉他,演绎着《天赐恩宠》①这首柔美纯洁的曲子。他是叔叔的老朋友,有人问我是否想说些什么,我的确想说。

我从我戴的领结说起,它属于我的外公本杰明·弗兰克林·哈特。外公生于美国"州际之战"结束的 1865 年。(一些人嚷起来:是"北方侵略战争"②,提醒我在这个家里一本正经地说话总是有风险的。)

外公远离家乡,来到新美国为梦想打拼。这真是一个古老的家族。而我作为其中的一分子,来自中国上海。所以我们也是一个覆盖范围很广的家族。

但是再古老、再遥遥无期的东西,也需要一个中心,围绕这个中心,地心引力把一切凝聚在一起。我的生活里,舅舅杰克就是这个中心。他比我们更了解家族的故事,给我讲了很多连我母亲也不知道的家族旧事。他把它代代相传。

---

① 《天赐恩宠》(Amazing Grace),是美国最脍炙人口的一首乡村福音歌曲,也是全世界基督徒都会唱的一首歌。歌词简洁,充满敬虔、感恩的告白,由 1725 年出生于伦敦的美国白人 John Newton 所作。

② 北方侵略战争(War of Northern Aggression),联盟国一方的爱国者们用这个词强调北方入侵南方,但流传不广。与文中作者讲的美国州际之战(War Between the States)一样,都是指美国的南北内战。"州际之战"的说法于 20 世纪在美国南方广泛使用,这个词语虽出现于众多回忆录与学术著作中,但于 19 世纪末之前在美国南方流传不广。

当母亲因为老年痴呆症最终离我而去,他和夏洛特舅妈常常来陪我。距离并不是家人间互相支持的阻碍。

　　这个房间里的人都明白我在说什么。虽然他们不是与我血肉相连的至亲,但我们都知道,我们同在这个大家族,永不分开。

　　沿着 45 号码头一路向前,我们可以看到旧金山的渔人码头,
这里躺着一艘第二次世界大战时的潜水艇 U. S. S. Pampanito 号,
现已被改造为旅游胜地。某日正有空闲,在与妻子一起坐船前往
阿尔卡特拉斯岛(Alcatrez)旅行之前,我与三个儿子决定先去那
里看看。

　　12 岁的大儿子汤姆,对犯罪与刑罚非常入迷。因此,对他来
说,此次前往旧金山,首选当然是参观昔日的联邦监狱,如今那里
也是一个旅游景区。我则有其他想到阿尔卡特拉斯岛的理由。

　　1946 年感恩节的前几天,山猫号(S. S. Marine Lynx)抵达美
国的前一天晚上,在这个岛上抛锚,正是这艘船将我和母亲带离
上海。阿尔卡特拉斯岛是我见到的第一块美国土地。那时它被
用来监禁桀骜不驯的犯人,让我感觉到未来生活的预兆。那一
年,我 10 岁。

　　孩子们和我去看那艘旧船。转身回程的时候,我发现对面是
一片又长又低的防水带,有一个绿色金属的高门。那时我竟有种
似曾到过那里的奇怪感觉。

我走进这栋暗淡、空旷的大楼，突然间看清了它的全貌，简直就和50年前一模一样——这正是当时我和母亲下船后来过的地方。那时候这里满是人与行李，一片混乱和噪音。在隔离带外站着我美国的外祖父，他来接我们，此后我们一直住在他那里。外祖父已经80多岁，我记得他透过无框眼镜看着我们，面无表情。

如此看来，我的记忆力虽不十分厉害，却也不错。旧金山的港口当局的记录显示，山猫号抵达时间是1946年11月26日下午2时，停泊在46号码头，而不是45号。

我尽可能地靠近它，46号码头和这儿的防水建筑都已废弃。周围的景物将我带回那个生命中最艰难的时刻，这感觉至今仍那么强烈。

那次航程给我留下了太多的记忆，其中两个尤其深刻。从山猫号登陆到美国是其中之一，另一个就是我们离开上海时，我从甲板俯望送行的拥挤人群。我记得我那些激动的家人，他们使劲地挥手和大叫，其中有我的薇恩姑姑和乔治叔叔。

而我的父亲并不在人群里。他已提早告诉我们，他可能因报馆工作太忙而无法前来。在之后很长很长的时间里——直到我有了自己的儿子，我都搞不懂，究竟他在做着责任有多重大的工作，使得他不能前来为亲人送别。

除我们之外，薇恩姑姑和乔治叔叔是上海那个大家庭中仅剩的人，我们都曾在那里度过战争年代。如今他们住在旧金山。我还有一个同父异母的妹妹和一个堂兄，现在住在旧金山湾区，也都有了孩子。此次来旧金山的主要目的是再次探望他们，并让我们的孩子对自己的中国背景有更深的了解。

几天来，我们吃着美味的中国菜，回忆往事。看到孩子们艰难地使用筷子，疑惑地看着摆在他们前面的每道新菜时，我们都

吴惠连在上海的旧居露台

被逗乐了。姑姑还带来一张照片，那是 1937 年我们在上海郊外避暑别墅的合照。

照片中有我的母亲和祖母，还有两个姑姑和我父亲。他们盛装打扮坐在希腊式圆柱的华丽走廊上，身后的河流依稀可辨。说是一张过去的照片，倒不如说是来自另一个时代。在战争结束之前一切都改变了。母亲从此郁郁寡欢。

一天晚上，我们去圣马蒂奥县拜访我的堂兄。我的妹妹和她的儿子也在那里。令人高兴的是孩子们很快就自然地玩在了一起。当夜幕降临，我们烤着肉排，走上露台观望附近的水库。这真是一幅可爱的景象，但我也如往常一样，站在一边来旁观这一切。也许因为来自两个国家，两种文化、两个种族的人们之间永远存在一种距离感。

汤姆与我开车返回圣路易斯的路上，我想着这个问题。这种

　　　　　　　　　　　　　　　　　　　　　流年碎影

距离感可能与我驱车旅行的乐趣有关。一个旅行者会享受路上陌生人彼此之间的那种亲密感：他们总是擦肩而过，一切永远无常。旅行中的所有事情都在变化，但当变化发生时，不要害怕，这都是预料中的。这不像是在正常的世界，变化常常意味着损失。

我们开过 40 号州际公路经过的莫哈韦沙漠，惊叹于广袤的空间：前方 64 英里道路维修，前方 73 英里休息地带，再前方 100 英里有服务区。路边间隔频繁的紧急电话亭提醒我们：若发生意外，这里不是一个能轻易走出的地方。

后来我们开离了主干道，岔进 66 号老公路。这里是双车道，幼小的啮齿动物横穿公路，到处可见大束的白色喇叭状花朵。我们停在一处看似无人居住的荒地拍了张照片，然后直开到了十字路口。

路的右边是返回州际公路的路，另一个方向则是通往内华达州。"往哪边走？"我问。"内华达州。"汤姆说。于是我们向左转。

穿越时空的旅行

大儿子还很小的时候,我曾带他去堪萨斯州看望过我的母亲。她的思考能力正明显地衰退,但这并不影响她和孙子们玩乐,也没有减少她对孙子的喜爱。

一天,汤姆睡在地板的床垫上。母亲要从他睡觉的地方经过。她犹豫着,不知道该往哪个方向过,无助地望着我说:"我不想从这个男孩身上跨过去。"

她记不起她孙子的名字了,我忘不了自己那一刻的悲伤、恼火、恐惧所交汇成的可怕情绪。尽管母亲那时候的病情已经恶化,但我仍拒绝带她去做阿尔茨海默病的测试。

我迟迟不愿意带她去做检查,我怀疑这种情形在很多有阿尔茨海默病人的家庭也发生过。这种可怕的事的确令人无法忍受。在前任总统被诊断出阿尔茨海默病之后,社会大众开始认识并注意到它。

阿尔茨海默病是致命的,它会破坏病人的神经、智力,直到最后完全丧失认知能力和行为能力。但是,情况并不是完全令人绝望,如果能在早期被诊断出来,病情还是可以控制的。

一旦家庭里出现这种病人，全家必须有足够的精力、充分的心理准备来迎接挑战，要在病人不同的治疗阶段给予全心全意的照顾，诊断结果有可能显示病人并非阿尔茨海默病，而是其他症状类似的疾病。

假如罗纳德·里根的医生按照标准的方式进行诊断，他们将沿着三条线索开展下去。首先，他们会与病人及他身边的人会面，看看病人认知能力的下降是不是因为自然老化。

其次是对损害程度做临床检测。有一项标准的测试叫微型智力状况检测。对病人提 30 个问题，一个健康的人平均至少可以得到 29 分。问题有：请从 100 往后数数，美国的总统是谁？今天是星期几？等等。而测试的那天，我的母亲，这个曾经聪颖过人的女性，竟然只得了 12 分。

最后，用 X 光和实验结果来判断是否为症状类似阿尔茨海默病的其他疾病——脑血管瘤、脑受损、甲状腺失调或者低血压。当以上病症都被排除时，结果也就出来了：老年痴呆症——阿尔茨海默病的一种。当然，即使经过如此精确的诊断，这样的病症也只能算是一种假设，除非打开头颅对大脑进行检测，才能判断病症的存在。

里根的症状在参加选举前就被确诊了。在共和党取得前所未有的胜利的时候，他当然也为之感到无比欣慰。而大选的结果对同样患有阿尔茨海默病的 400 万美国老年人，也有一定意义上的重要性。

在所有阿尔茨海默病患者中，里根得到了极好的治疗，因为他是一个百万富翁。而大部分的患者，必须面对劣等的医疗条件。

阿尔茨海默病基金会估计，治疗一个阿尔茨海默病患者所花的费用高达 223 000 美元,这当中还不包括药物开支。正因为阿尔茨海默病的治疗费用大部分是无法估算的,因此并未列入医疗保险的范围。

共和党许诺将提出一项措施,其中至少有三项是与阿尔茨海默病患者有关的。包括对老年人医疗费用提供贷款、鼓励购买个人长期医疗保险,这两项均以纳税多少为基础。

这看上去似乎是一个不错的主意,但事实上,只有那些高收入者才买得起个人保险,并因其缴纳的较高的个人所得税而能享受到贷款的优惠。此外,他们还可以占用其他阿尔茨海默病患者不得不依赖的公共基金。

基金会估计:90% 的患者最终需要长期的专门机构的护理。虽然费用一直在变化,但平均一年的费用在 20 000 美元到36 000美元之间。费用如此之高,以致很多患者最终为了得到公共医疗补助而不得不倾家荡产。

在全国范围内,大约 240 亿美元,也就是公共医疗补助基金四分之一的金额,会用于专门机构的护理。在密苏里州,25 亿的公共医疗补助基金(约占 20%)被用在专门的护理机构。

一项预算修正案计划大量削减医疗保险和公共医疗补助方面的开支。1993 年,共和党提出一个方案,要在这两项开支中削减 500 亿美元。国家财政部估计,该修正案如果把开支用于社会安全和国家防卫上,将导致密苏里州每项公共医疗补助项目减少约 1 000 美元。

对于那些储蓄、资产都颇为丰厚的美国人来说,个人长期医疗保险以及带给家人足够收入等问题都不在话下,而阿尔茨海默病所花费的开支则有可能耗尽个人资产。普罗大众就只能求助于公共医疗补助。

当所有储蓄耗尽，亲戚们也已疲惫不堪，当一些人还在为最后一线希望苦苦挣扎的时候，政府就成了他们最后的求助对象。罗纳德·里根的个人事例激励了无数的美国人勇敢地面对阿尔茨海默病，而他的继任者——那些政府官员却剥削了最后的、最好的、原本是要给予那些同样患有阿尔茨海默病的患者的资源，这听上去是多么可悲啊！

母亲的指引和爱永存

一个悠闲的星期六傍晚，我载着儿子汤姆前往西镇参加他一位犹太籍女同学的成人礼。① 原本有捷径可走，但我提早下了高速公路，驶上了一条曾走过多次的路。

几年前，我去看望在疗养院的母亲，时常要走这条路。车很快到了疗养院前，母亲最终没能战胜阿尔茨海默病，在这里撒手人寰。一种强烈的感情牵引着我再一次走进去，但我没有，驾着车继续前进。

4年前母亲节的那个周末，护士打电话告诉我母亲已被紧急送往医院。虽然被抢救回来，但她从此进入了生命的最后阶段。在不知道自己时日无多的情况下，母亲拖了几个月，在圣诞节前病逝。

诗人 W. H. 奥登②曾说，有些人是为了欣赏散文而阅读《圣经》，母亲

---

① 原文 bat-mitzvah，指犹太女子的成人礼。犹太女孩 12 岁、男孩 13 岁的时候，开始承担成年人宗教义务的仪式。女孩的成人礼是 bat-mitzvah，男孩是 bar-mitzvah。

② W. H. 奥登(Wystan Hugh Auden，1907—1973)，近代英国诗坛上最知名的诗人之一。

流年碎影

便是这样的人。她从《圣经》中找到了比华丽的语言更多的东西——主要是道德上的指引，其中救世的部分更成了她的心结。

她对天堂的想法就如弥尔顿在《失乐园》里的描述，他想创造一个地狱的天堂，或者一个天堂的地狱。弥尔顿可能觉得这样的想法亵渎了神明，但在母亲读起来则是另一番感受。

对我而言，我愿意用 E. E. 卡明斯①美丽的诗句来表达我对天堂的想法："如果有天堂，母亲（独自一人）就在那一方。"（那天晚上我在经过疗养院的路上想到这些事的时候，脑子里并没有这些诗句。我猜想，之所以在这里写下它们，是因为我下意识地想到这或许能够取悦母亲。）

和许多父母一样，我也看过电影《狮子王》。我最喜欢的一幕是，木法沙告诉儿子辛巴，在满天星辰中，我们可以寻找到（荣耀国）昔日那些伟大的国王。后来，当这只年幼的雄狮陷入困境的时候，它仰望着黑夜里明亮的星空，看到死去的父亲，从它的眼神里获得了力量。

或许有这样一颗星，属于伊丽莎白那样的母亲，她们竭尽全力地爱护自己的孩子，穷尽一生来教育他们。为了所有这些母亲，也许莎士比亚会原谅我将《罗密欧与朱丽叶》中那段有趣的对白②改为：

---

① E. E. 卡明斯（Edward Estlin Cummings，自称 e. e. cummings，1894—1962，美国诗人）生于马萨诸塞州的剑桥，父亲是哈佛大学教授。卡明斯 1915 年毕业于哈佛大学，为现代主义诗人中出类拔萃的代表，以诗体新奇古怪闻名，被誉为"语言魔术师"，是诗歌结构的叛逆先锋。

② 原文为：And when he shall die, take him and cut him out in little stars, and he will make the face of heaven so fine that all the world will be in love with night and pay no worship to the garish sun. 在本文中，作者将 him、he 等人称代词改成了 they。

当她们即将逝去，

把她们带走并将她们分解为满天零落的星，

她们会让天空的面容变得如此美丽，

以至于整个世界都将爱上黑夜……

一个人能在多少代人的心中不朽？大多数人都只能指望下一代，也许最多第三代，而这并不能算是什么不朽。一个人能在儿孙的记忆中存活的时间，是他的音容笑貌、言行举止还能清晰存在的时间。

到了第三代，忘却的薄雾开始弥漫。有的人能清楚地记得他们的祖父母，有的人却一点都不记得。若不是有照片，我此刻也记不得我在中国的祖母的样子，哪怕在 10 岁以前，我和她日日在同一个屋檐下生活。

父母绝不只是我们记忆和梦中的过客，他们影响着我们。尽管他们逝去后，我们只能在繁星中想象他们的存在，但他们依然是一股力量，指引、监督和劝诫着我们，虽然有时也让我们困惑，但通常都会让我们心存感激。

我们也尽力让父母高兴，特别是母亲——我们第一任的老师和保护者。他们是我们人生中第一份安慰、第一个或许也是最后一个真正的避难所。

已故的神话学者约瑟夫·坎贝尔①曾指出，母亲的影响力在美国人中尤为强大。他写道，在美国，人们希望能"成熟以后也不

---

① 约瑟夫·坎贝尔（Joseph Campbell，1904—1987），美国现代宗教哲学家，容格派神话学者。自 1934 年起任教于萨拉·劳伦斯学院（Sarah Lawrence College）。1948 年出版的《千面英雄》（*The Hero with a Thousand Faces*）是其最著名的作品。

要离开母亲,而是粘着她"。

我不知道他这么说是否正确,但对于大多数人来说,即使母亲已安躺于遥远的坟墓中,她们也像是近在咫尺。每当拥有一次珍贵而美妙的经历时,我们首先想到的便是母亲该会为自己感到多么高兴,这真是苦乐交织的感觉。我们最深的懊悔,就是从未开口向母亲说过一声"对不起"。

在十二三岁的时候,我处在叛逆期,故意要让她讨厌我,口中蹦出的话没有一句不带着刺,都是伤人的利刃。从她的眼神中,我可以看出她被深深地伤害了,但我却不肯停下来。

姨妈问她:"你怎么能允许他这样跟你说话?"她的责备也伤害了母亲。但她仍一如既往地爱着我,尽管有时会伤心地流泪。

也许她信任我。不管怎样,这场黑色风暴就和它当初来到时那样突然就过去了,之后的日子里,我再也没有对她说过一句刻薄的话。但我也从未开口向她道歉,尽管我很希望她能了解我的愧疚。

同样,我也从未向她表白对她所给予的一切的感激。母亲最伟大的一点就在于她们总是那么善解人意。她们喜欢别人提起这样的事情,也喜欢被感谢,她们会觉得自己的劳累和牺牲都很值得。

我 16 岁的时候,她送给我莫扎特的第 21 号钢琴协奏曲。那年秋天,在我家宁静的走廊上,我反复地播放那优美的柔板。这是她留给我的美好记忆,这段岁月也一直珍藏在我的生命里。而早在那之前,她就让我看苏格拉底的这句名言:未经检验的生命不值得过。从那时起,我始终不能停止反思这个世界,以及自己在其中的处境。母亲应该也察觉到了这些。

伊丽莎白给我的孩子们留下了一点记忆,但迟早也将消逝殆尽。他们虽然还记得她,但她在他们很小的时候就去世了。对于我,这份记忆将一直延续下去,直到我的生命完结。即使我们渐渐年迈,也永远是个孩子,仰望着夜空,在繁星中寻找我们的母亲。

不离不弃的一家

一九九五年五月二八日

在一本关于纽约的小书里，E. B. 怀特①写道：如果你不愿相信运气的话，你不用指望可以在那里快乐地生活。这意味着，我们的意图与能力只能引领我们达到某个程度。而许多重要事件的发生往往缘于偶然。

这是一个关于好运的故事，或者，如果你愿意，可以称之为命运。故事开始于加州的蒙特雷市，在罐头街②的海湾水族馆。

我前往帕罗阿托的斯坦福大学担任顾问委员。我们的工作在周五下午就已结束，而我正苦恼该如何度过接下来这一天。考

---

① E. B. 怀特（1899—1985），生于纽约。美国当代著名散文家、评论家，以散文名世，文风冷峻清丽，辛辣幽默，自成一格。生前曾获得多项殊荣：1971年，他获得美国国家文学奖章；1973年，他被选为美国文学艺术学院50名永久院士之一；1978年，他获得普利策特别文艺奖；他还获得了美国7所大学及学院的名誉学位。
② 罐头街（Cannery Row）位于加州的蒙特雷市，早期因为捕鲸工业而兴起，后因美国小说家约翰·史坦贝克（John Steinbeck）所写的同名小说而闻名，小说《成排的制罐工厂》（*The Cannery Row*）将这里描写成如诗如梦的海岸，后来罐头工厂街成为度假胜地，除了全美最佳之一的蒙特雷湾水族馆的吸引力，还有许多艺术家和作家在此聚集。

虑到机票价格,如果算上旅店费用,留下来过周六反而可以省钱。

北面是旧金山,我很多中国的亲戚住在那里。去年夏天我们见过面,一些人也都渐渐上了年纪。尽管如此,我想我明年还是会去探望他们。

南面是蒙特雷,一个老旧得可爱的海滨城市,有风景宜人的海滩,适合休闲。因为最近有一些烦心的事情,往此独处显得非常诱人。

带着些许放纵的内疚,我往南方去了。尽情享受了一顿晚餐,隔天一早就接到妻子的电话,告诉我薇恩姑姑在答录机上留言,艾迪姑丈从台北来旧金山了。

虽然现在前往并不算迟,但是,即便如此,我还是吃了早餐然后直奔水族馆。

几年前,我不会选择这样的地方。我怀疑自己是否已被驯化。一家人一起旅行的时候,我们会去水族馆和科学博物馆。我已经渐渐习惯游览这些被视作具有教育意义的地方。

我去逛礼品店,买了一只大肚子章鱼的玩具给儿子,观看了水獭和大小鱼类。准备离开时,我又决定去看看二楼的一个名为"致命的美丽"的展览,正看着那些毒海蛇和毒鲉鱼,忽然听到有人喊我的名字。真是难以置信,表弟 Ling Pong 正站在人群里,他是薇恩姑姑的儿子,和妻子及女儿来这参加学校旅行。惊讶之余,他提到艾迪此次来美是为了庆祝 80 大寿。

那晚在旧金山有个专门为他举办的聚会,这是几个庆祝活动之一。Ling 想他可能会错过这次聚会,因为学校的活动要到很晚才会结束。

我忽然明白了该做什么。我们不再犹豫,我退了房间,Ling也提前离开旅行队伍,我们一起前往艾迪的生日聚会。

我们在半月海湾停下。在那我买了两束深蓝色的鸢尾花。很快,我们就站在旧金山艾迪姑丈的门前楼梯上按响门铃。这房子是他在妻子死后买的。偶尔来美国的时候,他就住在这里。

难以形容亲戚们见到我时的震惊和欢喜,我的神秘出现让他们的下巴差点掉下来。"我不会错过的,"我说,"只是巧用了一些小花招给你们惊喜。"

他们都在那里:父亲的妹妹薇恩姑姑、父亲的弟弟乔治叔叔与他的妻子艾薇儿(按照中国习俗,我总是叫她婶婶),与父亲的另一个妹妹娜丽姑姑结婚的艾迪姑丈。这些人与我都是上海海格路那个大灰泥屋的幸存者,我住在那里时还是一个小男孩。

聚会上还有其他人:艾迪姑丈的女儿、我的表妹彭妮以及她的丈夫;Ling Pong 和之后赶来的他的妻子和孩子们,他们比预计回来得早;还有家族的朋友们。我的斯坦福之旅以大家庭聚会而结束,让人难以置信。

有一会儿,我们五个拥有上海那段共同回忆的人,一起静静地待在起居室,坐在深色的中国藤椅上。柚木桌上摆着中国瓷器,角落里有个大黄金佛。深色的鸢尾花在蓝白相间的花瓶里显得更加美丽。窗外天色渐沉而变得灰暗。

这一群不寻常的人经历了太多的事情,可是现在,在离开上海 50 年之后听他们讲起过去的事,一切就像是在昨天发生的一样。

Edward Zee 和 P. F. Pong 与父亲和乔治叔叔一样,都是上海圣约翰大学的毕业生,当时他们都还在追求我的婶婶们。乔治叔叔的女朋友艾薇儿来自宁波。他们后来成为这个家庭的一分子,每天晚上都在上海的那个家里度过。

战后他们结婚了,婚姻美满,直到死亡带走了 Pong 姑丈和娜丽姑妈。他们逃离了中国,过着四处流离的生活。无论去到哪里都相敬如宾,因为他们明白两口子永远都是一家人。

这些人曾把我带大,并尽量让我免受战争的伤害。在温暖的夜晚,我们曾坐在楼上一个大平台上,喝着柠檬水,吃着蛋糕。他们小声地说话,祖父调到秘密电台的海外新闻频道,这个收音机每晚都会被拆分成零件再藏起来。

我在战后离开这些家人是很痛苦的。

我爱他们所有人,尤其崇拜艾迪姑丈,他是那时我为数不多的玩伴之一。

吃了长寿面,我们轮流敬酒祝福姑丈长寿与幸福。轮到我时,我说艾迪是教我学会打板球的人,他还教会我棒球,教会我如何区分帕克车和别克车。父亲要么不在,要么就是很忙,但艾迪姑丈总是我的好伙伴,这些年来我从未忘记。

我看着桌子周围的人:叔叔、姑姑和表弟表妹,大家齐聚一堂,我不敢相信自己竟如此幸运。

父与子，回忆与梦想

一九九五年六月一八日

有句谚语说：人们要当心他们许下的愿望，因为他们希望的可能不会以他们愿意看到的方式实现。这便是一个有关愿望的故事，如同许多故事一样，它还没开始就煞了尾。

1983 年的复活节，我飞赴香港见父亲最后一面。一生烟瘾终于使他倒下，躺在港安医院，因为肺癌而奄奄一息。

父亲是一个易怒的人，他不会承认已经患病，更不会承认已经处于末期。他每天都会要人推他到电话边，打回报馆安排事务，哪怕没人听他的。

他将这个怒气发泄在每天来探病的妻子身上，如果她没来，他会打电话严厉指责她。虽然他很高兴看到我，但我的出现也表示他拒绝谈论的病情已非常严重。

我住在九龙一家新落成的酒店，每天早上坐轮渡到香港岛，之后坐双层巴士到跑马地的医院。之后我会去见一些亲戚朋友或者四处走走，晚上又回到他的病床边。

我们天南海北地聊。我的第一个孩子刚满周岁，我带着儿子的照片给父亲看。父亲虽然客气，但显然并不感兴趣。他的心思不在这里，而是关注着自己糟糕的境况。

　　他和妻子塞西莉亚过着一种对他来说算是贫困的生活。他们租了一间不错但不豪华的房子，位置偏僻，厨房里面的欠单日益堆高。

　　父亲从未真正富裕过，但他的生活方式却和名流一样，远超过他的承受范围。他在物质消费上不懂控制开支，他的服装高档大方，他的手表不是劳力士就是欧米茄，他雇用私人司机。此前我来香港的时候，他们住在浅水湾的一套公寓里，拥有无敌海景，出入海港的帆船如同覆在海上的七彩软糖。

　　他离开报社后的几年，在美国负责香港报纸商业版面的编辑工作，那时他们在公园大道有一间大公寓。夏天，他们住在格林威治镇和纽约的布鲁斯特。他们的孩子上的是纽约最好的名校。虽然最终以悲剧收场，但直到最后一刻，整个过程仍是显赫的。

　　我在麻省、剑桥逗留一年后回纽约时，他带我去了 21 俱乐部吃午餐，同桌的还有一些名人如吉内·滕尼①、葛林堡②等。他们一周举办几次这种半正式的派对，邀请一些显赫的人物参加。有

----

① 吉内·滕尼（Gene Tunney, 1897—1978），出生于美国纽约的世界级拳王。17 岁时转入职业拳坛，1916 年 9 月 23 日，因战胜杰克·登普西而荣登冠军宝座。1928 年他宣布退出拳坛。他与世界中量级拳王哈里·格列夫的 5 次对垒的激烈的场面使拳迷为之狂热到了极点，因此他被称为"粗犷的斗士"。1927 年 9 月 22 日他与登普西的冠军卫冕战，酬金高达 990 445 美元，成为电视"入侵"拳坛前报酬最高的一场比赛。他退出拳坛后曾多次收到重出江湖的邀请，但他都拒绝了。后来，他与一位富豪千金结成百年之好，成为一位著名的企业家。

② 葛林堡（Hank Greenberg, 1911—1986），美国棒球明星，右手击球手，是美国棒球界的第一位犹太裔球星，曾 4 次入选美国联盟明星队，两次荣获年度最具价值球员大奖，名列棒球名人堂，是 2006 年美国邮政发行的一套《美国棒球明星》邮票的 4 名棒球明星之一。

一次爵士名人班尼·顾德曼发来电报,告知他因暴风雪被耽搁在路上。每个人都被父亲的魅力折服。

在一个派对上,我也参与到两位名人的谈话中,他们是出版巨商纽豪斯(S. I. Newhouse)与美国无线电公司总裁罗伯特·萨诺夫(Robert Sarnoff)。萨诺夫建议纽豪斯购买一部私人喷气式飞机:"方便之处显而易见,而且你不用再赶航班。"

"是的,博比,"纽豪斯说,那语气就像很多人谈及他们的车子一样,"但要看看使用的频率如何。"

在香港的日子里,父亲静静地躺在那里。我本希望至少能拥有一个让我记起他那段辉煌岁月的纪念品,例如一支派克笔、一些衬衣链扣或者一条丝绸领带。但是什么都没有留下。所有东西都早被挑出送人了。

在我即将离开香港之际,塞西莉亚给了我一个大袋子,似乎装了一些很重的东西。里面是一本英国主教撰写的厚书,这本书描写的是 1600 年位于湖南的神秘犹太侨民区。我不大了解这个礼物的意义,但这是他给我的遗产。

这一次,我再也见不到他了。过去,我也一度认为不会再见到他,我真心希望我们可以再在一起。那时我还是一个小男孩,与母亲住在堪萨斯州,在绝望中期待父亲会再次出现。可是我写给他的信从不见回复。

突然在 1951 年,他捎话说他会来堪萨斯州。我兴奋极了。父亲开设了一家新闻机构,叫作泛亚新闻联盟,他去密苏里大学捐赠教育基金给亚洲新闻学子。

他来了,显得魅力十足,送给我一个已被敲扁的爱马仕牌灰色打字机,是他在朝鲜做战地记者时的随身物品,他在长津水库撤退时也一直带着它。

但当时 15 岁的我是多么迟钝与笨拙啊，竟说了一些很愚蠢的话。我为自己的穿着和外表窘迫，并深信他一定对我感到失望。第一天的午餐时间，他喝了两杯苏格兰威士忌，我还问他为什么非要喝这么多。

在他逗留的最后一晚，母亲和我们一起去了一家意大利餐厅。他们之间的紧张气氛可想而知，这顿晚餐吃得极其痛苦。父亲为我上了一节飞行课。"吴家的孩子"，他边说边抚摸我的头发。

"是的，吴家的孩子，"母亲说，"但也是我的孩子。"我当时真想要找个洞躲起来，快点消失，死掉拉倒。

走之前，他给了我 100 美元，我用它买了一个全自动的美度牌"舵手"表①，序列号为 0903。如我曾拥有的很多东西，它也不见了。

许多年后，我也成为一个新闻人，我们彼此了解了更多，共度了一些美好的时光。尽管我们从不能很知心地交谈，但他为我做了很多慷慨的事情。

我常常想念我的父亲。他出现在我的梦中。我希望我还拥有那个序列号 0903 的美度手表，而不是手头这本关于中国犹太人的书。

---

① Mido，瑞士美度表，于 1918 年在瑞士苏黎世创立。名字源于西班牙语"Yo mido"，意为"我衡量"。1934 年 Multifort(舵手)系列的上市是美度历史上的重大里程碑。它是第一款结合了自动上弦、防水、防磁和防震四大优点的表款。20 世纪 30 年代到 50 年代，舵手系列成为最畅销的表款。

　　即使只是一个 8 岁的男孩，我仍可以感觉到战争形势的顺利。我们上海老屋的四周，飘起一种鼓舞人心的味道，意味着战争可能随时会结束。不久，人们就可以开始新生活。

　　这究竟意味着什么，我没有太多概念。除了在爱多亚路（今延安东路，译者注）老屋里的些许记忆之外，我的整个回忆就是战争，它如日夜一样成为我生活的一部分。

　　我有很多渠道可以知道战争已近尾声。其一是通过 BBC 广播。祖父的爱好曾是把时钟拆开再重装起来，他将此娴熟的技巧运用在短波收音机上。日军严厉禁止人们用收音机，但祖父每晚都会将藏匿好的零件拿出来，重新组装收听战争新闻。

　　通过广播我们知道欧洲的战争已经结束了，硫磺岛与冲绳被占领，日本本岛遭受炮击。我们也得知，在过去几天里，美国在日本投下两枚具有毁灭性的炸弹，造成巨大伤亡与破坏。

　　你也可从谈话和街头巷尾的传闻中知道这些。每个人说起这些的口气似乎都有理有据。他们即使在自己家里说话也会压低声音，使得他们说的事看起来好像都是真的。

这些传闻常与上海有关。人们说同盟国正在登陆。口气说得好像发生在当天市区那个叫作外滩的水滨码头。当炸弹投在广岛和长崎的时候，人们又奔走相告：上海就是下一个目标。这是他们从"权威人士"那里得到的内幕消息。

我们巷弄里有一个德国家庭，他们家飞扬着红色的纳粹党旗，白色圆圈里是黑色十字记号。那里住着一个叫作尤特的 10 岁女孩。来找她玩的朋友都是白肤碧眼金发的孩子，穿着松垮的灰色短裤和白色衬衣，他们欺负我们，拉扯我们的头发，还扇我们巴掌。然而，在 5 月的一天，纳粹旗子降下了一半。那之后我就再也没见过尤特了。

夏季的时候，美国的空袭愈演愈烈。有一次我们在兆丰公园（现名中山公园，译者注）遭遇袭击。飞机飞过树梢，朝苏州河的铁桥开火。父母和我跑去安全的地方，与其他人一起挤在一个小公园车站里面。那里弥漫着烟雾和惊恐的嘈杂声。

一天深夜，当空袭警报消失之后，公寓里的每个人都等在黄包车上准备逃走，因为传言这会是一场很大型的空袭。我们可以看见探照灯，还听到一些防空声响，但没有发生什么事情，于是我们回家睡觉了。

伴随着因战争即将结束而产生的兴奋情绪，海格路的大泥屋里出现了一些急躁的情绪，那里住着我们的大家庭，三代人、一些用人以及两个将与我的姑姑们结婚的年轻男子和我叔叔的未婚妻。我们家族的事业需要重新恢复，刚结婚的年轻人要开始新生活：要出席聚会，要享受外出旅行，要到商店购物而不再只是领配给。一切将会恢复常态——至少人们是这么想的。

我父亲的报纸《大陆报》在被占领初期就被关闭了。他曾是年轻的执行总编，整个战争期间他不得不在我姑姑男友经营的小

　　　　　　　　　　　　　　　　　　　　　　　流年碎影

证券行里工作,对此他很恼火。有许多历史性的故事等着谱写,而他已经等不及了。

我母亲憎恨有关战争的一切。她是一个"敌方外侨",无论走到哪里都被迫戴着臂章。作为一个美国人,她觉得自己也有该尽的义务,因此,她冒着巨大的风险帮助美国空军在中国着陆,并用移动式发射器制作鼓励士气的广播。她做的每一件事情都可能让她遭到处决。

她也知道,她不会再恢复以前的生活了。我父亲提出一等到战争结束就和她离婚。有一个晚上我醒来,听到了孩子不该听到的话。他说:"回到美国再结婚吧……"她用嘶哑的嗓音回复:"不,一旦结婚就决不分离……"我的床在房间的另一头,我在那里咳嗽和翻身,直到他们停止谈话。

之后,在 8 月 15 日至 16 日,日本天皇在广播里告诉他的国民:战争结束了。

在上海,几乎像变魔术一样,日本士兵突然全都消失了。他们离开了我们隔壁里弄那带着围墙的大房子,军官们也准备离开。他们的坦克和卡车不再沿着街道轰隆隆地发出声响。

一队庞大的银色美国飞机飞过,有运输机和轰炸机。B - 29 轰炸机飞得很低,我们甚至可以看见机身上的标记。他们向集中营丢下色彩明亮的降落伞,里面装着食物与药品。我在家里的门廊看到了这不可思议的景象。

美国大兵着陆了,与他们同行的还有一个战地记者比尔·鲍威尔,他的父亲 J. B. 鲍威尔是来自密苏里州的报纸编辑,曾在《大陆报》担任我父亲的上司。他有一辆吉普车,我们坐着他的车,在庆祝胜利的即兴游行队伍的最前头。到处都是四大国的旗子——美国、中国、英国和苏联。

不久,我重新回到因为空袭而停课的学校。我穿着一件小码美国士兵制服,伙伴们都为此欢呼。有一位同学不在那里了,他的父亲是一个汉奸,听说已被枪毙。

　　50 年前的这个时候,战争就这样结束了。在某种程度上,战争曾是一个向心力,将我们的家族更紧密地联系在一起。和平开始发挥它的离心作用,很快我就得与母亲去美国了。战争结束,我快 9 岁了,私底下我真的痛恨战争就此结束。

美国百草园

一秒的时光，四个新生命

一九八八年一月二四日

　　上周二凌晨 2 点 11 分 12 秒，一个名叫彼得的小男孩诞生了。我将时间描述得如此精确，是因为人口统计学家说过：每一秒钟，全世界有 4 个婴儿诞生。按这样算，有另外 3 个降生的婴儿和彼得分享同一秒钟。

　　在产房里，7 个专业医护人员见证了彼得的诞生。一个胎儿监测器连接在他的头上，通过示波器、数字显示器和描绘图，记录了婴儿生命状况的讯息。

　　彼得长大后，他可以得到一份长期的国民健康保障——要是遇上非常情况，这份保障会很顶用。这并不是天方夜谭。我在空军当医务急救员时，有一次从伊利诺伊飞往得克萨斯，只是为了送一个患有先天性心脏病的 4 岁女孩去治病，因为得克萨斯的医院处理这类病症更专业。那女孩的脸小得无法戴上氧气口罩，我们只好临时把一个行军杯装在输氧管上，让她呼吸得顺畅一点。回想起来，机组人员努力急救一个正在服役的父亲的女儿，是那样的美好。而这个父亲，不过是个月薪 200 美元、津贴最低的士兵。

美国有能力为它的人民做很多伟大的事情,固然它也有不少严重的疏忽。然而,若是出生在第三世界的国家,即使付出最大的努力,效果恐怕也是不尽如人意的。一般的概率是:刚出生的婴儿至少有一人会在一周内去世,不管当地的卫生组织如何努力,也不管父母如何关爱他们,就像我们关爱彼得一样。

这些婴儿来到的是一个资源有限的面临越来越多压力的世界。仅仅因为他生在美国,彼得所消费的自然资源,从资本的角度上讲,会远远超过其他第三世界的孩子。如果把他们享用的世界资源比喻成一个馅饼,彼得的盘子里可能就放了四分之三,他得到了最大的一块。

有人预测说:当这些孩子长到 54 岁的时候,世界的人口将会翻一番。他们能找到什么样的工作呢?专家估计 20 世纪末期,世界需要增加 8 亿个工作岗位,才能保持目前已不充裕的就业市场。

为工作而来的跨国移民潮,已经展示了世界是如何应付日益增大的就业压力的。在美国有控制移民的新法律,但实质上也仅是对移民潮进行管理而已。其他国家采取更激烈的措施,比如印度在其和孟加拉国边境上修建了一道长达 2 700 英里的围墙。

人类的经济活动也付出了代价。空气中的二氧化碳含量越来越高,热带森林日益消失,气候变化无常……所有的事实都预警着粮食危机。对于生活在圣路易斯的彼得来说,他的夏天可能只是忍受 30 天 100 华氏度的高温,而那些生活在孟加拉国的孩子,可能会遇到海啸,海水会吞没他们的家园,从此流离失所。

我曾在一个医生的办公室里读到如何培养孩子自尊心的书。书上说任何一个孩子都有权利生活在这个世界上,成为世间万物的一分子,就像树和鸟儿、岩石和溪流。

　　　　　　　　　　　　　　　　　　　　　　　　流年碎影

我思考了很久。问题与希望共存于我们称之为"家园"的星球,我希望彼得不会觉得这个家园并不完全属于他,但同样,我希望他可以心怀感激地想到:那三个跟他同时在上周二凌晨 2 点 11 分 12 秒降生的孩子,也拥有与他一样的权利。

男人之间的
生活真谛

　　这个小孩 8 岁了，到了和他谈起那些事情的时候了。本来我还想再拖一拖，但上周末他亲眼看到了一些事，是的，他的确只是远远看到而已，但那是千真万确的事。我当时也在场，看到这一切，如果我还以为他根本没放在心上，我就是自欺欺人。

　　他自己也开始有所意识，那是肯定的。上帝知道，他和小玩伴们也谈起过它，被我无意间听到了。电视上每天都在播放这些东西，抽象的解释和具体的示范都有，我也察觉到他看得有多专心。

　　或许他母亲也能解释这些，但这终究是父亲的义务——可能我比较保守老套吧。他能够从我这里知道我是用怎样的方式经历了这些，而他妈妈却没有这些经验。

　　那么，我还在等什么呢？

　　他正坐在他的自行车上，或者玩着积木，也许正在厨房里面捣乱。把他叫过来，把事情解决了？或许，我需要事先排练一下？我一方面想快点谈完了，却担心找不到切入点，或者他提出的问题会套住我，让我做出不恰当的回答。一方面我又想，不管怎样，一切都要说得很得体。总之，我要把它做了才行。

好吧，这就是我打算做的：

儿子，过来坐几分钟，好吗？我想和你谈些事情，随便谈谈。我只是想告诉你一些关于生命的东西。我知道发生了一些事情，而且我想要你知道：那里一切正常，安然无恙。这是成长的一部分，每个人迟早都要经历，如果你明白我想说的意思的话。

你不明白？那让我们从其他方面来看。有一些一定会发生的变化。这些变化已经在我身上发生了，在你身上也正在发生，如果你以后有了儿子，当然也会在他们身上发生。我说得够明白了吗？没有？

好吧，我们直接进入主题，像爸爸对儿子说话那样，准备好了吗？我们一定要面对一些事情，当我们开始长大了的时候——就像你现在——其中一件，就是我们的棒球队会变得糟糕起来。我们并不能做什么准备，不过这是每个人都会有的经历。相信我，每个人都有。

你出生的那年，奥兹·史密斯加入了主队，而威利·麦基还是个新手，当然，那时的教练是怀特·赫佐。他们那年赢了锦标赛和世界杯。我在第 7 场比赛的时候到了现场，之后我回到这个房间，睡在你现在放婴儿床的地方，我真希望我能向你描述那个晚上有多美妙。

你从认识这个球队开始了解棒球。你越来越关注赛事。在 5 岁的时候，你就能够坚持看完全部 9 局比赛了。而且，你总是可以看到奥兹、威利还有怀特在一起创出佳绩。

而在另一个晚上就不同了，不是吗？你唯一认识的主队教练怀特离开了，而队员们把球踢来踢去甚至扔到一边，看上去糟糕到待在场上都觉得痛苦。但是我们坚持在那里，你一直戴着你的手套,因为你觉得即使他们不会赢,仍然会有一个球向你飞来。我很遗憾最后还是没有。

以前你一直期盼夏天有好看的棒球赛。而现在你懂得了每个人都终需懂得的东西,那就是一时看上去好的球队也会变得不尽如人意。你也会发现,有些时候,他们一定要挺过一些困难时期,才能再风光起来。

夏天没有锦标赛可看,对你来说是从未有过的经历,虽然对大多数人来说,这都是不可避免的事实,而且他们也泰然处之。在你对于球赛的记忆里,建立了一些快乐的经验,这同样是幸运的,那些高质量的球赛也成为你日后的宝藏。

面对这种情况的诀窍在于,当它变糟的时候,也一如从前它好着的时候,同样去喜爱它。更何况,棒球联赛在所有热门体育项目中是你最爱看的,相对于那些细微的改变,你应该重视比赛精神,而不是重视比赛结果。

你对结果抱有希望,但一定要记得意志与决心。把球扔到好垒上,回本垒,击球跑位。而且你要记住:那里的热狗总是比家里做的好吃。

主和所有脆弱而溺爱子女的父亲的保护者啊,你了解我们所受的屈辱,你监督着我们的每一分努力,不论这努力是顺利还是绝望,是明智还是荒谬。请听,这是你的罪人唱的《哀歌》:①

我曾无视地方法令和野外营地的管辖规章,燃放了 12 个很小的冲天炮。② 7 月 4 日美国独立纪念日放了 6 个,之后的一个周末又放了 6 个。儿子们为此兴奋不已,他们躲在树后面的安全地带探头张望,这时候我听见妻子严厉的反对声:"我真不敢相信自己竟然嫁给一个还在放鞭炮的男人!"

我漠视政治上的正确性,教育孩子输得漂亮和赢得漂亮一样

---

① 《哀歌》(*Lamentations*)即《耶利米哀歌》(简称《哀歌》,系《旧约圣经》中一卷)。耶和华上帝发怒,耶路撒冷被毁,百姓被掳。耶利米为此大声哭泣,这就是《耶利米哀歌》。它是整本《旧约圣经》中最哀伤的一卷书,耶利米曾花 40 年来规劝百姓远离恶行,虽然他悲痛不已,但他仍劝人们要相信神,"神的慈爱永无止境"。要乐观,"每个早晨都是新的"。作者使用哀歌的形式,向上帝讲述自己的所作所为。

② 冲天炮(bottle rockets)即一种 1.4G 的烟火,点燃后火药冲出,飞上天空爆炸,形如火箭。多被禁止燃放。

有价值,甚至也同样困难。我忽视了对孩子的性格引导,告诉孩子们不要太看重竞争,要把人生看作一场人人皆赢的比赛。此外,我还劝告他们,由于支持"红衣主教"被认可,而且被看作一种公民道德,以后只为自己的队伍喝彩这样的做法将不仅仅被允许,甚至还会被鼓励。

有时我会被儿子们片刻不停的玩耍吵闹激怒,我就咆哮着,含糊地打他们几下,我就像一只毛发蓬乱、睡眼惺忪的熊,容易发怒,缺乏宽容,对待一切空洞的威胁都像个老去的滑稽小丑。

我曾忘却自己的良心发出的轻微弱小的声音,与孩子们共谋一些小的恶作剧和放纵他们。我还把共谋者聚集起来,看着他们天真的面容,说了这样的话:"不要告诉妈妈……"

对了,我还给他们硬币玩电子游戏。如果我正在吃饭,或者希望能够不受打扰的时候,我会给他们更多。

我曾拒绝了益智玩具,而选择那些花哨的、造价低廉且没有社会价值的玩具,只是因为我觉得它们看起来很有趣。

主和所有脆弱的父亲的保护者还知道,我这个罪人曾将儿子带到小型机场,除了打发闲散的时间之外没有任何意义。看着发光的飞机起起落落,我没有讲解任何有用的飞行原理或者物理学知识,却只是说:看,它正朝我们飞来。

还有,我曾经忽视了新的教育方法,将自己的喜好强加在孩子身上,对"自我探求"的原则不够尊重。据说根据这种理论,孩子可以独立地走进莫扎特的神秘世界,他们还会自己学会钓鱼,理解山体的形成过程。我是有罪的,我只是和他们"讲"一些事,而不是与他们"分享"。我对"赋权"的理念持怀疑态度,我相信,能力不是可以从他人那里获取的(不像医院的笑脸图标),而必须通过艰苦的甚至不愉快的工作,以及好运才能得到。

　　　　　　　　　　　　　　　　　　流年碎影

我曾允许孩子在私人车道上驾驶汽车,我知道这会让孩子们兴奋地飙车,或许几分钟以后,他们可能被警方拘留。

　　我曾经骗孩子们,说我和圣诞老人、复活节小兔子①、牙仙女②在一起,这些有魔力的人物总能给孩子带来希望。我说我牢牢掌握着这些人物的秘密,如果孩子们逼我,我也会承认:在宁静的黑夜里,我曾远远地听见他们说话。我还曾起誓:我见过他们的脸。

　　主和所有脆弱的父亲的保护者,请听听这些哀歌,这是你的罪人的忏悔。我在为自己减轻罪行,向你们忏悔自己卑鄙的行为。

　　我曾在天色渐暗的黄昏,坐在河岸边,把6岁的儿子抱在怀里。我们看到一只圆形的蜘蛛在一棵榆树的叶子上织网,灰色的天空映衬着它的影子。我们看着它跌落又重新爬上来,从树枝的缝隙间通过,再次跌落、爬上来,直到最后天完全黑了,我们再也看不到为止。我感谢这样温暖的时刻。

　　我曾注视着大儿子,数着"一""二",把球扔向右外场的围墙,我看到他手臂伸直,积极地去接球,就像美国职棒大联盟的球员那样。我看着他进步,训练自己的移动能力,做到他想象中那样尽善尽美。后来,在吃比萨的时候,我听着他骄傲而又略带遗憾地回忆起那场比赛,因为他除了自己跑垒外,还跑了更多分外的,但他的球队落败了。

　　我从来没有拒绝孩子要我和他们再读一本书的请求。我明

---

① 复活节小兔子(Easter Bunny),复活节是基督教纪念耶稣复活的节日,指的是每年春分月圆后的第一个星期日。兔子繁衍力强,它作为复活节的礼物象征着子孙后代的繁衍。

② 牙仙女(Tooth Fairy),传说中专门负责收集牙齿的仙女,美国儿童将脱落的幼齿放到枕头下,仙女取走时会在旁边放上钱财。

白如果这样做了,我将来会后悔上千次,那时儿子们都已长大,读书和我们之间的亲密成为回忆,后悔就太晚了。

考虑到这些,我请求主和所有脆弱父亲的保护者再赐予我一次机会吧——这是所有父亲都想拥有而只有一部分人能再度得到的东西。请让我变得更好、少一点愚蠢,尽自己最大努力将事情安排好,请再试一次调慢时钟的走动,那滴答作响的一分一秒将我们的孩子带走。

父亲和儿子，过去和未来

一九九二年六月七日

我的二儿子叫班尼特，他在睡觉前读故事给我听。头顶上电风扇的叶片正缓慢地旋转着，房间的另一端，他的母亲在为另一张床上的弟弟读书。大儿子在他的房间里面一边大吃大喝，一边听着观众可以参与的体育节目。渐渐地，全家人沉静在各自的世界里，忘记了夜色。

班尼特正在读苏斯（Seuss）博士的书。他只有 7 岁。仿佛突然间，他的识字能力、理解词语间联系的能力，以及从中体味乐趣的能力都突飞猛进。现在他正在学着识别那些细微的词句陷阱。

> 我不愿，也不能，在盒子（box）里。
> 我不能，也不愿，和狐狸（fox）在一起。

最近，我们注意到他仔细而又夸张的发音。他额外得到了一个在圣路易斯歌剧院演出的机会，他现在总用一种滑稽的舞台方式说话，这实在让他的哥哥发疯。

当这些男孩子出生时，有人说他们好像是分三年出生的三胞胎。出生时三个都是身高11英寸,重8磅8盎司。现在他们都是大男孩了,汤姆和彼得,最大的和最小的,在同龄人中算是长得相当高大。迟早有一天他们要长得比我高。

第二个男孩的骨骼发育有些迟缓,他比同龄孩子显得矮小羸弱。他有一张漂亮的圆脸,时常露出严肃的样子,每当他微笑时,我都会感到心醉,那是我看到的最灿烂的微笑。

在三个孩子中,他是最脆弱和敏感的。每当我看到他坐在一边看着别的男孩子打球,回忆就会强烈地冲击着我——很久以前在遥远的地方,在我的童年时期,也没人和我玩。但是,我不清楚班尼特是想玩球而没人玩,还是只乐于旁观。

和其他的男孩子相比,他像我过去那样喜欢观察。他一直是家里最细致的观察者。奇怪的昆虫、古怪形状的彩色玻璃碎片、远处河面上突然飞起的蓝色苍鹭,他总是比我们先看到。因为他的观察力,我们能更清晰、更近距离地看这个世界。

汤姆长得相当健壮有力,体内燃烧着常常不愿被我们看到或者感觉到的东西。他开始为自己建立安全的私密场所,让我常搞不懂他在里面做什么,他把感情封闭得紧紧的,在仔细测量好的2英寸宽的门缝里和我说话。但当我告诉他我爱他时,他还是确保我能看见他的脸。

彼得生活在一个均匀加速的状态中。他从邻居的滑梯上摔下,伤到了胳膊,但是受伤似乎只是增加了他对于重力定律的藐视。他自夸可以用一只胳膊做任何事情,而我和他母亲都担心他真的会。仿佛没什么能让他停止,晚饭后他突然要洗澡和看书,很快就安静地睡着了,为第二天早上的活动积攒能量。

在汤姆身上,我看到了自己当年最想成为的男孩。在彼得身上,我看到的是一种挑战物理规律的永恒运动,他把自己带上运转轨道只是时间问题。而在班尼特身上，我看到了过去的自己。

我和班尼特躺在床上，为他拿着书，听他读苏斯博士的书。我想着，是怎样的因缘际会，上天安排他和我，还有另两个男孩及他们的母亲成为彼此生活的一部分呢？人生任何一个阶段上的路口一旦错过，我们就会湮没在夜色和永不回头的时间里，再也不能重来。

我的父母亲 60 年前相遇在密苏里大学。父亲来自古老中国朝廷命官的家庭，家族里的长辈也曾沿着中国海岸驾船把盐运到国外去卖，沿途还得和海盗作战。他们后来成为最早的基督教皈依者，从西方的发展看到了未来，代表中国在国际联盟中供职。母亲是《独立宣言》签署者的第 6 代传人，这位祖先是美国独立战争时期宾夕法尼亚州的民兵和新泽西农民，他在一张纸上签名，上面写有："我们握有不证自明的真理……"

父亲吴嘉棠在 20 世纪 70 年代末来圣路易斯

我们现在都在这里。班尼特、彼得和汤姆，连在一根链条上，它曾经是千万条中之一，现在仍然完整，并且最终把我们和地球上所有男女老幼连接起来。你们的母亲和我在一个链条上，让你们诞生，你们有一天又会创造新的一根链条，就这样生生不息。

　　班尼特读完了书，该关灯睡觉了。土星的冷光和其他零散的星光，从天花板上洒下。他让我帮他挠挠后背，几分钟后，我和他都不知不觉地睡着了。

流年碎影

当我还住在上海，只是个小男孩的时候，上海极少下雪。台风来了又走，把我家弄堂与周遭的高大竹篱刮倒了，招得陌生凶狠的狗跑进了小区。我们得远离这些四处乱窜的狗。一个和我差不多年纪的邻居小朋友就是被一只大狗咬伤，患狂犬病死掉的。

从孩子的角度来看，台风可不怎么好玩：狂风暴雨，人们闭门不出，无所事事。风过之后，我们还要捡拾树枝，提防着那些狗。我记得上海只短暂地下了一次或者两次雪。下雪时大人们会欢呼着走出屋外，我们小孩子也冲出去，看这世间的珍奇。

但是没多少积雪，这稀罕事很快消失了。直到我搬去堪萨斯我才开始认识雪，那厚厚的，可以用来滑雪的雪。那附近有几座名字骇人的山，听着就让人心寒：死亡者一号，它蜿蜒在克里斯伍德车道（Crestwood）和第 55 号车道之间；死亡者二号，它穿行在阿达姆树林；还有死亡者三号，我认识的人中没人去过，每个人都说去那就意味着九死一生。

我去过几座这样的山。正如大家期望的那样，那些山坡现在风景秀美,斜坡的弧度也在安全范围内。很久之前,阿达姆树林里就盖了许多民房。

多年以后,我仍然牢牢记得这些山的名字。这些名字就像"变形飞人"(Flexible Flyers)牌雪橇①那样,总能唤起容易受骗的小孩子们脑海里危险与神秘的意象,让他们想象着汤姆·索亚②以及哈克·芬恩③隐居的城市。我很好奇,在我的孩子和他们的朋友的生活里,有没有这样浪漫又危险的去处。

我的雪橇不是我梦寐以求的"变形飞人"牌,而是 Sliver Streak 牌。我试过一种红色塑料制的"啄木鸟"(Woody Woodpecker)牌的,它前面有汽笛,涂上蜂蜡还可以在平滑的雪地上减速。还有我的自行车是 Western Auto 牌的,而不是 Schwinn④牌的。我无望地期盼着令人眼亮的、最时髦的装备。但是对于妈妈和外公而言,不同牌子的自行车并没有什么两样,雪橇也是。

现在这些东西已经束之高阁,光荣"退休"了。当我放起雪橇和自行车的时候,一种难以言喻的愉悦涌上心头。一瞬间我回忆起自己的 16 岁生日,它们陪伴着我,是我那时仅有的东西,我对它们万分珍惜。

---

① Flexible Flyers 是美国最出名的雪橇品牌,有一百多年的历史。发明者为 Samuel Leeds Allen。"变形飞人"是译者为方便读者理解而意译,并非 Flexible Flyers 正式发布的中文名。
② 汤姆·索亚(Tom Sawyer),是 19 世纪后期美国现实主义文学的重要代表马克·吐温的四大名著之一《汤姆·索亚历险记》中的人物。小说描写的是以汤姆·索亚为首的一群孩子天真烂漫的生活。他们为了摆脱枯燥无味的功课、虚伪的教义和呆板的生活环境,经历了种种冒险。
③ 哈克·芬恩(Huck Finn),也是马克·吐温的作品,是《汤姆·索亚历险记》的姐妹篇。
④ Schwinn 是美国最出名的自行车品牌,自 1895 年起就风靡全美。1993 年宣告破产,后被其他品牌收购。

我的大儿子和二儿子已经在用他们的第二辆自行车了,塑料滑雪板则是每年都要换新的。他们会把滑雪板存放在记忆里吗?可惜我已经不是小孩子了,不知道他们的答案。

　　上周大雪将至的那个下午,我比往常早回家。雪快下了,我和儿子们出了趟门,很快就回家,把那个开始变得银白的世界关在外面。

　　烤鸡似乎很适合此情此景。我在杂货店挑选了一只肥鸡,用洋葱、芹菜填满,然后用迷迭香、蒜和龙蒿叶(因为缺少烹饪训练)熏好,最后把它和土豆、胡萝卜一起送进炉子。我心满意足地向孩子们宣布它应该会很美味,然后倒了一杯红酒,走进客厅。

　　我的大儿子正全神贯注地看全球体育频道的节目。小儿子脱了衬衫,光着膀子在楼下转来转去。二儿子去了好友家。那只黑狗韦伯斯特在地毯上睡着了,那地毯是我的中国祖父母送给他们的美国亲家的,也许代表友好,也许代表和解。两种说法我都听过。

　　我塞着耳机,听着海顿的《圣约翰的神》,声音有一些杂乱。外面天色渐渐暗淡,转为漆黑。这样的场景里,我突然想到我应该写部舞台剧来描绘这个画面。

　　将这理想化的舞台幕布拉开,舞台上会出现快乐的孩子们、躺着的狗、沉醉在音乐享受里的父亲、轻飘的雪、充满香气的厨房,仿佛和现实世界脱离了一切干系,一幅快照能把这一切捕捉下来,使它独立存在于过去与未来之间,而我们可以自由地谱写皆大欢喜的故事。

　　快乐的一家在海滩上,孩子第一天踏进学校,去世很久的母亲和父亲,他们定格住的神采甚至有些神秘的表情意味着——意味着什么呢?那还是小男孩的我,那还是小女孩的你,通过照相机镜头凝望将来的生活,而我们自认为已经知道了故事的结尾。

　　站在时光的这一头,我们观望着,创造着,想象着。这就是为什么老照片会比新科技的录像带更动人的原因,因为录像带清晰地展现了序幕、高潮,把一切都阐述无遗。就像那济慈①的《希腊古瓮颂》里的女孩,她静止的影像依然安静、纯洁,却引人无限遐想。我在脑海里布置的舞台,就像从老相册里拿出的快照,比普通的生活更直指我内心的完美。

　　然而现实中,我们的这台戏还要继续。等我回过神来,舞台的布景已经改变。儿子们为学校第二天就要放假而欢呼雀跃,他们对美味的鸡没有兴趣,碰也不碰。

　　我在深夜醒来,周围一片宁静。窗外一片银白,整个世界格外平和。我又想到,当我和我的儿子们一样大的时候,我从来不知道雪是什么样的。

---

① 济慈(John Keats, 1795—1821),英国诗人,诗才横溢,与雪莱、拜伦齐名。有《夜莺颂》《希腊古瓮颂》《秋颂》等脍炙人口的作品。被推崇为欧洲浪漫主义运动的杰出代表。

前往加拿大之前，我们在佛蒙特州最后逗留的地方，是美国第 7 公路上位于张伯伦湖（Lake Champlain）东畔十字路口的海格特温泉。那一带有一些房屋，还有已成名胜的泰勒宅邸、邮局、一家普普通通的马丁便利店，还有一座白顶尖塔的教堂。

马丁便利店向来早早就开业了。店里有咖啡、报纸、啤酒、苏打水、坚果、当地的枫叶果汁和各种各样的干酪，还有钓鱼竿、鱼饵和其他渔具。好多商品贴着标签，却从未在商场里出现过，我们也叫不上来名字。

它就像一个普通的饼干盒，没有花哨的外包装。大多数旅客图便利来这买些用品，也有些特别的常客为小店深深着迷。

马丁便利店里的迷你糖果品种繁多，全都裹在小巧的牛皮糖纸里，包装异常精美。直到 6 月初的那周，我才知道马丁便利店的好。

妻子和大儿子在宾夕法尼亚州参加同学会，我带着两个小儿子去那儿接他们，然后继续往前行驶。对孩子们来说，这种方式可以称之为"护路犬之路"的短途旅行，也就是由父亲和儿子轮流驾驶,在野外露宿一两个夜晚的旅程。

有一条常走的路,那是多年前我参加常规军训时知道的。那时,队伍行进到一个十字路口的时候,队长一声令下"护路队出列!",就有两位士兵从队伍中走出来,等其他人都走过去之后,把道路封锁起来。队长又喊道"护路队入列!",他们俩又重新回到队伍中,继续前进。

多年前,我们还只有汤姆一个孩子,我就带着他去旅行。车驶出车道,我们叫着口令"护路犬出列!",唤起尘封的军训记忆,这名字也有点卡通的意味。和孩子们一起,很容易就和卡通世界亲近起来,我也时时地感觉自己是卡通世界中的一员。

自那之后我们都成了护路犬。孩子们挨个加入我们的"盟军",驱车穿越乡间去见孩子的母亲——比起汽车,孩子的母亲更喜欢坐飞机,她常常带一个孩子搭飞机先抵达。一小时过去了,两小时过去了……我们在公路上行驶着,越过山岭,穿过田野、河流这些远离家园的美景。我们看见太阳从郁郁葱葱的山脉升起,又看着它落入白雪皑皑的草原。到了夜晚,我们将车里的睡袋和椅子搬到车外露宿。

我希望时光永远停留在这一刻,尽管那些事情看起来是那么缺乏社会价值:无止境的因抢座位而争吵、不停地恳求路人推车、观看烟火还有其他有趣的节目……我的快乐天堂里有我的孩子们,有我们从未见过的如此美妙的山路、汽车,有从未到达的目的地。我们一边走着,一边将身边那如有魔力般的一切嵌入记忆中。

然而,此刻,黄昏,在海格特墓地的温泉,我们却遇到了一点点小麻烦。彼得这个 5 岁的孩子在太阳底下睡了个长长的觉,醒来后显出前所未有的烦躁。快到晚饭时间,他拒绝和其他的孩子一起进餐、嬉戏、玩耍。孩子的母亲得暂时带其他孩子离开,我走上前去再哄哄他。

我们安静地坐着,他怒目而视。我问他:"你有什么想做的事情吗?"他想了一下,点了点头。"我们随便走走怎么样?"他说道。于是我们走啊走,走到路的尽头。我问:"走哪条路好呢? 去码头还是直走?""直走吧!"他答道。最后,我终于知道了他闷闷不乐的原因了。和其他孩子不同,彼得这个最小的弟弟到现在还不被允许独自去马丁便利店。

"你是想去卖糖果的便利店吗?"我问道。"嗯!"他应道。于是,我们手牵着手,走了半英里路,来到了这家便利店。我让他随便挑。他仔细选了他想要的糖果。选好后,我用黑色标记笔在小小的褐色纸袋上写下了他的名字。

"留到晚饭后再吃吧!"我说。往回走的路上,我们遇到了一群孩子,他们嘴里哼着小调:"你不可以骑我的红色马车,前座的座位坏了,车轴也坏了。"彼得跟我击掌,开心地加入到孩子们的队伍中。而我,则去找妻子共进晚餐。

这方法有时很有效,但时间长不了。那晚,哥哥班尼特发现彼得有一个 Pez Dispenser。① 这摆明了是不公平的。"我们明天再去吧!"我说道。这是缓兵之计。没错! 永远都会有明天,我们总是用它来许诺,用它来延长我们的信用期限,这样就永远有充裕的时间处理我们手边的事情。就好像那个卖糖果的便利店,当我们需要,永远都可以再找到它。

但是,明日复明日,明日来了又走,留下让我们去实现承诺、

---

① "Pez Dispenser"是一种在美国流行了 50 多年的糖果盒,拥有众多的卡通造型。

去分享的时间一天天减少。何不抓住现在？在夏天即将过去的时候，我跟孩子手牵着手，走向十字路口的那个便利店。愿时光倒流，停在这个 6 月的傍晚。

一份用心挑选的
无价礼物

一九九三年一二月一九日

全家过完万圣节、感恩节，紧接着又进入圣诞季了。当父亲的开始注意到，周围关于玩具的目录册、广告单、函件已经堆成了一座小垃圾山。他同时还发现，三个孩子中，二儿子最起劲，正兴致勃勃地阅读着这些玩具的广告宣传单。

大儿子对玩具不再感兴趣了，他已经迅速地从玩具的领域撤退出来。他的想法变得越来越复杂，让人难以猜透。尽管他仍然沉醉于酷似来复枪的水枪，还有其他由无线电控制的玩具，但现在他的最新爱好已变成了各种各样的重金属音乐磁带和相关服饰。

小儿子还未完全具有读写能力，他在妈妈的帮助下，用口述的方式与居住在北极的人通信。他没有辨别能力，无论看见什么东西，在报纸上、电视上还是商店的橱窗上，他都想要拥有。每天早上，每天晚上，他都问，还有多少天才到圣诞节呀？

而二儿子，班尼特，已经初显了学者风范。他直接写信给玩具公司，告诉他们一系列关于玩具的设计理念和价格等的建议，他写信的对象还包括圣诞老人。他用批评的眼光仔细地观察那些广告传单,对于即将到来的圣诞节,他拒绝用天数来计算,他鄙夷那种粗俗的计算方法,于是让父母帮他换算成小时、分秒这样更细微的时间单位。

尽管他信件上的一系列要求提得不够谦恭,但毕竟他还只是一个 8 岁的孩子。他在他的礼物单上提前写满许多感恩的话,说自己会更加听话,他还认真地用草体字写上"我爱你"等字样。我这个做父亲的看见儿子在那么多祝福中都写上"希望每个人都有好的生活"这句话时,备感欣慰。

然而,这样颇具吸引力的信件还是没能驱赶我内心的忧郁,尤其是在每年的这个时候。我的忧郁跟钱有关,跟我那三个孩子完全不同的消费价值观有关。他们从不考虑钱,没有省钱的概念。是不是所有的孩子都这么喜欢花钱呢?难道他们以为钱是长在树上,那么容易就能获得吗?

当圣诞节到来的时候,我内心深处还是会有些许自我中心式的阴冷。我怀疑孩子们是否永远热衷于没有节制地花钱。

我跟他们一样大的时候很穷,住在一个离这里很远的国度。战争的乌云笼罩了那个被别国占领的城市。有一天,一阵风吹来了很多钱。

那天正在进行空袭,到处都能听到炸弹的爆炸声。家人禁止我外出,而我,一个 8 岁的孩子,自己爬到三楼的阳台上,静观着一切。

我猜这些钱是从某家银行或者某个印钞厂来的,一阵强劲乌黑的大风将它们从西面吹来,卷来了千万张钞票,几乎覆盖了我家那栋楼房的整个天空。那些钞票叫"元",但当时已经彻底贬值了。我永远都忘不了那天,天色低沉,飞满钞票。

几个月后,战争结束了。那个新年,我在行了叩头仪式,也就是对着长辈们磕头行礼之后，拿到了一个装满钞票的红包。我的家人是慷慨的，由于通货膨胀，那袋纸钞估计价值也不大，但在那一刻，我觉得自己算得上是一个百万富翁了。我用那些钱买了一辆自行车，骑了一整个春天和夏天，之后我便离开了那个城市和那个遥远的国家，和母亲坐船来了美国。

我很想知道，如果我的孩子们也收到这么一个红袋子，会有什么样的反应？用来买糖果？滞销物？便宜的玩具？然后花光所有的钱？一想到这里，我的忧郁便加深了。

感恩节前夕，我带了班尼特到我在堪萨斯州读过的学校参加一个足球赛。路上我停下来加油，班尼特随即恳求我替他买彩票。"这样很浪费钱。"我说道。但他还是坚持要，撒着娇，最后我给了他 1 美元。班尼特刮开了买来的彩票，难以置信地，他竟然中了 10 美元！他从来都没有那样兴奋过。

回家之前，这 10 美元一定会被他花掉的，我这样想。但我错了。班尼特把 10 美元收起来了，只是回去后在他的兄弟们和母亲面前炫耀了一番。兄弟们眼里充满了羡慕和嫉妒，而他的母亲一向不赞成买彩票中奖的做法，这让他很快地沮丧下来。我感到很困惑，我的确不知道这些孩子心里到底是怎么想的。

几周后，我和班尼特去杂货店购物。这孩子很快就不见了踪影，但我猜到他去做什么了。无论我们何时去购物，孩子们都会直奔摆放有糖果和玩具的柜台。但这次，班尼特迟迟没有出现，直到我买完东西，远远地看见他站在结账的柜台前，他看上去是那么娇小，尤其是在结账的队伍中，他的两只胳膊抱了一大堆东西。

我跑过去看个究竟。"别看。"班尼特说。但我已经看到了。他手臂里不是糖果，不是零食，全是玩具和包装袋。"我要给家人买圣诞礼物。"他说。

我的心颤了一下。一回到家,班尼特就开始动手包装礼物。他把礼物都包好,小心翼翼地藏了起来。这时我问了他一个问题。虽然我已经猜到了问题的答案,但我还是想亲耳听一次,因为我内心深处开始温热起来。

"这些礼物一共花了多少钱呢?"我问道。

班尼特回答了,跟我预料的答案完全一致。

"10 美元。"他说。

　　无论你是在读报纸的哪个部分，上周的话题不是"疯狂3月"①的开始就是"白水事件"（Whitewater Scandal）②引起的狂怒。然而，在我生活中，有一些事更令人难忘：蓝色的天空下，番红花正盛开着，我和二儿子班尼特，一起深入到内陆县城进行一次探险。

　　对于有一群处于特定年龄的孩子的家庭来说，几乎所有的狂热运动都发生在"疯狂3月"这个季节。然而在这周，我的家庭相对宁静，生活的脚步放慢了。

　　其他的家人都走了。妻子去出差，把放春假的大儿子汤姆和小儿子彼得也一同带去了，班尼特一直盼望着我们重聚日子的到来。

---

① 全美大学生篮球联赛（NCAA）从每年3月起进行64强赛，由于采用一场定胜负的层层淘汰赛制，所以比赛激烈易出冷门，影响力几乎覆盖全美，故被称为"疯狂3月"（March Madness）。
② 1994年，美国第一夫人希拉里以前开设律师事务所时涉及白水（Whitewater）土地开发舞弊案，后矛头转向克林顿。

在三个儿子中,汤姆最让我满意:高大、英俊、热爱运动、冷静。彼得最难集中注意力。他精力旺盛,动个不停,玩得筋疲力尽才睡去。

而8岁的班尼特……我望着这个身上某些地方和我极为相似的儿子:言语谨慎,容易受伤,对周围警觉、敏感,对世界有很好的理解能力。他的笑容太奇妙了,天使都会为之飞翔高歌。

我们同意,对于人类这种可快速繁衍的生物,某些准则是得严格遵守的。均衡的营养、良好的家教、控制看电视的时间、勤奋学习功课和练钢琴——对孩子们的教化将使人类文明延续,使野蛮终止。

我们的饮食很好。真正的牛排、烤鸡、花椰菜、奶酪、马铃薯、奶油玉米。"我们像国王般幸福地生活着。"有一个晚上班尼特这样说。我回答,国王也没享受过我们这样的幸福啊。

我们去看电影,去买新鞋换下已穿破的旧鞋。他还想要一双滚轴溜冰鞋,说是皮带坏了,不安全了。但是他的溜冰鞋买了还不到一年,而且,我看过他穿着那双冰鞋溜得挺顺。"不。"我说道。人应该对这种狂热的商品消费有所警惕:今天是新的溜冰鞋,明天将是浮华的轿车。我不能让他养成习惯。

他讲笑话给我听,并问我问题,有些问题我无法轻易地回答。看着我中国祖父的照片,班尼特问他是否仍然健在。

"祖父很久以前就去世了。"我回答。

"那你呢?你什么时候去世呢?"他很认真很严肃地问我。

"嗯,"我说,"那要看我自己有多小心。假如我今晚不睡在我的床,而是睡在街道的中央……但多数情况下我是不可能这么做的。"

"不是那样的,"他说,"你什么时候会因为年老而自然死去呢?"

我不知道该如何回答,因为我也不知道。我只能回答这没什么值得担心的。但他仍然很不放心。

这个星期,除了班尼特,我生活中还有些别的孩子。一个从圣查尔斯学校来的老师邀请我去她的课堂,我花了半个上午的时间和那些一年级的孩子在一起。孩子们给我看他们从《圣路易斯信使报》剪下来的图片,我则告诉他们报纸上这些文字的来源。

最后,我们谈起了洪水。一个男孩讲了他怎么救出自己的小狗,还有人谈了当洪水涌入他们家门口的时候使用沙袋的事。几乎每个人都有一个关于洪水的故事。这些孩子很勇敢,克服了这些困难。

后来,我开车经过奥尔顿西部,花了很长的时间才回到家。在 94 号高速公路上行驶,感觉就像在月球上行走。洪水夺去了这个村庄不少人的生命。曾经种满玉米和大豆的道路两旁,如今只剩下泥沙和没有树叶的光秃秃的树干。北部的飓风卷起泥沙,侵入田园的边缘地带。满天飞扬的尘沙标志着这场灾难的结束。埃利奥特惨淡的景象深深嵌入我的记忆。奥尔顿西部是毁坏最严重的地区。它原本是一个有着 120 年历史的社区,但如今,它再也不可能回到从前的样子。

眼前到处是遭毁坏的房屋,房顶凹陷下去。一棵枯树上悬挂着一个 55 加仑的鼓,电线上缠绕着坏死的灌木和毛刷。一个连着拖车的起重机陷进沟渠,更加重了荒芜颓败的感觉。

到处是装有孩子们玩具的空房间,其中大部分的玩具已经不能再用了。在去年洪水肆虐之前,这儿曾经是孩子们幸福的游乐场。大部分人已不可能再回到自己那张舒适的床。他们中还有多少人会幸运地说"我们像国王般幸福地生活着"?

那个礼拜,我因为公务需要走进一家正在打折的商场。班尼特看见一些有着蓝色、黄色、栗色装饰的溜冰鞋,他恳求我让他试穿那些鞋,它们看上去是那样的合适。没错,他那双旧的溜冰鞋也可以穿,但也许不那么合脚,我也不忍心看见他因此而把脚扭伤。

　　那天夜里,我给他讲完故事,把灯熄灭后,他对我说:"爸爸,那双新的溜冰鞋,我真的不知道该如何感谢你才好。"

　　我本打算给他一个长长的回答,但意识到这可能比沉闷的演讲还冗长。所以,我停下来,简洁地说:"不用客气,小家伙。"然而,当他已经迷迷糊糊快进入睡梦的时候,我又加了一句,但不是对他,而是对我自己说:"不,班尼特,我才是那个不知道该如何感谢你的人。"

流年碎影

6 岁的彼得仍然需要我们在击球方面给他些鼓励。一天下午,他的球队"红衣主教"(Cardinal)队在 8 强争夺赛中落后于对手,他回到了候补队员区的长椅上。我们离开看台的时候,一些年纪大一些的男孩开始在那儿发牢骚、抱怨。他们忘了自己曾经也是花了很长的一段时间,才练就今天的击球技术的。

后来,"红衣主教队"重整旗鼓,赢了这场比赛。我们从汽车里的收音机听到这个消息,没有直接回家,而是选择了一段感伤的旅程。我们正在去韦斯(Weiss)飞机场的路上,那是一个小飞机场,在芬顿(Fenton)外一个叫米拉梅克(Meramec)的河流的西面。

在接下来的几天里,最后一架飞机将从韦斯起飞,结束这个机场 55 年的使命。面对高额的地产税费,又不能再从联邦政府得到补贴,机场的业主们正把他们的飞行学校及其部分营业转移到西北部 15 英里外,位于切尔特菲尔德(Chesterfield)的圣路易斯机场去。

一个紧接着一个,先是汤姆,然后是班尼特,最后是彼得,我曾经在很多个下午带着他们来到韦斯。起初,他们还只是婴儿,很多家长都把汽车当作美妙的催眠剂,我也不例外。在午后小睡的时间,当他们的婴儿车和睡床不起作用时,我们便朝机场方向开去,沿途放着莫扎特和海顿①的乐曲,那是我认为很诱人的音乐。

孩子们睡着了,我们的车继续行驶,沿着米拉梅克河边,路边是建在木桩上的周末度假小屋,有一天,它们会被拆掉。我们把车泊在北侧那条飞机跑道的尽头,看着亮着灯的飞机在离我们坐的地方几码之外着陆,扬起了尘土和轻烟,紧接着,机场巴士出出入入。飘浮在跑道之上的那些翠绿的小山峰,看起来离跑道那么近。这对我来说真是一个美妙的时刻。

我小时候生活在上海时,便对飞机很着迷,这些年来一直没减弱对它的兴趣。我见过无数的日本和美国的战斗机,并幻想有一天自己也能在蓝天中飞翔。然而当这一刻到来的时候,我是在中国的一架 C-46 突击队型飞机上,它盘旋在城市上空,目的是为了帮助一名摄影师完成任务,我被吓坏了。这份恐惧一直伴随着我,直到几年后我被空军部队派遣到医院担任看护兵时才结束。

孩子们稍大一些的时候,我就会带他们进到机场办公室,给他们买巧克力牛奶和滑翔机模型。我们听着飞机广播,把车开到跑道的西面,那儿停靠着一些好飞机,如 Bonanzas②,有时会有

---

① 约瑟夫·海顿(1732—1809),奥地利作曲家,世界音乐史上影响巨大的重要作曲家,由于他对交响曲体裁的形成和完善做出了巨大贡献,因此被人们称作"交响乐之父"。
② Beech Bonanzas,雷神飞机公司(Raytheon)的一种著名的活塞式发动机型号。

　　　　　　　　　　　　　　　　　　　　　　　　流年碎影

Ercoupe①,还有一些飞机主人摆放了烧烤用的架子和餐桌,在那里庆祝他们的飞行生涯。

有时,我们会看见一架银色的双发比奇②,拖着货物到附近的克莱斯勒汽车工厂。很多次,我在午夜醒来,听到普惠公司③电动机的咔嗒咔嗒声在我们头顶上响着,它载着货物,驶向目的地。

这个下午,我们最后一次去了韦斯机场。那里是训练机队的日常营地。但那地方看上去有些空旷,有些飞机已经被转移走了。我问孩子们:"我们再进去看看,怎么样?"他们对此却没有多大兴趣。一个孩子急切地想回家完成他最新的发明——他用太阳能来发动的"死亡射线"。另外一个则渴望尽快回去看他被洪水淹没的棒球场地。

一架旧的红白相间的 Ercoupe 降落在我们周围,一架 Bonanzas 起飞,一架黄色的载重直升机慢慢地从东边飞过来,而我们,开着车打道回府了。

后来,我感到失望。我试图激起孩子们的热情,但他们并不喜欢。我本想用"飞机"将孩童时的自己与现在我的这些孩子连接起来,变得更紧密不分,今后某一天,他们走过飞机场或者看见一架飞机着陆时,也会想起我们共处的时光。而现在我意识到:

----

① 1992 年创立的飞机制造商。

② 双发比奇(Twin Beech),即比奇 18 型,是 Beech Aircraft 公司的代表作品,也是在飞机历史上生产期最长、对飞机发展产生重大影响的重要机型。第二次世界大战时曾占联盟空军飞机的 90% 以上,两翼上带有螺旋桨,因此又被昵称为"双发比奇"。

③ 普拉特-惠特尼集团公司(Pratt & Whitney Group,P & W,普惠),1925 年成立,是世界上最著名的航空发动机供应商之一,是除通用电气(GE)、罗尔斯·罗伊斯(Rolls - Royce)之外最大的航空发动机和军民用燃气轮机生产商,也是美国主要的国防承包商之一。

我难以决定他们记忆的内容。当然，飞机只是一种终结的方式。

想到这里，我回忆起在中国的某个早晨，战争结束后，父亲带我出去打垒球。他并不经常跟我一起玩，那天我跟他共处的时候，一直兴奋得发抖。但很快，他便想起他还得赶去办公室，我们的游戏因此结束了，在几乎还没有开始的时候就结束了。

这些年来，我时常想起那个早晨。我记住的不是打球，而是与父亲共处的时光，短暂却珍贵。

于是我明白了，我带孩子们来飞机场看飞机，飞机并不是维系这一切的载体。珍贵的是我们彼此的一段时光，尽管它只是岁月长河中的一部分，大多数时间我们用来做这个或做那个，或者根本什么也没做，但他们会记得这段藏在彼此记忆里的时光。

跟孩子们在一起，让我发现了我童年时光中缺失的东西。我们共处的时光填补了我生活中空白的部分，也让我的孩子们变得更善于思考。跟他们在一起，我重新体验和纠正了自己的过去。

　　美国首次承办的世界杯足球赛开赛前,我回想起小时候在堪萨斯城,没有一个朋友玩足球。也许这个城市中有足球存在,但你从来不会发现任何关于足球的消息。我认识的人都没有买足球。

　　我的专业不是体育社会学,所以我不知道为什么在我小时候,足球在堪萨斯城不受欢迎。圣路易斯城就有着深厚的足球渊源,这种足球渊源表现在队员的球技上,他们的表演真是引人入胜。1972 年,圣路易斯大学足球队赢得了第 9 个全美大学生体育协会(NACC)足球联赛的冠军,另外 4 支地区球队同时夺得了国内比赛的第 1 名。

　　历史和文化的差别也许可以解释城市间不同的足球环境。堪萨斯城没有经历过大的欧洲移民风潮,而且信奉天主教的堪萨斯居民一直恪守节制斯文的行为标准。

　　如今堪萨斯城和美国别的地方一样,足球的踪迹遍布各个角落。但时光倒流到 20 世纪 50 年代的堪萨斯城,不仅是足球环境与现今存在差异,那时候孩子们参与一般运动项目的机会也受到限制。而这种情况也许不仅仅存在于堪萨斯城。

举例来说,如果你想加入 3&2 棒球队①,就必须通过考验。球队会专门安排一个早上来看男孩子们的表现。草草地观察后,球队会筛选出少数人——其中大多数是上一届的队员。剩下的孩子们只能带着失望和羞辱被送回家去。而上学时,幸运儿会自豪地穿上他们热身时穿的夹克。

在我三个儿子成长的环境里,不允许他们参加球队简直是不可思议的。当然也有根据球技挑选成员的球队,这样的球队需要孩子们的天赋,而不是像美国社会那样惯性地无条件地去包容他们。

不管是篮球、足球、曲棍球或其他的运动,比如说棒球,几乎所有现在的孩子都能找到一个可以和实力相当的同伴竞技的球队,而且费用也很合理。

今天的孩子确实是生活在毒品、枪战、暴力等危险充斥的环境之中,但我不赞成现在的美国孩子的生活环境比以前差的说法——以前孩子们锻炼和消遣的机会比现在少多了。事实上,今天上百万的孩子比他们的父母拥有更多和更好的机会。

我的三个孩子都踢足球。尽管我不太清楚踢足球的好处,但我已经培养了对足球的热情。世界杯开赛后,我饶有兴致地观看足球比赛,追踪报纸和电视上球赛的新闻,观察着我那为球赛着迷的 12 岁大儿子汤姆。

他把《纽约时报》16 页的世界杯副刊读了又读,还恳求我给他买一份有足球报道的《新闻周刊》。他为缺乏比赛常识的家人做球赛分析,表现出比足球播报员更夸张的自信。生活无非是一

---

① 美国的 3&2 棒球俱乐部,那里有一系列的学生棒球选手培训计划。

场模仿的艺术，我想，他已渐入佳境。

世界杯进行时，一个似乎荒谬的想法萌生了。渐渐地，要实现这个愿望的欲望愈来愈强烈，直到我们认为非实现不可——汤姆和我要到现场去看一场球赛。至少我们应该努力实现这个心愿。

首先要为这一心愿创造可能性。我翻地图查行车路线，打电话四处搜寻门票，找出我们能承受的飞机航班。到洛杉矶和密歇根州的庞蒂亚克市这两个比赛地去看球赛似乎比较可行，而且在西南部汤姆可以免费乘坐飞机。但球赛的门票十分畅销，拿到门票对我们来说是个大难题。

我们抱着最后一线希望打电话给底特律的一个朋友，询问以普通民众的身份是否有机会拿到门票。巧的是，他们公司恰好是世界杯的赞助商。

我们可以拿到两张第二天巴西对阵瑞典的门票。我们乘飞机火速赶到底特律，我们拜访了朋友的公司，签了一张支票给他们公司的慈善机构，算是支持慈善和在形式上支付门票费——每张门票只需 25 美元，这大概是有史以来最便宜的体育比赛门票了。

重大体育比赛召开时的氛围足以展现体育馆的魅力。壮观的场面使我们的门票显得物超所值，而且世界杯的气氛在美国平日的运动比赛中是感受不到的。我们占了球场里靠近银顶①的位置，被无数的巴西人包围着。

到处都是穿着巴西队队服的球迷，他们用黄绿两色的巴西国

①　底特律（Detroit）的庞蒂亚克银顶球场（Pontiac Silverdome），1994 年世界杯史上首场室内比赛在此举行。

旗包裹身子,脸上涂了油彩,吹着哨子,跳着桑巴,敲着鼓,吹着喇叭。一个漂亮的黑发女人裸露着上身,用巴西的国旗摆出各种性感动作。游行的瑞典球迷戴着有两个充气牛角的海盗帽,大声吼着瑞典歌谣。有三个人用塑料绳紧紧地把自己绑在一起,我想只有瑞典人能欣赏这种行为。汤姆买了个哨子,给自己的脸涂上了绿色和黄色。

我们成为看台上情绪激昂的 77 000 多人中的一分子。相比之下,我们的棒球和篮球比赛是多么平静。突然高层看台上巴西国旗被收起,星条旗被展开,这对独立日那天将迎战巴西队的美国队来说,是个好兆头。

这场精彩的比赛最终以 1:1 战平,是我们父子这次不循常理的冲动冒险看到的结果。它让我记起两件事情:没有冒险,不可能有所成就;但仍要感谢运气,没有运气,我们什么梦想也不能实现。

新年前夜我驱车往西，天黑数小时后进入犹他州帕克城。滑雪场内，雪橇上微弱的灯光在黑暗中移动着向前，这场景显得很怪异。儿子汤姆此时就在山上的某个地方。

汤姆 12 岁了，差几个月就 13 岁。他坚决要在新年前夕做一次夜间滑雪，我算好时间来接他回家。我在楼下的餐馆里买了杯热气腾腾的黑咖啡，乘电梯走出餐馆，想看看能不能撞上他。这时候的空气清新而寒冷，寥寥几个滑雪者从外边走进来。

汤姆没有在那群滑雪者中，又过了一会儿，我开始感到不安。我走向出租滑雪用具的商店，希望他已经提早下山了。太好了，原来汤姆已经回来，并办好了雪橇、滑雪杆和滑雪靴等用具的归还手续。

汤姆已经能胜任很多事情了，在一些重要的事情上他表现得十分负责，令人信赖，他也总是很准时。必要时他还会保护弟弟。但同时我发现他极端自闭，有时根本不与人沟通，让人看不透——这正是我对青春发育期少年的记忆。

回程途中我们在希伯市停下来，到一家名叫"燃烧的马鞍"的有些古怪的小咖啡馆用餐。汤姆要求坐在角落,要了一杯可乐和一个墨西哥牛肉卷。我要了一瓶当地的 Wasatch 淡啤酒,还点了一份牛排。

我仍把我们三个儿子当作小男孩,尽管大儿子汤姆几乎和我一样高了,体重也和我差不多。他的手掌和脚已经比我的大,还会厚脸皮地到我的洗衣篮里拿绒线衣和套头衫穿。等着晚餐上来的时候,我打量着这个英俊的、容易激怒人的 12 岁大男孩,陷入为人父母常有的空虚自哀:我究竟修了什么福,使我能有一个这样的儿子呢?

我提醒自己,一定要记得,汤姆是一份胜于任何奖赏以及超越我个人价值的礼物。当他下次因为对家庭不满而引起冲突时,我应该对他有更多的宽容。但我不知道将来他扔给我们家庭的"爆炸性事件"会变多还是变少。

我们出发到犹他州前,妻子给我看了《纽约时报》上的一篇文章,介绍达美高广告公司策划的国际青少年调查。除了因为家里有将要成为青少年的孩子,令我感兴趣的是,调查是由该公司和圣路易斯地方学校合作的。这促使我去了解整个调查。

计划的构思来自达美高负责策略规划的高级副总裁艾丽莎·摩西。摩西认为,方便的全球大众传播工具和近乎世界化的娱乐媒体,正在使不同国度的青少年的偏好、烦恼和渴望趋同。达美高的客户必然将因此受到影响。因为他们的化妆品、衣服、糖果、饮料等产品都定位于全球市场。

因为有被称为"孩子的观点"的圣路易斯计划作为基础,摩西与 30 所学校合作设计了一种在全世界的学校中普遍应用的调查模式。来自南北美洲、欧洲、亚洲、非洲和中东地区 26 个国家共6 500位青少年共同完成了调查。它很可能是同类调查中范围最广的一次。

摩西说调查结果证实了她的猜想。从青少年的穿着、课余活动等来判断,在关注和期望的内容上,全世界的青少年表现出惊人的相似性。摩西将原因归纳为他们看同样的电影和电视节目,不管他们在圣路易斯、曼谷还是阿姆斯特丹,他们逛的是基本相似的大型购物中心。

全世界青少年的壁橱无一例外地装有牛仔裤、文化衫和运动鞋。超过 90% 接受调查的青少年最喜欢做的事情是看电视、和朋友一起外出,还有听 CD 或磁带。(排在这之后的是,76% 的青少年选择了和家人一起共度时光,倒也不奇怪。)

他们在为什么事烦恼呢?找一份好工作、失去心爱的人和父母的健康,是大多数人的烦恼。还有半数人担心染上艾滋病。而酗酒和吸毒只是少数人的烦恼。

他们又有些什么期望呢?他们普遍希望完成学业,找一份喜欢的工作和取得事业上的成功。有意思的是,期望值最小的是成为政府雇员或一个社会反叛者,仔细想想,这两者其实互相依存。

世界各地的青少年普遍表现为一个自信的群体,他们之中实干精神胜于理想主义,他们总是向前看并且非常乐观。摩西记录道,青少年认为这个世界是充满机会的,正如他们的工作机会越来越多,天地越来越大。

汤姆确实是个让人放心的孩子。我让汤姆做这份调查,他的答案非常典型。他为终究会面临死亡而烦恼。而他的期望则是:完成大学学业,找到一份好工作,过得开心,再组建一个新家庭。

他对未来世界的两个设想还是使我大吃一惊。他认为人类的环境将会变得不健康,而他们即将继承的世界不会风平浪静。

换句话说,汤姆相信,比起我们能为他们做的,他们这代人为自己创造的价值将更多。他希望为自己创造一个比我们留给他的更好的天地。那一定会是个不错的天地,汤姆将通过它走进青春岁月和未知的将来。

绵延一生的春日回忆

　　清晨 7 点半,汤姆轻轻地舒了一口气,紧紧蜷在被子里。这间位于迈阿密的旅馆房间里漆黑一片,窗帘紧紧合上,遮挡住光线,也将窗外停车场和比斯坎湾的一小片风景隔在视线之外。汤姆一周前刚过完 13 岁生日,他依然如婴儿般睡得天真无忧。

　　我坐在旁边的床上,呷一口盛在塑料杯里的黑咖啡。一种强烈的预感降临,就算我沿着窗前的海湾轻快地散步 3 英里,也不能驱散它。我们租了一辆不太好开的汽车,已经出现了一些小故障。虽然不久就要把它归还给公司,但我担心在这之前麻烦可能已经来了。

　　结果是虚惊一场,什么事情也没发生。那天早上,汤姆还在熟睡,我开始努力摆脱午夜时的忧虑。可能这一切都源于我的忧伤,只因为这个星期就要结束了。

　　由于汤姆放春假的时间很奇怪,也很长,加上他的妈妈知道我偶尔会外出钓鱼几日,建议我和他一起去哪里玩一玩,所以我们去了佛罗里达州。我告诉别人这可是个苦差事,当然,我其实正暗自开心。

一个星期前，就在他生日这天，我们取了车，买了个便宜的手提隔热煲，从美国一路往下行驶，前往基维斯①。傍晚，我们在马洛里码头欣赏街头艺人的表演——那里有杂耍者和魔术师，有人表演脱身术，还有人全身涂抹上粉扮作雕像。

等到太阳落下海平面，人们拍手赞叹街头艺人的精彩表演，我们离开那里寻找晚餐。我对汤姆说，要入乡随俗，在什么场合，吃什么东西。但他的脑子里只想着热狗。

大家都知道这个年纪的孩子是多么好奇，多么坚决地要去尝试，以及这一切会令他们的父母多么不安，但很多时候他们仍然十分守旧，无法改变自己熟悉的习惯和乐趣。在我们吃早餐的一家小餐馆里，汤姆提起了对古巴吐司面包的兴趣，我认为这已是个小小的胜利了。

一天晚上，我们去了一间专卖牛排的日本餐馆，那里有头戴高帽的厨师在操作台前用小刀和锅铲表演。我们的厨师则在说关于 O. J. 辛普森②的笑话，汤姆试着要了小虾开胃菜和日式汤，我很意外，他对这些赞不绝口。但那个星期的大部分时间他还是坚持吃热狗和火鸡三明治，我也就随他去了。

早上我们会读些报纸——《基维斯公民报》《迈阿密先驱报》和《今日美国》，然后去钓鱼，有时在连着 Summerland Key 公路的那座桥上用活虾作饵。有好些天我们还乘坐灰狗长途汽车③外

---

① 基维斯（Key West），佛罗里达州南部岛屿，距离迈阿密约 280 千米，地处美国最南端，也是著名作家海明威的故乡。
② O. J. 辛普森（O. J. Simpson），美国著名橄榄球运动员，1994 年涉嫌杀妻，后因证据不足被无罪释放，该案成为当时美国最为轰动的事件。
③ 美国灰狗长途汽车（Greyhound），乘客购买了去往某一目的地的车票后，可在一定期限内以自选的路线前往，且中途可在任何车站逗留，加之票价便宜，非常受人欢迎。

出。我们很幸运地钓到一些大鱼,有石鲈和棘鬣鱼,还有一些甲鱼被我们放了回去。

夜晚,我们看了 NCAA① 全国大学生篮球联赛,再玩了几圈卡丁车。上床之前,汤姆专注于《麦田里的守望者》②,而我则重读了海明威那本关于基维斯的小说《犹有似无》③。我一度想把这本书推荐给他,直到有人提醒我,这本书中那些关于黑人和中国人的语言太赤裸裸了。海明威还是等等再说吧。

在那里,5 美元就可以租到一辆自行车,有时下午汤姆钓完鱼之后就骑自行车出去。我相信他会远离拥挤的街道,但不管怎样我多少还是有些担心,这个地方到处都是骑着小型摩托车的大学生。而他每天总是在规定时间准时出现在我面前,以此回报我对他的信心。有一次他还穿回一件印上"色情"图案的 T 恤,要是他母亲看到了,可能并不会如他期望的那样震惊。

在你意识到之前,这个星期已经结束了。最后一天,我们乘了艘小船来到长满草的浅水区。汤姆走到船头,我们扔下大鱼钩,希望有梭鱼或鲨鱼上钩。

一个巨大的银色物体在水中闪现,汤姆把钓鱼竿拉回来的时候线轴开始发出声响。那是条梭鱼,经过好长时间的一番搏斗,汤姆终于把它捉上了船。取下扎进鱼唇的鱼钩就可以将活鱼放走,我们也确实这样做了。不过在此之前,我们先拍了张照片,这条鱼比他的腿还长。

---

① NCAA:National Collegiate Athletic Association,即(美国)全国大学生体育协会。
② 小说《麦田里的守望者》(*The Catcher in the Rye*),作者 J. D. 塞林格。
③《犹有似无》(*To Have and Have Not*),海明威的短篇小说,写于 1937 年。主角是一名加勒比海的亡命徒,故事背景就是基维斯在大萧条期间下层社会的暴力冲突与上流社会的颓废堕落。

那天早上,汤姆又钓上了 4 条大鱼,我却一无所获,这让他愈发得意了。我觉得这样也好,因为如果情况反过来,一无所获的是他,那将会多糟糕。

晚上,他一个人吃了三明治后四处走了一会儿,我则和一些来自密苏里州的朋友早早吃了晚饭。一个年轻朋友告诉我,他有意竞选州立法委员,但问题是,在立法机构做事可能会吃力不讨好,而且回报很少。

这时候我想起和汤姆在浅海上的那天。我告诉这个年轻人,我的儿子买了几件 T 恤,我们给他的两个弟弟——班尼特和彼得买了些东西,还给他妈妈准备了一份礼物。总之,家里的每个成员都会有一份纪念品。

但是,我说,我拥有更棒的东西。那个早晨,在近海的浅水上,汤姆抱着他的大鱼立在船头,我给他拍了张照片。我希望当他不再是一个小男孩时,我还能长久地拥有这张照片。万一以后它遗失了,我的脑中也依然记得那幅画面:明丽的春日里,我们在靠近基维斯的青绿色的浅海垂钓,我那刚好 13 岁的儿子,快乐而自豪。

"不能这么想。"我对那位打算竞选的年轻人说。因为你是某些美好事物的一部分,而有的时候,单是关于这些事的回忆就能成为对自己最好的回报。

我坐在黎明前的黑暗里想到这些,感觉好了很多。8 点钟到了,我摇醒汤姆,他应了我一声。我告诉他,到吃早餐的时间了。

透过清晨薄如蝉翼的迷雾，他从飞机的舷窗旁俯瞰大地深处绿油油的田野，阡陌交错，土地棕色的皮肤还依稀可辨。不知过了多久，飞机终于要在远方的一座城市降落了。他看见阳光照在游泳池深绿色的水面上，泛起粼粼波光。夏天还未过去。

然而，他明白：季节总是要轮回的。再过几天就是秋分，秋天就要来了。

气势汹汹的热浪已失去威风，早晨凉爽多了，白天也渐渐地缩短了。此时，夏日的余威就像要熄火的炉边仍在燃烧的火苗，当它耗尽最后那点热量，很快就会归于黑暗和冷寂。

暑假即将结束，家中 13 岁的大儿子开始忙于看放假前学校指定的阅读书目。其中的大部分书，作为父亲的他都读过。他注意到有雷·布拉伯雷①的书，小时候他对这位作家崇拜之至。

---

① 雷·布拉伯雷（Ray Bradbury, 1920—　），美国当代著名作家，他的科幻小说畅销欧美大陆，社会小说和剧本也都有相当高的成就。他的作品语言优美，鲜明流畅，富有讽刺色彩。主要作品有《太阳的金苹果》《R 是为了火箭》《S 是为了空间》《火星记事》等。

他还记得有一本小册子,名字是《蒲公英酒》,讲述一个男孩暑假生活的故事。那时人们的生活都很简朴,故事中的小男孩帮祖父收割用来酿酒的蒲公英。他们把酒储藏在地窖里,以备冬天御寒之用。

酒要在夏天酿好,然后贮藏起来。抓住时节,才能享受杯中的美味。迎来 6 月的黎明,度过 7 月的午日,送走 8 月的夕阳,夏天就这样匆匆而去了,只在他脑海中留下淡淡的印记。

他从来没有品尝过蒲公英酒,但他十分清楚这本书描述的是什么。那些涌动着金黄色波浪的景象就是夏日留给人们的最深印象。把蒲公英收割并放置起来,有一天,你会用到她们。这夏日的感觉,你会永远把它保存在记忆中。

想起那年的 8 月底,战争爆发了。上海战事正紧,他当时还是个小男孩,和姑姑、祖母一起被送到了香港,祖父在香港做生意。他们老少一行人沿着蜿蜒的小溪来到海边,整整等待了三个晚上,才绕过鳄鱼礁封锁线来到香港。住在香港山区的时候,有

吴惠连和姑姑薇恩、娜丽在 20 世纪 40 年代的上海

　　　　　　　　　　　　　　　　　　　　　流年碎影

人吓唬这个男孩说：山里有老虎，有时还进到村子里来。

有一天，小男孩一个人出去玩，来到一个山坡，那里野花烂漫。周围是那样的寂静，他忽然想起老虎的传说，眼前仿佛出现了漫山遍野的老虎，有穿行于草丛间的，有卧于林木下的，有慢慢朝他走近的，山花丛中也好像隐藏着老虎的身影。

看到儿子的阅读书单，只是夏天要离我们远去的标志之一。又到了在校吃午饭的时间，小儿子把饭盒弄丢了，得从家里带些袋子给他。第二天一大早，他拿来一把彩色的书签，画了一些船、火箭、青蛙还有喷气式飞机，来装饰儿子那个棕色的纸袋。

不知什么时候孩子们突然开始玩起足球，尽管他们不是天主教徒，他们却为教区队效力。两个小一点的孩子刚刚开始踢球，老大俨然已是一名老将。多年以后，他才发现这三个孩子是上苍对他最好的奖励。

连着好几周他都领着这些男孩子去玩球。在教区里，从这些信徒身上，他也学到了一些事。匈牙利的王后伊丽莎白，在十字军东征中失去了丈夫后，受到了教主的鞭打和虐待。最后她离开自己的孩子去照顾病人和穷人，过着苦行僧般的清贫生活。

这位父亲也从别的男孩子的父母那儿学到了奉献精神和毅力。那些父母面对极其消耗时间和精力的英式足球，不管天气多糟糕，都一场不落地去看孩子的比赛。他们关爱孩子，孩子失败了，这些父母说些笑话来调节气氛，孩子胜利了，他们会适当地表示出激动与热情。不管是什么方式，对孩子来说都是莫大的鼓励。

要逝去的不仅仅是夏天。大儿子和他的同伴可能是最后一次在一起踢球了。明年这位先生也不会经常看到这些孩子的父母了，或者根本没有机会再与他们相见。他感到一丝悲伤。好家长不仅是孩子们学习的榜样，也是其他家长效法的对象。

一天早晨，孩子们踢完球，9点钟回到家里，妻子看着丈夫和大儿子突然说："孩子比你高了！"他那些一起打高尔夫的朋友也曾经这样说过。

这是必然的，也是毫无疑问的。这几个月，他的衬衣、鞋、套头衫等经常突然失踪，结果发现都在孩子身上！

即使这样，面对妻子的重大"发现"，那位先生嘴上仍不承认："不，不可能！"怎么办？那就测量一下吧。靠着墙比了一下，妻子再一次宣布："孩子比你高！"

显然，妻子和儿子串通好了，在墙上的标志上做了手脚。"上车！"他对儿子说，驱车直奔健康检测中心。"快给我们量身高！"护士对此感到很惊讶——这个男人几乎是用命令的口吻说话。父子俩站到了仪器上，准备就绪，结果出来了。"孩子高，虽然高出不多，但比你高。"护士下了终审判决。

这个时刻终于来临了，比他料想的要快。孩子都比他高了，他要好好地对待此事了。

回到车里，父亲想起那些关于战争电影的老片。战火轰轰，轮船被炸沉入海底，飞机被击中掉了下来。军人坚强地向亲人告别。他伸出手郑重地对儿子说："好好干，伙计！"而儿子则握着老子的手说："你好，小矮人！"

这些话深深地刺痛了父亲，他想他可能老了，时日越来越少了。看着高大的儿子，他突然有一种特别的感觉，这种感觉终于在这个夏秋之交诞生了，它仿佛在熠熠生辉，暖暖的，可以抵御那即将到来的冬日。而他，永远都不会忘记。

庆祝儿子的独立日

一九九六年三月二四日

大儿子汤姆快要过 14 岁生日的时候,跑去染了头发。他本来想染成金色的,但染完后却发现头发变成了一种奇怪的红色,这种天生与人工的混合色也许只有中欧的妇女们才会喜欢。

其实我和他的母亲还是喜欢他原来的样子。但是对我来说,我最大的反对只是说,不,我不会去超市给他买染发剂。毕竟,他有零用钱。

独立意识是成为一个自由人的核心所在。如果你想鼓励这一点,在恰当的时机学会对孩子放手是重要的。而父母挑战在于:分清何时是放手的恰当时机,以及在哪些问题上则应该坚持立场不妥协。

在让孩子们努力学习,受到良好的教育方面,家长们应该坚持立场。在毒品问题上也是如此。在这个年龄还有饮酒问题,当然还有其他的,家长们都得坚持立场。但是关于头发的颜色,无论是绿色还是粉色,都不在此列。

我谈论的是培养孩子性格方面的话题。体育就是一个显著的例子。

庆祝儿子的独立日

汤姆很擅长体育,但是在他的队里,还有比他技术更娴熟、身体条件更好的队员。无论是平时练习还是比赛,汤姆都比别人付出更多的努力。午饭时他总像个蓝领工人,将盛午饭的篮子先放在场边,抓紧时间练习,他每分每秒都全力以赴。

他是一个品行不错的小孩,在这一点上,他和他的队友们没有什么区别。从这点来说,我们的教育算是成功的。

在染发等其他事情上,汤姆却表现得比同龄孩子超前。但我并不担心这一点。A. E. 豪斯曼曾为一个垂死的年轻运动员写过一首诗:

> 今天,人们都奔跑在路上,
> 挺起胸膛,我们带你回家,
> 轻轻地将你放回起始点,
> 那个安宁的小镇。

是啊,这正是我不感到忧虑的原因。重要的不是比赛的时间长短,而是人们在其中做了什么。在一个安宁的小镇里,总有一个家等待着我们。

低年级的男孩子们还在上学,汤姆的春假就开始了。我们本来计划在佛罗里达待一个星期,但是由于办公室里突然有一些事要处理,我们只度了一个周末。

在奥兰多,我们看了几场篮球比赛,又去看了一场赛车。坐飞机回家的前一天,我们去了银泉,和我的好朋友杰米还有他的朋友兰蒂待在一起,在一条叫做茱尼泊(Juniper)的小河上泛舟。

茱尼泊在佛罗里达的中北部,流经奥卡拉国家森林公园,是一条石灰泉。沿途的砂石、泥土,还有石灰石将这条小河冲刷得异常清澈，有如玻璃。

那是个阴天，我们开始了 7 英里的漂流行程，一开始就遇到了一段横在水面的树干，我们马上躲了过去。溪水又窄又湍急，到处都是障碍物，随处可见漂浮的卷心菜叶，两边也看不见表明界线的标识物。我和汤姆艰难地前进着。

不一会儿，开始下起淅淅沥沥的小雨。远处传来一阵雷声。此时钓鱼确实不错，几乎每次抛线后鱼竿都会震颤，我们钓上来一大堆腹部呈红色的淡水小鱼，当地人叫它红腹雅罗鱼。①

就在我和汤姆停下来解开鱼钩的空当，我的朋友们不见了。我们向前划寻找他们，但是要拐好多个弯儿，我们只能看清楚前方几码的距离。此时又开始下雨了，雷声也越来越近。看起来好像要来龙卷风。

汤姆说："我觉得你拐错弯儿了。"听到这话，我心里不禁打了个结，一丝忧虑浮上心头，我问他："我们是不是该原路返回，然后找对方向再走啊？"他说："不用，这些溪水都是从一个地方流出来的。"于是我们继续前进，几分钟过去了，依旧没有找到朋友们，我感觉这几分钟比一个小时还要长。

大雨如注，雷声轰鸣阵阵。我们找不到泊船上岸的地方，只得继续向前划。我心里的忧虑现在变成了恐惧。我穿着一件夹克，但汤姆只有一件 T 恤。虽然气温有 60 华氏度，但我们都被雨水打湿了，又冷又累。我觉得我们可能要在这一片荒野中迷路了。

––––––––––––––––––

① 北美洲较常见的一种鱼，分北方和南方两个品种。南方红腹雅罗鱼栖息在清澈的河流中，体长约 5—7.5 厘米，身上有两条纵向的条纹，不少人喜欢放在家里鱼缸中饲养。北方的红腹雅罗鱼和南方的外貌相似，产于美国东部到中部的溪流和沼泽之中。

但是汤姆的精神状态很好,他倒不怎么在意,一边划船,一边唱着饶舌音乐。当我再一次问他要不要原路返回时,他开玩笑说:"以后你写这件事的时候,记得我是力挽狂澜的主人公啊。"我当时想,你要是真的能带船走出困境,我就写你。

这时他指着横跨在水面的树桩,气定神闲地说:"爸爸你看,那棵树被人用锯子锯断了。人们把它锯开,就可以用它做成独木舟,从这过去。你看,这里还有独木舟的痕迹。"

他说得对。我心里的那个结也随之松了一点。很快,我看到了朋友,他们就在半途的木制月台上等我们。其实他们只比我们早到一些,但我们一直没有发现他们。我们在雨中吃着三明治,又向前划了两个多小时才出来。

出来的时候,汤姆抖得厉害。外面有一辆小货车等着接我们,我让汤姆紧挨着取暖器。渐渐地,我们都暖和起来,回到银泉的时候,我们换上了干衣服。

不管怎样,最后一切都好。在那个艰难的时刻,汤姆还保持着昂扬的精神状态,发挥了聪明才智。他观察得很仔细,准确地解释了他看到的情况。在那个本来应该由我来保护他的时刻,他反而保护了我。

在我们的一生中,就像豪斯曼写的那样,沿着所有赛跑者奔跑的轨道,总有这样一些人,在我们处境艰难或是身陷极大风险的时候,我们需要他们的帮助。就在我的儿子满 14 岁的前一天,我发现他正是其中一位。

几个星期前，我和另一位父亲与一群大约 14 岁的男孩，待在基尔中心看美式足球赛。我们都穿着特定款式的衣服，这套衣服属于我们这伙人，偶尔我也穿着它出席一些对着装要求不高的活动。

这场"圣路易斯狂奔队"和"奥兰多掠夺者队"之间的对决，在室内足球场进行。看起来更像是射门游戏，在第四节之前，双方的得分加起来已经达到了 100 分。

这些小队员勇敢又充满激情。他们都是同班同学，有三个是亚裔，一个是非洲裔，另外一个是南美来的，其他三个则是跟着家人从欧洲来美国定居的。

这些孩子融入美国这个大熔炉，有人已经对多种族共存习以为常。在我看来，美国就好像生长了各种各样植物的百草园，除了一排一排的甜玉米，还有豆荚、西红柿、洋葱和莴苣。这个田园也因为有了各种各样的物种而更加生机勃勃。我们这些从不同地方汇聚到美国来的人，也像这片田园一样多姿多彩。

比赛接近尾声的时候，我瞄了瞄挂在天花板上的电视，屏幕上并不是在直播比赛,而在播映一个色彩鲜艳的降落伞从上空降落下来。我有些恍惚了,这幕场景我似乎在哪里见过。

　　我想起来了,电视里播的正是我看过的一部电影——《太阳帝国》①,讲述的是战乱时期的中国,一个英国小男孩的故事。电影已到尾声,降落伞带着食物和药品派发给上海集中营的西方避难者。在1945年,我也经历过这样的场景。那时候我才9岁,从我家楼上的走廊看出去,满天都是美国飞机和红黄相间的降落伞。

1994年吴惠连与总统克林顿及夫人希拉里合影

　　就这样,在那晚的基尔中心,场上是两个球队在绿茵场上争抢,电视屏幕上是满天的降落伞从上海上空降落,对我来说这真是很特别的一夜。这正是我的生活的航线,从战乱时的上海,到如今的美国。我现在坐在这里,和一群闹哄哄的孩子看有趣的球赛,而对这些孩子的人生航线来说,这里才是个起点。

　　我刚才说,来自各地的孩子在美国这个百草园里成长,这只是灵机一动想到的比喻,但今天都已经成为现实。将来,随着欧

---

① 即 *Empire of the Sun*,史蒂文·斯皮尔伯格1987年导演的一部电影,根据 J. G. 巴拉德的小说改编,讲述一个英国少年在第二次世界大战日占区的上海与家人离散,被送进日军集中营过了3年,看到了心仪的零式战机,度过了集中营最艰难的日子,战后终于与父母团聚。

　　　　　　　　　　　　　　　　　　　　　　　　　　流年碎影

1994 年吴惠连在白宫与副总统戈尔及太太合影

洲以外的移民也纷纷来到美国,他们不仅以自己的肤色改变了美国现在白人居多的局面,而且还把不同民族的文化、道德和信仰带到美国,美国的文化将更加多元。

美国人到底是怎样的?尽管人们各有说法,但没有一个答案能够很好地回答这个问题。我曾经收到过不少忿忿不平的信件,认为那些从欧洲传入的新教徒的伦理道德,将会因为越来越多的美国人价值观的混乱而受到打压。

我想这些信件一定是老人们写的,因为年轻人通常对社会的新变化有更多的宽容。几年前,我去韦伯斯特树林里的一个教堂,看到一些小孩在练习画画。老师让他们拿出红色的蜡笔画,他们就照做。然后老师让他们拿出蓝色的蜡笔画,他们依旧照做。当老师叫他们拿出画皮肤的肉色蜡笔的时候,一个孩子拿出了绿色的蜡笔,第二个孩子拿出了橘红色的蜡笔,还有一个拿出了紫色的蜡笔。在场的大人们都哭笑不得。

在基尔中心看球赛的这些孩子,也许其中有些人的人生际遇会遭遇大大小小的麻烦。这世界毕竟还有丑恶,缺乏宽容,还有许多人为了所谓的信仰,不断用暴力来解决问题。就在我写这篇文章的时候,《纽约时报》上刊登了几篇文章,分别报道了发生在埃塞俄比亚、斯里兰卡、迪拜、黎巴嫩、开罗、以色列,甚至是加州比佛利山庄的暴行与迫害。这些孩子和他们的同龄人在这个世界上,也许不能很好地解决这些问题,但历史的下一个篇章必将由他们继续谱写。

在球赛后的第二天早上,我们去了教堂。按照惯例,每次有一个人来念些文章,其他人聆听。他读的是亚伯拉罕·林肯的文章。林肯说道:

"孩子是你们事业的继承人。他们即将取代你们的位置,继续走你们的路,做你们认为重要的事情。你们有着自己喜欢的方式,但他们有自己的做事方式。他们将管理你们的城市、州和国家。他们将接管你们的教堂、中小学、大学和公司。你们出版的书都将由他们来评价是值得赞扬还是该被批判。人类的未来在孩子手中。"

我听到这些话的时候,想着那晚看球赛的汤姆和他的那群伙伴。我问汤姆,他和朋友那天玩得开不开心。他说很开心,尤其是当电视里的降落伞从空中飘下的时候,让他的思绪不禁漫游了好一会儿。我会心一笑。

　　比分形势不利，又错过了反攻时机，"骑士队"还有一次机会，但15号球员班尼特必须下场了。他向教练道歉，借口离开，朝我的汽车走来。他被别的球员换下了。

　　11岁的班尼特是我的二儿子。今年春天，他在圣路易斯剧院即将上映的《塞维利亚的理发师》①中担任跑龙套的演员。所谓"跑龙套"，就是导演为了提升戏剧效果添加在戏中的小角色。在这部剧中，他跟其他几个孩子一起跑龙套。如果不是亲眼看到，你绝对想象不到这些孩子充当活生生的道具的情景。他们经常出场来推动情节发展。这些孩子都穿着古装戏服，扮相非常吸引人。

　　事实上，这些孩子过于频繁地出现在台上，以至于我在一开始无法集中注意力去看舞台上其他的东西，只关注舞台上的班尼

---

① 《塞维利亚的理发师》（ *The barber of Seville* ）是二幕歌剧，为罗西尼所作，1816年初演于罗马。该剧取自法国剧作家博马舍（1732—1799）的同名喜剧，是18世纪风格的意大利喜歌剧之一。莫扎特的歌剧《费加罗的婚礼》剧情与此剧相衔接。

特,而不是主角费加罗。这出歌剧对我来说已不新鲜了,那晚,我坐在剧院里,往事幕幕上演。

我的第一张歌剧唱片就是它,是玛丽亚·卡拉斯①和提托·高碧②的专辑。当我还在老《堪萨斯城星报》工作时,一位歌手把它当作礼物送给了我。萧伯纳(George Bernard Shaw)把罗西尼③说成是"世界上最伟大的马屁家"和"道德败坏的作曲家"。这句话被我学来,那时我年少轻狂,对罗西尼做过这样刻薄的评价。

即使如此,我还是着迷罗西尼的音乐,把它当作私人的怪癖,就像我喜欢吃山核桃果仁糖和读哥特式的小说④一样。但

---

① 玛丽亚·卡拉斯(Callas Maria, 1923—1977),原名 Cecilia Sofia Anna Maria Kalogeropoulos,希腊裔美籍歌剧女高音,被誉为20世纪第一女高音的天使,是世界公认的全能女高音歌唱家,对"复活"19世纪早期意大利歌剧,对歌剧表演艺术的发展、创新起了巨大的推进作用。她几乎唱遍了歌剧作品中所有的重要角色,一生扮演过43个不同性格、身份、风格的人物,共演出500多场。嗓音音域宽阔,是一位歌唱和表演俱佳的歌剧艺术家。

② 提托·高碧(Tito Gobbi, 1913—1984)意大利男中音,从1933年起才开始学声乐,1950年到伦敦,因演唱费加罗一举成名。最突出的成就是他与卡拉斯、斯苔芳诺作为"三驾马车",在赛拉芬指挥下录制的意大利歌剧,几乎张张精彩。他所塑造的威尔第和普契尼的歌剧角色被认为无人能够超越。

③ 罗西尼(Gioacchino Rossini, 1792—1868),自小家境贫寒,8岁开始学音乐,才华横溢的他在21岁时已是举世闻名的作曲家,1816年完成喜歌剧《塞维利亚的理发师》,一夕之间在欧洲各剧院炙手可热。他的其他严肃性、悲剧性的歌剧作品,也获得相当高的肯定。他同时也是欧洲驰名的美食专家,如"罗西尼牛排"便是其一大贡献。

④ 哥特式的小说(Gothic novels),起源于18世纪后期的英国,通常用来表示通俗小说。这类小说曾经在18世纪末和19世纪初十分繁荣。它们的作者,除少数外,均被文学批评家和文学史家所忽视。其模式特征是:故事常常发生在遥远的年代和荒僻的地方,人物被囚禁在狭窄的空间和鬼魂出没的建筑内,悬疑和爱情交织在一起。

我现在承认，我一直都很喜欢罗西尼的音乐。看到班尼特和这些演员，所有的往事都浮现在我面前了。自己的孩子做一件事情，总是让你重新体验你过去的日子，但这些日子好像都跟以前不同了，或者说有点理想化了，又或者让人对往事理解得更加深刻了。我的三个孩子都带给我这样的感觉，其中班尼特经常让我想到音乐。

不久以前，班尼特的钢琴老师在教堂平静的气氛中办了一个演奏会。班尼特也参加了演奏。因为他母亲每天都督促他，让他坐在钢琴前练习这首曲子，所以这首曲子我已经很熟悉了。

那是莫扎特著名的咏叹调，是由《费加罗的婚礼》里面的选段改编而成的钢琴曲。班尼特弹得不赖，当他弹到布基伍基乐曲①的时候，我又想起海兰（Highland）市黑人音乐家的"乡土 627 俱乐部"。如果你在那有朋友的话，他们可能会让你在星期六下午去俱乐部顺道听上几曲；那些仍然记得康特·贝森②、莱斯特·杨③和

---

① 布基伍基乐曲（boogie woogie），爵士风格的钢琴曲，19 世纪 20 年代末期开始在芝加哥风行。
② 康特·贝森（Count Basie，1904—1984），堪萨斯爵士乐派的代表人物，被誉为"美国的音乐巨人"，是爵士乐史上最重要的摇摆大王和乐团领导者，他在 20 世纪 30 年代开创出新的摇摆节奏，崇尚自由，热情洋溢，深获广大乐迷的喜爱。
③ 莱斯特·杨（Lester Young，1909—1959），被誉为最棒的次中音萨克斯管演奏家。他生于美国密西西比州的一个音乐之家，1934 年在贝西伯爵的乐队中因出色的演奏开始引起关注。他与比莉·荷莉戴以及泰迪·威尔森共同参加的小型爵士音乐会是爵士史上的重要事件。后因酗酒在纽约去世，年仅 50 岁。

查理·帕克①的人,就会弹一些选段和讲一些老故事给你听。我们在地板上画一个粉笔圈,打赌谁能把硬币和钞票投进去,然后拿这钱买威士忌,大家用蜡纸杯盛着酒来喝。这些往事,在班尼特钢琴做伴的下午,浮过我的脑海。同时我也在想,不知班尼特今后会不会有类似的经历,有的话会在哪里?

做父亲的总是在思考要如何教育孩子,以及如何帮助他们更加了解自己和身边的人。在这个特殊的父亲节里,我不得不承认孩子也反过来教育了我们,儿子也是我们最好的老师,我从儿子们身上学到很多。

我们都知道做个好父亲要做很多事情,远远超过你能够准备的。让你的孩子度过快乐的童年,树立远大的目标,学习该学的东西。然而我渐渐发现,相比你做了什么,更重要的是,你是什么,以身作则,做你应该做的那个好父亲。有些事情你要手把手教他们,但有时你也可以站在一旁去影响他们,因为"成为"什么样的人是一种抽象的概念,言传身教和精神的潜移默化,有时也能产生同样的效果。

如今有一些父亲节的贺卡是专门送给单身母亲的,因为后者在家里要承担本来应由父亲完成的那部分工作。我无意反对此举,但我觉得这种贺卡在"父亲"这个概念上把"做"与"是"混

---

① 查理·帕克(Charlie Parker, 1920—1955),在堪萨斯城长大,14 岁时就因迷恋堪萨斯多姿多彩的音乐而辍学。1945 年他和 Dizzy Gillespie 的合作震惊了爵士界。对这位改变了爵士乐的重要人物,人们对称他为"有史以来最伟大的萨克斯手"一说还存有争议。他的吹奏可以快得不可思议。就是将他快节奏演奏的乐句用慢一倍的速度来听,每个音符仍然分毫不差。他和他同时代的 Dizzy Gillespie 以及 Bud Powell 被认为是 bebop 音乐的缔造者。实际上他只不过是凭直觉自我表现。最后他因长期吸毒而过早离世。

流年碎影

淆了。

10岁以后，我是被单身母亲带大的。尽管她做了很多父亲在家庭中所需要做的事情，但我从来没有把她当作父亲。母亲就是母亲，不管做什么都是母亲。在我自己这个完整的家里面，我的孩子如果送我一张母亲节贺卡，我肯定会大吃一惊的。

晚上，我和班尼特离开棒球场，送他到剧院门口下车，他向我要钱买一杯可乐，然后跟我道晚安，就跑开了，身上仍旧穿着他的蓝边红白

2006年吴惠连在斯坦福

相间的"骑士队"15号球服。我看着他离开，忽然意识到父亲节其实并不只是日历上的一天，而是每时每刻。

永远的父亲节

流年碎影

五十岁，一个分号

一九八六年一〇月二六日

　　总有些时刻，每当我驱车在 44 号州际公路上，往返于工作地点和住所的时候，我的遐思就会飞到豪斯曼①那儿去，这位英国诗人曾写诗庆祝自己苦尽甘来的一生：

> 如今我年至古稀，
> 20 岁时的青春已逝，
> 倘若我仍年方 20，
> 尚余 50 年光阴珍惜。

　　追忆这些诗句，如果按照诗人的计算，50 岁的我现在只剩下 20 个春秋年华了。

---

① 阿尔弗雷德·爱德华·豪斯曼（Alfred Edward Housman，1859—1936），英国诗人，出生于伍斯特郡一个律师家庭，曾在牛津大学学习古典文学，毕业后在伦敦专利局当职员，后任剑桥大学拉丁文教授（1911—1936），著有诗集《什罗普郡一少年》《最后的诗》《集外诗作》。他一生崇尚古典文学，作的诗也带着浓郁的悲观主义色彩，追求民歌的朴实、简洁和直接。

生命中的第 50 个生日是一个重要的标点符号。它是一个分号，意义远重于逗号，因为它不仅仅是简单地将生命中前几十年的光阴割裂，但是它又并非句号，因为远未到达句子的终点。对于大多数人来说，它是一个简单而朴实的阶段；对于少数人来说，它是一个感叹号；而对于那些已经消逝在模糊时间中的人来说，它是一个问号。

我每天都看一遍镜子，是的，镜子里面的那张脸，与镜子外这张总是向着世界外部张望的脸，基本还很相似。透过镜子观察到的容颜的任何改变，都在昭示与警惕着镜子里的这个人可能出现的变化。这种变化或许在突然之间就发生了。就像我那件在学院附近买的衣服，开始只是试试看的，后来也就心满意足地穿上了。

我对儿子早年的音乐熏陶，使家里这个 4 岁的"龙卷风"摇摆着身子满屋子乱窜，用最大的气力叫喊着从莱文·贝克（LaVern Baker）到巴迪·霍利（Buddy Holly）的不连贯的句子。他妈妈则在一旁沮丧万分，坚信是我的绅士风度宠坏了他。

悠长的岁月过去，直至今日，父亲才频繁地出现在我的梦中。而母亲，在另外一个城市渐渐老去，但是我对她的教诲记忆犹新。母亲常引用苏格拉底的话：未经审视的生命不值得过。而现在她经常说的是：好人会一生平安，无论是生前还是身后。母亲经常在古希腊历史中寻找到值得尊敬的生命。她向来认为我们文明的高峰，就是马拉松之战。在那场战役中，雅典人抵抗了奴隶制和战乱破坏，保存了誓死捍卫的精神，传向世界。

我想起了菲迪皮德斯，这位在马拉松之战中将捷报奔告雅典人的传令兵。因此，5 月份的时候我许下一个承诺，要在 50 岁生日的那个月完成一次马拉松长跑，这是我给自己的生日礼物。为了做这件事，我对家人心怀感激，因为他们几乎是被强制性地陪我度过那天早上的几个小时。我在路上只是单调地跑，但这单调里却有我最兴奋的时光。

"下半世纪"，有些人这样描述年过50的日子——用一种振奋人心的乐观方式。毫不含糊地说，我喜欢这种说法，不仅仅是因为这里面暗示长寿的意味，也因为它宣示了即将来临的好岁月，又有什么不好呢？

我想说的是，现在就是最重要的"将来"：一片广阔的天地，免于不成熟的干扰，使我更坚定于我做过的善事，并着手清理我生命中的"坏账"。这本账条目众多，但是并不至于使我灰心。"下半世纪"的时间已足够让我去补偿并完成很多事情。

我可以完成这些事情吗？在过去半个世纪里，我将时间花在接受训练上，在各种天气里走过种种不同的路。现在我要诚心开始一次新的旅程。在准备跟随菲迪皮德斯的脚步中，我不能百分之百说尽了最大的努力，也不能说我所做过的事都是我应该做的。我做过的事情是否足够完美，我要在从今以后的年月里去寻找答案。

一份四十二年后的圣诞礼物

一九八八年一二月二五日

周末的时候他们去了堪萨斯城。从下榻的旅馆窗口往下望，"乡村俱乐部"广场已经亮起了圣诞节的灯火，高层的楼塔勾勒着红色和绿色的灯饰，低层的建筑则装饰白色和红色的灯；还有那些大红蜡烛尖上炫目的火光——恰如他记忆中的景象。

他第一次见到这座大厦的时候，是在42年前的圣诞节。那时他只是一个10岁的小男孩，从未见过如此壮观的景象，他心中充满了新奇，虽然中间夹杂着一种莫名的伤感。对于男孩而言，美国是陌生的，堪萨斯城也是。他想起远在中国的父亲、祖父母以及叔叔姑姑们，他们在另外一个国度的圣诞节。他知道，他永远都不会再见到他们了。

从某种意义上说，男孩言中了。他的祖父母没过多久便去世了；直到将近30岁的时候他才再次见到叔叔和姑姑们，再次熟知父亲时他已成年——而今，父亲已不在人世。

42年前的那个圣诞节来临之际，这个堪萨斯男孩想起前一个圣诞。那时正值战时，男孩一家8口，住在一个房子里，敌军占领了整个城市。

134

流年碎影

现在的华山路 1100 弄，当时的海格路 600 弄，弄里
31 号那幢灰泥外墙的房子是吴惠连的故居所在

华山路 1100 弄 31 号

即使在漆黑的夜里，他们也不敢拉开房间的窗帘。全家人仅
靠起居室里的一个炉子来取暖，男孩早上起来经常发现口中呼出
的空气，在被子上凝结成了一层薄冰。

短波收音机被严令禁止，但祖父每天都将收音机组装起来，从 BBC 电台收听战事的进展，听完之后就把收音机拆卸成零件藏起来。大米是定量配给的，家里人用大豆和马铃薯混着大米一起吃。即使如此，男孩仍然感到快乐。

他还记得圣诞节前，母亲把他叫到房间里，对他说，因为战争，圣诞老人很难像平常这么大方了，比如说礼物可能只是一本书和一件玩具，因此，男孩向圣诞老人要礼物的时候需要宽容和谦恭一点。男孩为了不增添圣诞老人的麻烦，答应了母亲的要求。

圣诞前夕，他在夜中醒来，确认他听到了雪橇的铃声。早晨起来，他在圣诞树下找到了一本《格林童话》、一个红色的橡胶球和一个黄色的毛料熊。那一刻他真是喜出望外。

那个橡胶球不久就丢了，它翻越过墙，掉到了士兵们住的大院里；那本书读了几遍之后，也放在了一旁；最令男孩伤心的是，不久，那个他至爱的玩具熊和其他东西一样，被留在中国。母亲把他带走了，回到了她的家乡堪萨斯城。

而今，当他看着下面广场的灯光时，脑中再次浮想起这些陈年旧事。在旅馆房间里，他的三个小男孩，此刻正在房间里又蹦又跳，把这个小地方搞得一团糟。妻子对着眼前的美景赞不绝口，而正在生病的母亲也在观望着。她并不多说话，只是微笑地看着她的孙子们玩耍。他怕母亲的心脏受不了，喝令孩子们不要吵闹。

此刻，看着圣诞节的灯火，男人心怀喜悦。他爱的所有的人现在都在这个房间里，没有缺憾，没有隔绝。平和的气氛代替了思慕和想念。他第一次见到这番美景的那个圣诞节的悲伤，已经悄然而逝。三个小男孩带来的欢乐，以及他为他们的生活所做的一切努力,已经奇迹般地治愈了他记忆中的伤痛。

"来,孩子们,"他说,"再看看这些灯火。"

短暂地,仅仅是短暂地,孩子们中止了嬉戏,很快又恢复玩闹了。那晚,男人在夜深人静时醒来,发现6岁的汤姆站在漆黑房间里的窗前,透过窗帘看着下面的灯火。然后男人重入梦乡,心怀感激,因为他的小男孩们比他42年前拥有更快乐的圣诞节,那是他永生难忘的圣诞礼物。

蔚蓝的天空,明亮而有些西斜的阳光,灰暗的云朵零散飘在空中,这个傍晚时分的空气如此温和,显出一种灿烂的纹理。我们驱车行驶在宾夕法尼亚的乡间公路上,心中各有所思。

在高速公路与勒亥(Lehigh)河交叉之处,她说:"这就是卡拉伦斯叔叔掉下去的地方。那时候他还是一个小孩,后来他的一条腿被永久地截断了。"我们再次陷入沉默。几分钟后,我们到了她家。

岳父几天前去世了,我们回到了妻子玛莎长大的小镇斯雷丁顿。在方圆25英里的范围里,岳父爱德华·沙克(Edward Shirk)在此度过了一生。妻子的兄弟约翰和他的妻女依旧住在道维尔大街(Dowell Street)上一幢陈旧的白房子里。从他家就可以看到西北部的蓝山以及阿巴拉契亚山脉(the Appalachians)。

与其他类型的旅行相比,因近亲的死亡而进行的旅行,是一次记忆的穿行。有一些记忆是有意识的召唤,而有一些记忆,比如卡拉伦斯的失足,则是自然而然地涌上心头。一念生一念,那些愉快的回忆、锋利而伤人的记忆碎片,从过去的时光中被间断唤起。

自从妈妈两年前去世之后,玛莎就再也没见过自己的父亲。而这疏远益发增添她的伤悲。她父亲一直身处困境,任何方式或许都难以使之改观,其实他的去世并没有什么意外。

在她兄弟家厨房餐桌上的谈话,充满了对陈年往事的深情回忆。两个孝顺的儿女以及四个活泼的孙子,已经足以令先逝者泉下安息。

那晚,他们把相册翻了又翻,少年时参加夏令营的通信让他青春期的细节一一重现。有一封来自一个小足球联赛队的信,里面是爱德华提供给每场比赛75美元报酬的合同。6岁的孙女阿曼达,在一张蓝色的纸上天真无邪地为她亲爱的爷爷写道:"当一个人死去的时候,他不会感到任何疼痛。"

过了一会儿,我走进起居室,发现了玛莎父亲的一张彩照,可能是刚从州立大学毕业时照的。照片上的他风华正茂,英俊潇洒,一头黑色的头发,他的脸栩栩如生,看起来有些敏感,却意气风发。

第二天,大部分时间都是在岳父家,清点着打算变卖的家当以便分配遗产。计算进行得很慢,一张剪报吸引了大家的注意,那是祖母佳莉1905年的毕业告示,她用过的被褥、做广告推销时拿到的佣金单,都使他们联想到许多事情。一个从沙蒂家拿来的烟灰缸,使玛莎想起她的父母在纽约艰苦的日子。

接下来的一天,雨雾交织。葬礼简短而肃穆。那张彩色照片放在灵柩旁边,牧师口念一些愿死者安息之类的话。即将下葬的时候,岳父最亲密的朋友也是他一辈子的损友,迪克·汤姆斯,走到他的灵柩前,手触棺木以示尊敬。是他将岳父送往医院,不久岳父就在医院去世了。

当我们走到坟墓边时,雨已经停了。又一轮祈祷过后,披盖在棺木上的旗帜被交还给约翰,然后我们离去,只有迪克在湿润的阴天下,伤心欲绝地与岳父道别。

我想说些什么,还是用豪斯曼的诗句来表达吧。这是他就记忆中忧郁的蓝色山岳以及那片无声的大地写下的:

青春的桂冠并不常青。
我望见了那阳光闪耀的平原。
曾走过的快乐公路,
我再也不会重来。

我的战争回忆录

一九八九年九月三日

我对战争的第一次清晰记忆，是在夜里被鼓声惊醒。空气中飘来一阵烟味，父母正在盥洗室里焚烧着文件。母亲走近我的床前，对我说："日本人来了。"

我听到的鼓声其实是炮声。那是 1941 年 12 月 8 日，第二次世界大战的战场转移到了上海。那一年我才 5 岁。

那时候我们住在租界爱多亚路的一所公寓里。父母都是记者，父亲是英文《大陆报》年轻的执行总编。父亲的报纸是反日的，因此他被列入日本公敌的黑名单。现在连租界也庇护不了他，是时候再觅他处了。

保镖到了，我们收拾好行装，离开公寓，迁到了位于涌泉路（今南京西路）上的国际饭店。我们的房间位于高层，平素不会有什么人来探访。接下来的那几天，父母亲经常在房间踱着步子，抽两根闷烟，和几个关系密切的朋友低声地交谈着，只有到了用餐时间才冒险到饭店的餐厅去。我站在窗前往雨中投掷着纸飞机，看它们盘旋着消失在下面拥挤的人行道上。

《大陆报》被查封了。有一天，外面的风头没有那么紧，父亲去了报社（这是他许多年之后才告诉我的）。谁料，不一会儿，一小队武装的日本士兵也来到了报社。让父亲惊讶的是，领队的中尉 Ichero Iwatate 竟是他在密苏里大学新闻学院的同班同学。

Ichero Iwatate 从枪套中抽出了手枪，粗暴地命令父亲进入办公室，并指示他的士兵在外面待命。一进到房间，Iwatate 反手关上门，将手枪收起来，微笑着说："嘉棠，一切还好吗？有什么可以让我帮忙的？"

"我现在得给同事们发工资，伙计。"父亲回答说。

Iwatate 等父亲从保险柜里拿出钱，然后他再次拿出他的手枪，和父亲返回到编辑部。

几年后战争结束了，父亲在上海找到了 Iwatate，那时他身患肺结核，奄奄一息。父亲从未忘记这个密苏里同窗的慷慨仁慈，作为报恩，父亲帮助他回到了日本。

我们搬到祖父的家，在法租界海格路（今华山路）上的一幢灰泥外墙大房子里。11 口人，包括三个姑姑、一个叔父，还有睡在阁楼上的三个佣人。祖父本来在郊区拥有一座水泥厂，但这再也不能成为收入来源，因为水泥厂也被日本人占领了。祖父每天的时光就是花在拆卸和组装收音机上。

母亲打包了她和我的行李，包括她从美国带过来的西蒙牌床垫，将这些东西送到规定的集中营。每个人都那么严肃阴郁，但我才 5 岁，心里还在渴望着前方有什么令人兴奋的事。

就在我们临走前一天，一个新的法令规定说：有中国配偶的敌国外侨不用进入集中营。我们的行李却已一去不复返，从此再也没有见过。母亲和我被赦免了，家人为之欢欣流泪，我还记得当时自己因为错过了一次大冒险而深感失望。

战争开始没几天，有人带我们去看一个集中营。那些幸存者

流年碎影

还没有被释放,在愤怒地推扯着铁丝网。其中一个妇女以为我们是日本人,还向我们吐口水。

就这样,我们在海格路的祖父家里耗着,等待局势好转。士兵们会定期敲开我们的家门,询问房子是不是我母亲所拥有的,如果是的话就要没收上交给天皇。那些时刻大家总是心惊胆战。父亲经常跑到战时的首都重庆去,做一些我们不清楚,但猜测是跟抗战有关的工作。祖父收听 BBC 电台有关战争的新闻,但短波收音机是禁止使用的,他每次听完之后就要把收音机拆卸成零件,然后藏起来。

我在中式学堂念书,直到炮火过于密集才退学在家,跟一位先生学习。夏天的时候我就逗蟋蟀,但是我厌恶我的钢琴老师,他总是在姑姑以及她们男朋友的注视下,敲打我的指节,并洋洋得意。但无论如何,我们算是幸运的。我们可以省着吃米饭和大豆、番薯混在一起的食物,而在外面的大街上,可以看到乞丐在冬天里被冻死。

母亲变卖了她的订婚戒指和其他珠宝,为家里添置煤炭,并正式登记注册为敌国外侨。这意味着她需要戴一条黑色的臂章,同时不得走出我们弄堂的范围。

她在堪萨斯城备受呵护,先就读于林登伍德(Lindenwood)学院,然后在一个长老会女子学院上学,最后在密苏里大学接受教育。在那里她遇到并嫁给了一个中国学生——我的父亲。他们的婚姻使她父母震惊。现在,她远在他乡,离家长达 7 000 英里。有一天国际红十字会捎讯来说她的母亲已经辞世,她伤心欲绝,后悔不能对她母亲说自己有多么的爱她。

早先,母亲决定,既然美国已被卷入战争,作为一名美国人,她理所当然处在战时,因此她冒着极大的危险,与空降的美国飞行员碰面,鼓励他们,并和他们谈论有关美国的事情。她开着一辆有收音设备的卡车四处做着秘密广播,宣扬抗日,呼吁抗战必胜。她说,这是她的责任。

战争的后几年,美国空军对上海的轰炸开始变得频繁。因为怕被高射炮的炮弹碎片伤到,我被禁止外出。但只要一有机会,我就钻空子溜到后院的棚门上,看战斗机在空中盘旋,小不点的炸弹从投弹机上次第落下,随即远处便腾起硝烟。有一次,肯定是银行遭到轰炸了,因为像乌云一样的纸币飞越过我们家的房子,但那些纸币,现在只是一些废纸了。

外面谣言四起。有人说美国军队就要在上海附近着陆,下一次袭击就要夷平整个城市,一种炸弹已经发明出来,可以毁灭任何东西。那人叫我不要透露风声,但只要一见到别人(通常是弄堂里的工人),我就会口无遮拦地说出去。

就在战争即将结束的一个下午,父母亲带着我去公园。当我们到那儿时,美国的飞机正开始轰炸防护栅栏外一条溪流上的铁道桥梁。飞机贴着树低空飞行,机枪在我们头上扫射,发出令人恐惧的噪音。

人们四处奔跑,寻找遮蔽之处。我拉着母亲的手一起跑,有些人摔倒在地。最终我们找到了一个小小的涵洞,我们蜷缩成一团,无法挤进去,因为人们已经挤满了里面的空间。不知为什么,父亲看起来很生气。

后来,母亲问我为什么没有拉住父亲的手。"你伤了你父亲的心了。"她说。那时候我还不知道他们的婚姻已经破碎了。现在想来,那是我们最后一次一家人一起外出。那也是我对战争的最后一次清晰的记忆。

当两个男孩说再见

一九八九年一二月一七日

　　多年之后，我仍时常想起当年那个叫彼得·星格的小男孩，他现在过着什么样的生活呢？我最后一次见到他是在旧金山，1946 年 11 月一个灰蒙蒙的早晨。我们都是 10 岁，站在军用船只山猫号的甲板上相互道别。在太平洋上经过 32 天的航行，我们终于要登陆上岸了。

　　上海的战事过后，彼得的父母带着他远走捷克斯洛伐克，我的母亲则是带着我返回她来华之前居住的堪萨斯城。经过长时间的海上航行之后，所有的人都迫不及待地要下船。我们蜂拥着走向船和岸之间的步桥，原本还在与我交谈的彼得，随即也消失在人群之中。

　　就像其他成千上万来自中欧和东欧的犹太人一样，彼得的父母也在第二次世界大战时避难于上海。我还清晰地记得其中一些人，像那个卖果子面包的，经常出现在我的门外，叫嚷着要我们买他的东西，如果我们不买的话，就像是刻意在逃避道义责任一样。他的面包极其难吃，但他很穷，几乎一无所有。彼得一家家境还好，因为即使战争已经结束了一年，从中国到美国的船票也

当两个男孩说再见

145

是价值不菲的。

山猫号上分为两类人，一类是从美国随军前往菲律宾首都马尼拉的，剩下的就是我们这些从上海登船的。船异常拥挤，只有妇女和儿童可以住在船舱里，男人以及男孩们，像彼得和我，只能睡在底舱的床铺上。

船航行了一周之后，我们也算不上是什么好朋友。说实在的，我脑中幻想着有更好的玩伴——船上那些去跟父亲团聚的美国孩子。我想，很快我就可以和那些堪萨斯城的孩子玩耍了。当其中有一个小孩问我想不想加入他们的"飞行员俱乐部"时，我立刻就欣喜若狂地答应了。入会的费用是 5 分镍币。

但是，当我第二天到俱乐部"报到"的时候，得到的却是我的 5 分镍币，以及"我们不要中国孩子"的消息。在接下去的几天里，当那些孩子在游戏中发出雷鸣般的响声时，我只能躲在底层的舱口上，我的心仿佛被压碎了。就在那时，我和彼得发现了对方。在船上的孩子当中，他也是一个"外人"。在我的印象里，他是一个白皙的男孩，身高与我不相上下，上身着一件白色衬衫，下身穿着灰色短裤、黑色齐膝长袜以及一双棕色的鞋子。

对于一个 10 岁的孩子来说，一艘由军舰改装而来的航船真是出奇的大。我们探索着乘客通道，攀上船尾的平台，平台上装有 40 毫米口径的高射机枪。高处还有救生艇，悬挂在船的一侧，以防意外。向下远眺，就是一望无际的海洋。当船行驶的时候，那种既害怕又刺激的感觉简直妙不可言。

我们有一个橡皮球，一天我们一脚把它踢得远远的，它掉进了海里，我们俩一直目送它消失在海平面。我们相互问着对方船还要行驶多久才能到达终点。我们还有一支水枪，所以经常蹑手蹑脚地跟在乘客后面"伏击"他们，直到有一天，一个对我们的游戏再也不感兴趣的乘客把它夺走了。

作为军舰的山猫号已被永久地拆卸了。在马尼拉,我们悠闲地躺在甲板上长达一周,其他时候,我们毫无目的地闲逛。船的引擎不知道出了什么问题,我们只是等着它被修好,时间好像停止了——这对于彼得和我来说不是坏事。但是终究,当在旧金山被推挤着上岸的时候,我们已经是最后一次见面。

1946年彼得正在奔向的捷克斯洛伐克是一个充满兴奋和乐观情绪的地方。民主似乎又重新回来了。1948年,民族主义领袖贝奈斯(Eduard Benes)宣布捷克斯洛伐克重新成为共和国,并成为共和国的总统。

1946年,彼得和我一样,正在开始新的生活。我来到美国,而他去了捷克斯洛伐克。而现在我的朋友,如果他还健在的话,或许也得到了命运的眷顾。在他53岁的时候,彼得·星格或许也站在新生活的边上。想到这里,我顿时觉得生活无比美好。

消逝的信号
夜晚的微响是时光

一九九一年九月二九日

在黎明前的黑暗时分,我去地下室时听到蟋蟀清脆的叫声,竟有身处另一个时空的错觉。小时候,这蟋蟀声响告知了一个季节的终结,我将踏入生命的另一个年头,因为我的生日在秋天。

在中国的那段日子,我曾把蟋蟀藏匿在床底的土罐里。屋里没有暖气,待到天气转冷时蟋蟀开始变得衰弱,爬行越发缓慢,直至最后我将死去的蟋蟀葬于杂草中。它们的叫声也在变化,到最后声音十分脆弱,我躺在漆黑的房间,听着它们的生命正日益消退。现在,我在地下室又听到蟋蟀声,似乎再次听见了时光流逝的声音。

早年,有一个生日给我留下了尤其深刻的印象。那时战争仍在继续,母亲通过红十字会收到来自美国的一些钱。这样的救济少之又少。每当领到钱,母亲总把它上交给祖父祖母,用来为大家庭购买食物和日常用品。更早以前,她卖掉了订婚的钻石戒指,为家里添了煤。

但那一次,因为临近我的生日,母亲留下了一些钱,准备买一条新鲜的白面包作为生日蛋糕。我们在上面涂上蜂蜜。生日当

148

流年碎影

天，我与母亲走去面包房，她在那里买了面包，我们准备转身回家。在离家门不远处，一个光脚的男人从小巷飞奔出来，抢走母亲手中的面包。他一边逃离一边把面包塞进口中，我想他一定穷极饿极了。

但母亲却没有任何东西可为儿子庆生。远离家乡、住在敌占区内、婚姻破碎（这是我后来才知道的）的她，此刻在街头遭抢劫，她一改平日的沉着冷静，终于爆发了。她大喊着咒骂那个男人，没有眼泪，嗓音却异常骇人。这是我第一次也是唯一一次看到她那样讲话。我静静地看着她，她的脸被暗红的外套衬得更死寂苍白，又高又瘦，满腔怒火。

我对于有些生日的记忆是很美好的，但更多时候，那段日子昏沉沉地压了过来，愈加提醒我尚未兑现的承诺与所剩愈少的时间。过去我时常忆起豪斯曼的话：我现在 60 岁了，10 岁、20 岁的时光不会重来。30 岁不会。40 岁不会。就是 50 岁也不会。最近，我常回想莎士比亚的十四行诗：

> 那年你可能正在我凝视的眼睛里，
> 当黄叶凋零，或无，或少数，仍垂悬，
> 在树枝上颤抖抵抗严寒，
> 光辉不复的唱诗班，悦耳的鸟儿会在哪儿歌唱？

10 月是过渡期，一年中最后可爱的金色时期，之后树叶凋落。它提醒每一个人那已经流逝了的光明与温暖。10 月是黄金壮年的最后时机，此后的日子短暂、灰暗、寒冷，充满了结束的前兆。生命复苏需时隔半年，直至下一个 4 月，鸟儿歌唱万物回春。4 月永不如 10 月般凄美。

夜晚的微响是时光消逝的信号

与许多同龄人一样,我现在对于生日的乐趣大都来自我的孩子们。稚嫩的他们还不会许下无法遵守的承诺。3 岁的彼得与 6 岁的班尼特仍是迷恋小玩具的年龄。气球就像荣誉的光环,引得他们满屋子跑。小塑胶玩具铺满房间,他们一不留心就会被绊倒。9 岁的汤姆稍懂梦想的力量,他现在最大的愿望就是要一辆新单车。也许明天他会懂得梦想也是动力,驱动他踏上一生的旅程,而他将被带往何处?

　　我不知道孩子们喜欢圣诞节还是自己的生日。相信没有什么比得上圣诞老人到来时那壮观闪耀的节日模式,那个他们深信存在的人,以后会很快被否认。也许他们又会与我一样,再次深信他的存在。但是生日是他们独有的。在汤姆更小的时候,我们曾对他说起他出生前发生的一些事。是的,他说:那个时候我正排队等候来地球。

　　等待来地球! 孩子们从遥远的星球来到我们身边,降落于他们生日当天。小孩子会认为这是个不可思议的日子。他们的父母认为生日是一个可自我放纵与感激自身存在的机会。但很快地,生日意味着年岁的消逝,而不再是新旅程的开始。

　　我想我的孩子们不会再在夜里听到蟋蟀声,这是他们的幸运。但是,在这里以及世界上许多地方,有许多孩子醒着躺在黑暗里,听着某种预兆,连接着他们无力企及的岁月。一些孩子将会拥有如我一样的好运,一些将能遵守他们的承诺,但即使再多个生日也抹除不了记忆深处的蟋蟀声。他们会在楼梯下再次听见这样的蟋蟀声,这叫声将他们带到另一个世界。

对于国际日期变更线另一侧的世界来说,12 月 8 日标记着一个 50 周年纪念日,那起事件将美国带入了一场旷日持久的战争。上海在 1932 年已经有了硝烟的气息,但珍珠港日仍然被视为一个永恒的标点,因为在这个日期之后,一种生活方式永远地终结了,就好像它从来没有存在过一样。

直到 1842 年,上海都只是长江入海口的一座普通的城池。但是输掉鸦片战争之后,中国被迫同外来势力签署和约,割让一些港口。上海便是其中之一。在 20 世纪的第一个 10 年里,它成为了东亚最大的都市和商业中心,宛如一个繁华欢快的乐园。

很多外国人在这里生活,他们享受着极大的特权,甚至不需要任何平等主义之类的借口。同样在这里,千百万中国人比他们的先人都生活得好,也有千百万中国人在贫困的底层殊死挣扎。

热爱运动的不列颠绅士们骑马到狩猎俱乐部去,或者将他们悠闲的时光消磨在贴有"华人与狗不得入内"标牌的场所。时髦的妇女们穿着由工厂童工用丝绸制成的华丽服饰,在拥有 48 国特色菜肴的餐厅里用餐,跳舞跳到黎明,还带着穿了可爱套装的宠物猴子出现在时尚酒吧。

1937年，《华北新闻日报》的妇女版写道："未来不会再充斥着社交派对了。"第二年，只是在国际租界，就有101 047个中国人横尸街头，他们是战争中饥饿和疾病的受害者。

一个婴儿在被炸毁的火车站里坐着大哭，这张照片代表着当时在那个城市里许多人所遭受的痛苦，还有另外一幅照片深深地触动我：一群小男孩站成一排，大约八九岁，在手电筒零件装配的流水线上机械地工作着。他们每天工作9个半小时。将女童抵押卖淫的现象也十分普遍，以至于上海市会议的相关报告被送到国联劳工委员会审议。

日本在1932年开始入侵上海，虽然郊区的战斗持续了很长一段时间，但苏州河一带的枪声已经停止了，而苏州河正好把国际租界和城市的其他地方划分开来。中国人和外国人都组织了自卫武装力量，这与其说是军事上的意图，还不如说是精神上的支持。只要外国人还没有被触及，上海的生活就照旧。

但是，随着时间的流逝，情况越来越糟了。到了1940年，煤价已经是1937年的14倍，仅从1939年到1940年，米价就上涨了183%。暴力和恐怖已经蔓延开来，在日伪防军和抗日的"暴民"间展开了对抗。黑名单被列了出来，无论中国人还是外国人，长得与名单上相似的就会被暗杀刺死。最后几艘离沪的船都被挤得水泄不通。

这就是当时的环境。我们家所在的地方是法租界海格路600弄31号——名字来源于旧时的条约，也是上海的一部分，就好像公共租界一样。我父母带我住进来，同住的还有我的祖父母，当时一共有11口人住在那个大的泥灰房子里。

1941年12月8日，日本人越过了苏州河时，旧的秩序停止

灰泥墙如今也修葺一新

了。很多外国人都遭到拘留,整个城市都被军队占领。法律承认的一切特权和治外法权都不复存在。爸爸所在的报纸《大陆报》被接管了,他另找了份工作。母亲被划定为敌国外侨,只能待在我们的小巷里。再也没有时髦的社交派对了,再也没有歌舞升平的酒会了。母亲卖掉了她的订婚戒指,换成煤炭,大米短缺,我们就吃马铃薯和豆子。

就这样,我们渡过了生活的难关,但是显然父母的婚姻还是未能得到保全,或者,也许是每个人都在对不确定的危险发泄着情绪,这加速了它不可避免的毁灭。在很多事件里,总有某些办法和运气,这让我们一家没有受到太多生理上的苦。盟军的轰炸是很恐怖的,不过不会波及我们。于是,在这样一个家庭中,大家都紧紧团结在一起,想从这个失去方向的世界里寻求保护,那种让人温暖的氛围,让我这个小男孩希望它能够持续到永远。

但是包围着我们的却是极度的艰辛。在绿树成行的安静街道上,早上也能够发现几具僵硬的尸体。结核病到处流行,营养不良是全民通病,饥饿的送奶工喝掉瓶子里的牛奶,然后灌进去不干净的自来水。到达美国之前,我一直都没有尝过未煮过的牛奶。

1945年8月,战争结束了。美国军人在我们中间穿行,街上多了吉普车,盟军的旗帜插得到处都是。有一段时间,有人说以前的快乐很快将会失而复得。但事情已不同于当年,物换星移,所有的人和事都变了。

取代世界大战的是内战,同样也影响着上海。男人和女人们都试着找回那些已经丢进储藏室的生活和事业。父亲又干起了编辑,叔叔和姑姑在计划他们的婚事,母亲则准备带我回到堪萨斯。

1946年10月13日,我们起航了。我的家人不久后纷纷离散——到香港、台北或者仰光。我再也没见到祖父母。船将我们带出了长江口,四处都是褐色的水。我回头看,上海已经离我而去。

　　　　　　　　　　　　　　　　　　　　　　　　　　　　流年碎影

战争初期一个圣诞节早上，上海，天空下着雨。一个男人骑着单车来到我们家。车把上挂着一只篮子，篮子里有一张报纸遮着下面的什么东西。等他停到门口时，我们看见那是一只小狗。

那小狗浑身湿透了，冷得哆嗦。我们全家都很兴奋，大家忙着四处找毛巾，过了许久才记起那个站在门前的男人，雨水从他的衣角滴下来。父亲给了他钱，他便踩着车消失在海格路上。

这是一只雄性德国牧羊犬，大约 6 周大，全身褐色。它干透后的毛发是如此蓬松柔软，看着它温和的眼神，我知道我有了一个新朋友。

父亲为得到这只狗感到骄傲。他宣称这是一只纯种狗，是几代优良品种的后代。父亲说，它的名字——为了制造戏剧效果他有意停顿一下——是范·罗豪斯三世王子。但我想叫它"毛毛狗"。当其他大人也齐声赞同时，父亲只好让步，选择了这个融合了温顺与优雅的动人名字。就这样，我在 7 岁那年得到了我的第一只狗。

与其他发生在上海的童年往事一样,有关毛毛狗的记忆随着时间的流逝而逐渐模糊。有时我难以分辨那个年代残存在我记忆中的事件的真假:那些确实如我所记忆的那样真实发生的事,那些为了减弱事实的尖锐而被磨平和软化的事,以及那些压根没发生过却因历史或心理意义而存在的事。在某种意义上,我们的生活就如今日所谓的文献电视片。但现在我所讲述的故事对我而言确实有着真实的意义。

　　毛毛狗从可爱的幼狗成长为一只优美强健的大狗。它是如此耐心、善感。它接受我,爱护我,我亦如此爱它。我们形影不离。至今我的手上仍然留着一道疤,那是一天晚上我带毛毛狗出去散步时被突然关闭的前门夹到的。里弄的肖医生在我的指头上缝了针。

　　我们都说毛毛狗长成一匹小马那般大了。父亲坚持把它送到由一个德国人管理的驯兽学校接受强行训练。那些驯狗师穿着马靴马裤,不过严格的训练丝毫没有影响毛毛狗的温顺。

　　一天,母亲带着我和毛毛狗去散步。因为是"敌方外侨",她不能走出我们的里弄,不过她倒是经常走出去。这天早上,我们遇到了一个日军少校,他曾在美国加州的学校学习英语。他向我母亲打招呼:"早上好,女士。你有一个可爱的孩子和一只可爱的狗啊。"他谦逊有礼,并为自己的一口流利英语感到自豪。也许他也是一个寂寞的人。

　　但是母亲没有搭理他。她的祖国正陷于战争,她必须保持不妥协的坚定立场。不断有美国人在战争中死去,而正是这个少校的国家挑起战火,因此,没有所谓的中立,也没有顾及礼貌的余地。后来,我才知道她为战争所做的行为是极其危险的,她的努力在当时看似重要,但从大局上来看可能并非如此。她自认为是

　　　　　　　　　　　　　　　　　　　　　　　　　流年碎影

一个战士,但是那以后她再也不好意思用这个词。

　　母亲快速转身,抓着我的手,拉紧狗绳,不发一语朝相反方向离去。她坚决不与少校讲一句话。我记得我曾为他难过,他并无恶意,只是试着在此地向同在异乡的母亲表示友好。

　　后来的某一天,毛毛狗失踪了。我们疯狂地找遍了附近的所有街道,但是一无所获。一个阿姨说它被那个日军少校带走了,其他人则坚持说它被挨家挨户卖小圆面包的欧洲难民偷走了,更有人说毛毛狗被一帮饥民吃掉了,总是有很多这样的饥民的。不管怎样,它不见了。一两年后,战争结束了,母亲和我准备启程回美国。

　　我们踏上航程的那一周,一只又难看又瘦削的狗,全身长满疥癣,痛苦地蹒跚前进,缓慢地走进里弄,倒在我们的屋前。这一幕太悲惨了。我们给它水喝,突然意识到毛毛狗终于回来了。这可怜的小东西承受着巨大的伤痛,随时可能丧命。我们哭喊着,把它送去了动物医院。

　　离开上海之后,我时常想起毛毛狗的勇气与决心,不知它是否能够痊愈。几年后,我才得知它被送到医院时就死了。

　　之后这些年,我养过几只大狗,但再也没养过幼犬。大约一周前的一个下午,妻子提议前往一个同事的家里,因为他想卖掉一些黑色的幼犬,是拉布拉多猎犬与金毛猎犬的混种。

　　我们去了,结局亦如所料。妻子为孩子们挑了一只全身黑毛、7周大的幼狗,她说,她选中了它,因为它的毛发最为柔软。

　　你可以预见,这只小狗改变了我们的家庭。三个小男孩兴奋得不能自已。我们一起带它去散步。一个清晨,在整个世界陷入忙乱以前,我带着小狗走过街区。那一刻我在想,孩子们会与它一起长大,他们会成为彼此生活的一部分,他们的生活必将与我曾有过的不同。我又在想,这只小狗也许能够填补我那远去生活的一小部分,那时我有一只温柔的小狗作伴,它是如此勇敢,而它离开我已经太久太久。

　　在我就读堪萨斯市的高中之前，我发现音乐不仅仅是我们都喜欢听的流行歌曲，除此之外，还有一片更广阔的天空。在午夜的一档叫作"WDAF 经典时刻"的广播节目里，来自芝加哥的音乐主播杰伊·安德烈斯（Jay Andres）为我开启了这一片天地。

　　我有一个绿色的手提式收音机，我常常塞进被窝里，一直听到天明。我开始逐渐了解音乐的世界。而这片音乐的世界伴随了我一生，并在某种程度上改变了我的人生。因为听节目，我会睡得很晚，但母亲对此并不在意。实际上，她在很多事情上都很宽容，比如有一次，她在我一堆要洗的衣服里发现了朗姆酒和枫叶牌香烟，但并没责骂我。

　　在 16 岁生日那天，她送给我一台留声机，还有一盘录音带，是美国无线电公司录制的，由莫拉·林帕尼演奏的莫扎特第 21 号钢琴协奏曲。就像我刚才提到的那样，正是它们改变了我的人生。莫扎特的这些曲子除了具有曼妙的音乐之美，还是"纯洁""正直"和"严谨"的完美化身，而这些，我心向往之。

　　不久以后，我读到了乔治·萧伯纳写的一些极好的音乐评论,这些文章也印证了我的上述感受。萧伯纳写道:"大千世界,众人皆醉,莫扎特独醒。"

"……对于那些不值得他理会的情感,他依然保持着优雅的态度。在那些能让人惊慌失措,失去理智的压力面前,他是那样深思熟虑、计划周密而又冷静现实。在他看来,慌张、激动、急切、考虑不周,都是极其滑稽的,也是思想上的一种堕落。"

这正是我心之向往——胁迫、苦难当前,仍然保持高贵与冷静。无论面临何种情况,都能使我保持最佳状态。当然,这些年来我也有过很多重大的失败,以后也一定会有。然而伟大的艺术能带给人的启发却无可限量。否则,它也称不上是艺术了。

在我心目中,莫扎特居住的城市——萨尔茨堡,是所有世界名胜中最让我魂牵梦绕的。十几年来萨尔茨堡之旅一直未能成行,就在几个星期前,我和妻子准备去德国看几个朋友,妻子告诉我,她计划我们一起去萨尔茨堡。

我们到达那里时,天气寒冷刺骨。我在火车站最先看到的东西就是用莫扎特形象做的饰品和古玩,但做得非常难看。登记入住酒店后,我们立即动身去了他的出生地,现在是坐落在 Getreidgasse 路 9 号的一栋黄色大楼里的一间博物馆,在一家熟食店的楼上。

博物馆门庭冷落,又仿佛给人一种被拒之门外的感觉。一个服务员坐在一台小型取暖器旁边,玩着填字游戏,对身旁进出展厅的参观者不闻不问。馆藏中有一些有趣的展品,但漫步于这样沉闷的厅室中并不令人感到愉快,更何况在屋内我连一丁点莫扎特的音乐都没有听到。

萨尔茨堡当晚也没有音乐表演。在一张从博物馆拿来的明信片上,我失望地给一位在堪萨斯市的老朋友写道:"如果你信心满怀地等待了很久,那么什么都不会发生。"

莫扎特自己当年在萨尔茨堡也是困难重重,现在看来一切如故。他曾经写道:"我生活在一个音乐无以为继的城市。"

　　到了第二天,情形有了起色。阳光普照,我和妻子爬上陡峭的山,绕过路口一个车站,直奔老 Capuchin 教堂和前方的小公园。公园里会突然传来莫扎特的音乐声,坐在长椅上,你甚至可以远眺到阿尔卑斯山。

　　然后我们去了莫扎特年轻时的居所,著名的"舞王之家"。就是在这个地方,他创作了很多关于萨尔茨堡的音乐作品。这里比较暖和,让人觉得舒适。走进去后你会拿到一个播放器,里面播放着莫扎特的音乐,并在你参观的时候讲解。

　　当我走到某个地方时,耳机中响起《C 大调奏鸣曲》中的一段,被莫扎特称为"初学者的小奏鸣曲"。萧伯纳曾写过这样的评价,说莫扎特的音乐是如此直截了当,只有一流的演奏家才能胜任。因为仅仅是一个细小的偏差都会变得如此明显,让人觉得演奏曲子的人是个傻瓜。又走到一处,我听到莫扎特写给妻子的《C 小调奏鸣曲》的一段,这首曲子的首演就在萨尔茨堡。

　　有的地方会播放歌剧片断,在娱乐场所、音乐会和小夜曲里都常听到的《伊德梅尼欧》①、《费加罗的婚礼》序曲②与《唐

---

① 《伊德梅尼欧》(*Idomeneo*),是莫扎特 1780 年所作的歌剧。该剧在 1781 年 1 月 29 日,也就是莫扎特 25 岁生日的两天后,在慕尼黑宫廷剧院首演,是莫扎特第一部彻底成功的歌剧杰作。

② *Figaro*,是莫扎特最杰出的三部歌剧中的一部喜歌剧——《费加罗的婚礼》的序曲,完成于 1786 年。该序曲短小精致,常常脱离歌剧而单独演奏,是名曲之一。莫扎特采用了交响乐的手法,由管弦乐带出的两个主题一快一缓,精准地交待了全剧幽默、机智、快活的基调,也因其完整、充满活力而且效果显著,颇能调动气氛。

璎》①的片断,通过西门子的扬声器,这些乐曲被美妙地重新演绎了一番。虽然这是机器合成的效果,并不是人工演奏,但我们一直以来听到的都是如此,而我也陶醉于每个音符。

之后我们去了布拉格,莫扎特最爱的城市之一。赫拉霍尔合唱团②在表演他的作品。就在那晚,在 Moldau 河畔,我们坐在人们都熟悉的那种艺术观赏礼堂里,在只有四排小型观众席的座位上,聆听了莫扎特的小赞美诗《圣母颂》,③这首曲子的美如此扣人心弦,又简洁朴素,孩子们都会在他的曲子中安然入睡。

至此,我所期待的一切都已成真。当我沉浸于音乐中时,《圣歌》第 23 首里面的那些字句突然出现在脑海中,让我自己也吃了一惊。当然,没有人能知晓仁慈和怜悯是否伴随在那些罪人左右,但是,这能唤起你脑海中的经文的音乐自有它的神威。

回到圣路易斯后,二儿子班尼特听着那些经典乐章熟睡了,

---

① 《唐璎》共 4 幕 9 场,1787 年 10 月 29 日在布拉格首演,这次辉煌的演出并无事先排演,但却获得了巨大成功。序曲部分优美典雅,乐队演奏丰富,发挥着交响性和戏剧性的双重作用,也帮观众做好入戏的情绪准备。整部歌剧可以被看作莫扎特为后继音乐家们树下的圭臬——激情与理智的完美结合。该剧体现了莫扎特音乐创作最突出的特点,被称为"歌剧中的歌剧",与《魔笛》列入"莫扎特最完美的歌剧"之争。
② 布拉格赫拉霍尔(Hlahol Prazsky) 合唱团,是 1861 年成立的爱国歌唱协会。由捷克作曲家、钢琴家和指挥家、捷克古典音乐奠基者贝德瑞赫·斯美塔那(Bedrich Smetana 182—1884) 领导组成男声合唱团,以"心向祖国"为号召,在捍卫民族文化的斗争中发挥了很大的作用。
③ 《圣母颂》(Ave Verum Corpus),是莫扎特去世的那年,在这年的基督圣体节(Corpus Christi Day),献给巴登(Baden)教堂的合唱指挥史提(Anton Still)的作品。歌词据说是 13 世纪伊诺森教皇(Pope Innocense)三世或四世所写,通常用于弥撒的奉献部分,是一首短小的圣餐赞美诗。歌词描述血水从基督腋下的刺伤中流出,象征基督宝血洗涤世人的罪过。此曲原由弦乐团与数字低音伴奏,曲调优美平静,和声饱满温暖,是莫扎特最后的完美杰作。

他现在比我当时在堪萨斯市开始迷上音乐时还要小。华灯散去，他醒了，让我挠挠他的后背。就在此时，我们两个都听到了那首乐曲，那首很久以前在我生命中第一次出现的乐曲，它已经成为我生命的一部分。

写在香港回归

（一）

香港——雨下得越来越大，本来这么多天媒体一直在报着香港主权移交的新闻，今天都让位给这场暴雨。大雨在 5 个小时内下了 8 英寸（约合 203 毫米），已发生 55 起滑坡事故。学校和公路都关闭了。而在新界，一名 73 岁的老年看守者被冲进万佛寺的泥土，和岩石、树木一起被卷走了。

我们住在大潭水库的上方，被瓢泼的大雨惊醒。现在天放晴了，抬头是青山环绕，低头可以看见野狗逡巡。孩子们被困在家里，不能出去玩，他们吵着要糖果和电视。大家心里都有些烦躁。

这是对主权移交盛况的一次很好的调剂。庆祝盛典的爆竹声过后，评论员最后总结说整个银河系也没见过这样的盛况。一切都过去之后，一般人的家常考虑又会重新浮现：雨什么时候停？孩子们怎么处置？

我怀疑我是香港唯一想起吉卜林①那首《衰退》的人了,他在上世纪的最后一年写下这首诗,当时大不列颠帝国正在到处扩张它的版图,就像他描述的,战线一直延伸到棕榈和松柏生长的地方。一些人不原谅他,因为他竟然在幻想:这个帝国终有一天会退守海岸——这在当时简直不可想象。

　　他写到了政权的更替无常以及看似伟大庄严的事物的不稳定性。但实际上,我想,他是在写那些居于乡野,终日与泥土和汗水结伴的人民,以及那些艰难谋生的家庭。每天太阳下山后,统治者搜刮完东西,拍拍屁股走人,但人们还是得为生计发愁。

　　他写道,船长和国王告别了,驾着大不列颠皇家游艇启航。然而,眼前的情景是,那些皇家卫戍部队的身影,被来自中国某个省市的年轻人取代了。我看到他们一群群地骑着摩托闯进中环,他们微笑着,挥着手,宣告着新的统治的开始。

　　这些嘈杂的喧闹声、呼喊声远去了,吉卜林写道,大批的人都走了,因疲劳和雨水驱散。壮观的中国烟火在香港回归的第一天毫不吝啬地燃放,声音越来越大。这些烟火被缓慢地行驶过港口的明亮的船只掩盖了光芒,那些船上装饰了传统的中国图案,包括公鸡、兔子、蝴蝶、鸟、花、狮子、龙。这个船队使人回到几千年前的时光。

　　"那是皇室贵族的船队。"我告诉姐夫。我们在黑暗的君悦酒店看着这一切。"是的,"他说,"大理石做的船只。"皇太后慈禧,

---

① 吉卜林(Rudyard Kipling,1865—1936),英国小说家、诗人,1907年获诺贝尔文学奖。是英国第一位获此奖的作家。

清朝最后的权力统治者,花费朝廷巨资打造了梦幻的石舫,今天你还能在北京的颐和园看到它们。我们今晚在香港看到的这些船队,是商业公司出钱修造的。但我觉得二者没有太大的区别。

吉卜林看到了国王的退却和骚乱的沉寂。当一切都发生了之后,他写道:"用一颗卑微而深感歉疚的心,仍然做着你们古老的牺牲。"今天在雨里和泥里劳作着的人们,艰难度日的人们,日日如是。

在此时,在英帝国的最后时刻,我已经超越了吉卜林的主题。在离文华东方酒店入口不远的干诺道,一些油漆得很漂亮的四轮马车在唱着《上帝保佑女王》,一个穿着黑衣的年老中国女人穿过垃圾箱中间,里面装满了欢庆回归带来的垃圾。她带着一个塑料袋,好像忘记眼前的历史时刻,只想寻找铝罐子。

我的儿子汤姆去了内地,他打算在那和一个青年团一起待一个月。我们仔细地为他打点行装。他离开的那天很兴奋,觉得生活从那天开始增加了很多可能性。他从未像那样离开过我们。

在我写下这些字句的时候,黑云又涌了上来,我几乎看不到那些翠绿的山脉跨过谷底。我在想着我的儿子,他的道路正光明地在他的眼前延伸,但在这个世界,大多数人所拥有的,只是"一颗卑微而深感歉疚的心",像吉卜林所写的。这些人不会出现在大众媒体里,除非什么事情出了大错,但是他们活在这个世上,在香港和任何一个地方,像这永不停息的雨,除非有人肯花时间来看看他们。

(二)

当行走的时钟宣告了英国统治的结束,数以千计的人们聚集在皇后像广场,在有着维多利亚风格的穹顶的立法会大楼旁边,举行一个支持民主的集会。在他们中间是穿着英国国旗服装的旁观者,人们戴着看起来像联合国国旗和中华人民共和国国旗的帽子,有人穿着燕尾服,有人穿着中国礼服,有人穿得像妓女,有人穿得像小丑。在人群的边上,一个男人高举着某个东西,这个东西和英国、中国,甚至与这漫长而值得纪念的一天都无关。

他挥着一面美国国旗。我挤开人群来到他身边,问他是谁。"科林·克拉克(Colin Clark),"他说,"从加州圣路易斯奥比斯波来的。"

他说他是一名企业家,他在担忧美国的民主,担心大政府积极参与的法官制度,他认为历史的进程已经走上了错误的道路,所以他来到香港发表他的意见。

在这一天更早的时候,在举行正式交接仪式的会展中心附近的港湾道,我看到兰戴尔·特里(Randall Terry)带领的一支小型的游行队伍。他创建了一个叫做"抢救行动"的激进的反堕胎组织,他们唱着口号,展示着一幅血淋淋的胎儿图片。

这里的每个人都在谈论香港的未来。报纸里也塞满了有关这个主题的文章。电视每天都在报道交接仪式这个主题。参加相关的记者发布会、活动项目、集会、研讨会就会花掉你一整天的时间。

在皇后像广场挥舞着美国国旗的男人和港湾道上那一小群反堕胎人士,几乎都没有引起任何注意。虽然对我来说,他们有些意见想要告诉香港——给董建华,也给其他所有担心人权的健全问题的人。

那个挥舞美国国旗的人反对积极参与的法官和政府,那些反堕胎的标语表现了一种自由的表达——在某些情况下,彻底地重建美国。

如果说鸦片战争后的殖民贸易者是香港过去的幽灵,通过掌中的移动电话做着全球生意,被有司机驾驶的梅赛德斯-奔驰汽车带回中产阶层住宅的富有的香港商人,是香港今天的幽灵,那么,科林·克拉克和兰戴尔·特里可能就是香港明天的幽灵。只要民主繁荣,他们就随处可见。

一个小时后,发布会中途休息时间,我下楼到了酒吧。另外一大群人聚在一起收看在政府大楼举行的告别仪式。下了大半天的雨更大了,你能从大电视屏幕上清晰地看到优雅的总督的蓝色制服都被淋得湿透。当英国国旗下降时,他脱帽站立,而当乐队奏起"上帝保佑女王"时,他的下巴陷到了胸前,就像被击中了一样。

然后乐队演奏《友谊地久天长》。这时闪过一个镜头,一辆劳斯莱斯汽车优雅的排气管饰物上粘着英国国旗。"太妙了。"有人说。这时我注意到我旁边有一位小个子的中国女人,她边哭边抹眼泪,在整个房间里,我没有看到其他人比她更受感动。

在皇后像广场,在香港还是一个殖民地的最后几分钟里,有一些人在喝香槟,有些人在喝啤酒。有些人只是站着和等着,被这个时刻吸引了。穿过马路,我还能看到科林·克拉克,他仍然在挥着那面美国国旗。

然后粤语的叫喊声响起来了,哪怕你不懂粤语,也能明白这是最后几秒钟的倒数计时。到处是一片欢呼,上百万的摄影机同时闪耀。在我身后有人说:"我们现在是在中国。"我往上望,看到一个孤独的蓝气球,向天空飘去。一个气球,就像从太空拍摄到的地球,像在一片黑暗的天堂中飘浮的一块寂寞的蓝色大理石,正去往某个没有人到过的地方。

香港岁月：半个世纪的回转与追寻

搭乘美国西北航空公司的波音 747 飞机从西雅图飞到香港，要花 13 个小时。如果下午早些时候出发的话，第二天凌晨 5 点就能到达。整个旅程都会在明媚的白日里进行，让人多少感觉有点不踏实。

从光亮到黑暗的过渡不是跳跃性的。正如你所见，从那儿到这儿，从一天到另一天的过渡是一种无缝隙的连接。用这样的方式回到香港，审视它在英国 150 年的殖民统治后重回中国，的确是一个再恰当不过的角度。

乘机飞行时，我考虑着转型的问题——香港的转型，还有我自己的转型。随着流淌的时间分分秒秒过去，天空依然一片蔚蓝，我开始琢磨起传承的问题来。历史是由这两者构成的。凑上前去端详，其间似乎充斥着喧杂的变革；退一两步来打量的话，这故事的流变其实也是一种无缝隙的连接。

我第一次来香港的时候是 1941 年夏天，那时我将满 5 岁，住在上海，而祖父已经南下香港扩展生意。正好祖母和姑姑要去香港探亲，父母就让我跟着他们一起过去。

在欧洲和中国的大部分地区,战争已经打响。像上海的所有人一样,我父母也在坐等那个不可避免的日子到来:日军再次行动,占领上海这个"国际殖民地"。

山雨欲来,人们都想留住暴风雨前的最后一丝平静。这样我和祖母、姑姑们踏上了去香港的巴特菲德号和斯威尔号汽船。对于年轻的姑姑薇恩和娜丽来说,旧秩序即将被摧毁这一事实对她们的心理影响并不怎么大。

我们住在香港九龙弥敦道上的一间大公寓里,那间公寓有一个高高的屋顶、转速很慢的风扇和一个阳台。晚上姑姑们带我去喝茶跳舞,参加派对。白天她们带我去"永安"和"先施"这两个大型购物公司买东西。我们在香港牛奶公司吃冰淇淋,然后乘天星小轮往返码头。

在她们看来,香港真是繁华时尚,充满了英伦风情。然而我们仅仅在那里待了一个月就回家了。父母亲知道战争马上来临,开始紧张起来。几年前广九铁路的爆炸案已经清楚地表明:即使是大英帝国对战争也没有免疫力。

那些都是陈年旧事。现在我们住在美国加利福尼亚州的帕洛阿尔托市。我和妻子受到奈特基金①的邀请,以新闻学者的身份来到香港。作为记者,我们有责任关注那里的新闻自由情况。我们将和我的三个儿子一起,见证香港的第三次——也有可能是最后一次的转型。

第一次转型,我是指第一次鸦片战争失败后中国被迫将香港割让给英国。美国人由此担心香港的个人自由可能无法保证,这

---

① 全称为 John S. and James L. Knight Foundation,1950 年由奈特兄弟创办,致力于关注和支持新闻业与社会的发展。

似乎不无根据。但他们也知道,这片闪光的土地是建立在强买强卖的基础上的,鸦片对成千上万的人民来说,是毁灭性的。它使人上瘾的特性其实是对人的一种奴役。

第二次转型是第二次世界大战,它宣告英帝国的衰落。英国人从赤柱那坟场般的营地撤回后,没有人能想象得出他们还能统治香港多久。就像土地被大海残酷地吞噬一样,中国最终也将收回香港。

也许没人想过这一点。但毫无疑问的是,很多人都推测生活仍将一如既往。如果他们确实这样想的话,他们便误读了历史,也误读了中国。因为半个世纪只不过是一眨眼的工夫,而每一次的倒退都是无法愈合的伤痛。

今年夏天,我带儿子们来这里,重访当年战乱时期的足迹,那时的我比他们现在还要小。我想给他们展示一个曾经推动我向前的世界。我想让他们知道,尽管这个地方对他们来讲是陌生的、异域的,这片大陆却是他们心跳的一部分。最重要的是,我想让他们和我一起分享这段经历并尝到乐趣。

几天后,他们会和他们的母亲一起过来。我们去年从韦伯斯特市搬去加州,在此之前,孩子们从未想到自己身上流着一部分中国人的血液。我在上海的那些老亲戚现在住在旧金山湾区——薇恩姑姑、乔治叔叔和他的妻子艾薇儿,还有艾迪叔叔。逐渐地,我的孩子们会了解,在他们的生活中,除了美国中部,还有一片更广阔的天空。

汤姆15岁了,在这年纪长得算高大的了。他挺有能力的,举止又酷又随意,我当年的偶像,就是这类男孩。班尼特12岁了,他用孩子的目光细致地打量这个世界,看到被我们这些人所忽略的细节。他措辞谨慎,行事小心,在他面露微笑之前,在很多方面像是我当年的翻版。他一旦笑开,周围便是一片阳光灿烂。彼得9 岁,瘦得像电线杆,成天破坏力极强地横冲直撞,直到闹得筋疲力尽,然后就不知不觉睡着了。看着他们,你丝毫联想不到香港。

我在飞机上回想并品味这些事情。快抵达时,机上的音乐是莫扎特的钢琴变调曲,正是我幼时在中国唱过的那首"一闪一闪亮晶晶,满天都是小星星"的曲调。我的思绪又飘到了 T. S. 艾略特的一首关于无缝连接的诗,他说,我们一切探索的终点就是要到达我们开始的起点,去了解我们最初的那个地方。

飞机开始着陆时,我注意到在中国南海上有若干舢板,它们应该在那儿有几个世纪之久了。在机场里我没找到一幅女王的画像,也许有,我没发现而已。不管怎样,它应该在 10 天后就消失了。

与主权移交的香港同行

（一）跟上现实转变的脚步

1997 年 6 月 29 日凌晨 4 点　香港

上星期,在政权移交之前,香港赛马会展开了一场关于前景问题的专家小组讨论。在长达 110 多年的时间里,这个地方被称作香港皇家赛马会。

时过境迁,为了使名字更适合于中华人民共和国,涉及英国皇家的字眼被抹去了。在周遭还有很多这样的例子,譬如"皇家"字样已从邮箱上消失。

赛马会的专家小组由四个人组成,其中三个毫无疑问都是公众眼里的显贵:总领事 Francis Cornish,他星期二将会成为香港的高级英国官员;曾经主管过美国领事馆的 Burton Levin;还有刘鸿儒,他是中国证监会主席;第四个就是我。

我之所以被邀请,因为我曾是一份美国大报的主编,但事实上我来参加的理由是最中国化,也最老式的理由,那就是亲属关系。我的妹妹伊丽莎白组织了这个活动,我接受了她的邀请,因为能在此时此刻身处旧秩序的大本营中,放弃机会未免太过奢侈。

轮到我发言的时候,我提及人们在香港要遇到许多分割开来的事实,对于什么正在发生,那意味着什么,总有不同的甚至相互冲突的描述。而每种事实都有令人印象深刻的证词,这种"肯定"让我想起了战争年代的上海。那时人们会点头,转身去看有没有人在听,然后神秘地和你低声说话,让你接受并认同他们绝对没错的观点:这枚新型原子弹明天就会落在我们的头上。

你可以通过阅读来弄懂现在正发生什么。《远东经济评论》的报道说,你得记住香港被殖民地化,实际上是把它从无力的中国拯救出来。你也可以读到报道说,才能杰出的中国人将大英帝国的头衔丢得满街都是,他们争先恐后地要把自己同北京连成一体。

你可以读到不同的观点,有的说要是美国对人权闭口不谈,一切将会改观,有的则说那样的话民主将会陷于水深火热之中。你可以读到乐观地认为经济将会变得更好的报道,也同时可以读到经济将被贪污腐败摧垮的预言。

我思考这些,一部分是因为我相信,生活是一个个独立事实之间进行持续协调的过程,还有个原因是我的妻子和三个儿子这周早些时候也来香港了。孩子们之前从未来过亚洲,现在他们正在组装着一个全新的、与美国截然不同的国度的种种事实。

我本来打算租借一部小巴去机场接他们,但不知怎么却来了一部26座的巴士,我们误打误撞地坐着大车回到住所。这里发生的事情和美国家里的不一样,这是他们遇到的第一个新鲜事。

他们的生理时钟也和家里的不一样。那两个小一点的孩子,班尼特和彼得,在凌晨2:30就醒来了,兴奋地唱着美国国歌《星条旗》(*The Star Spangled Banner*)。我们试着拿东西给他们吃,哄他们入睡,不过,这招有时候奏效,有时候则是徒劳。

第一天带他们去九龙,坐了天星小轮,我告诉他们,我小时候来过这里。但他们全神贯注地看着那些停在港口的小船,以及地平线。我们在一家上海风格的餐馆吃饭,我这个老中国通滔滔不绝地讲解筷子和白米饭碗,但孩子们却只对可口可乐感兴趣。

饭后,我们又徒步出发了,15岁的汤姆想要自己去逛。我不答应。汤姆说:"我知道怎么回家。"我的妻子也同意了。他有身份证、地图和钱。但我犹豫背后的原因,是我本想让孩子们通过我和我口中的孩提时的经历来认识香港。

汤姆快步走开了,我看着他的脑袋在人群中跳跃着,心里苦乐参半,那是一种天下父母都有的心情:孩子们不再想待在他们身边了,突然间他们开始要求独立前行。当我再次看他的时候,他已经消失得无影无踪了。

我跟妻子说,汤姆准会比我们早回到家。他这样做只不过想证明他能自己回家罢了。可是当我们回到家的时候,房间里空无一人。好几个小时过后,汤姆才出现。

"你去哪里了?"我问道。

"买毒品去了!"他回答,狡黠地看着我,试探我是不是会从椅子上跳起来大发雷霆。我没有那么激烈的反应,他于是坦白说只是到处闲逛,途中上错了渡船,不过最后还是搭对了车回家。他在麦当劳吃了一个芝士汉堡——"以体验香港的当地文化",他得意地说着。

这和我多年来设想的情形不同。我想象的"事实"与实际发生的事实完全是两码事。不过我认为自足要比依靠别人强得多。所以我为儿子感到高兴。一会儿,我漫游的思绪回到香港和它的居民,我想,他们是否同样也能轻而易举地找到回家的路呢?

(二)唤起往事如潮

1997 年 7 月 20 日凌晨 4 点　香港

小汽艇逐步加速,绳索绷紧,在我们身后 30 英尺,一个男孩从水雾中穿出。我们 12 岁的儿子班尼特正在学习滑水。我们从一艘舢板船旁掠过,向岸上的亲戚们挥手,加速驶过一艘黑色船身的警艇。

那艘舢板船叫作超级太平洋号,不是那种让人浮想联翩的浪漫名字,但是好过那些在我们身边的船。它们当中有一艘叫作"乐福门"(Rothman's),因英国烟草公司而得名,另一艘叫"仲裁者二号",没办法,金钱和商业无处不在。

我妹妹的朋友拥有超级太平洋号的股份,加上这艘船今天没有被预订,我们才能使用它。南海的海水冲刷着小岛的南端,我们把小汽艇拖出石澳(Shek O),接着放下船锚。你可以越过山顶,穿过我们的公寓,从卫奕信径(Wilson Trail)看到停船的地方,卫奕信径以一个前任港督的名字命名。

卫奕信径曾是第二次世界大战的战场。英国人在其北面,在黄泥涌峡道(Wong Nei Chung Gap)建立了一个据点。他们的弹药用完的时候,便朝从南面冲上来的日本人扔石块。

对于一个美国人来说,踏上这条小径你会觉得它陡峭无比,以至于 15 岁以下的孩子不宜涉足。这种感觉与你在盖茨堡(Gettysburg)走过神圣的土地是不一样的。因为人们在这里死去,为了一场在开始前就注定失败的战斗——他们中的一些人甚至不知道自己为何而牺牲。所以,你穿越这条红色的沙径时,最好带着对先人的尊敬,他们当初的环境,如今的我们只能想象。

我走在这条路上，已是下午较晚的时候。南面，绿色的山尖在雨云中若隐若现，厚重压顶的雨云大得驱赶我回家，小径两旁是坠着厚蔓藤的树，路边盛开着粉红色的花，还有大象耳朵般大的植物。橘色和黄色的蝴蝶纷飞其间，空气凝固着，云雾缭绕。

我从没来过这里，但是所见景物无一不唤起过去的回忆。你看着某个东西，然后你突然就被它带到了另一个地方。眼前的景象并非只产生视觉感受。几天前，我与一位中国女子一起步入电梯，觉得自己仿佛是在50年前的上海。她喷的香水我之前从没有闻过，但是自那以后，这种气味无处不在，挥之不去。

往这边看，小径通向渣甸山（Jardine），那是我父亲15年前因肺癌去世前最后生活的地方。我那时怀着对父亲的尊敬从美国去看望他，但是他对前景感到焦躁，不想多说话。往那边看，中环的摩天大楼映入眼帘。左边是石澳的海滨，前方是浅水湾，多年前父亲在那里有一栋房子。1964年，当我还是一个年轻的记者时去过那里，那时我把自己想象成一名驻外记者。

那幢位于浅水湾的屋子后面有个院子，早晨我会独自坐在那儿，捧一杯咖啡，带着我的Hermès笔记本电脑，试着写点在香港捕获的支离破碎的感受。每天都有一艘巡逻艇在岛边驶来驶去，海岛像从海面冒出来的水果胶糖，巡逻艇则非常像班尼特滑水的那艘，逡巡着搜索走私贩。在我看来，这真是让人倾倒的浪漫。

那个年代，外国记者每来到一个城市，会立即写一份"情景介绍"。比如说，你去西贡，如果只是一个匆匆而过的记者，人们也许会把你当成一个邮差，而不是一个通过电报做文书工作的体面人。你可以在Caravelle旅馆入住，和一些人聊聊，读报纸并从中获得信息，在顶层的酒吧里过夜，眺望整个城市，与上校和商人们漫谈，看看城中什么最热门。

然后，你就可以用混合着权威格调和厌世情绪的口吻，写下"情景介绍"——你可以想象格雷厄姆·格林①（Graham Greene）在愉快的一天里都做了些什么。我不会为写过这些东西感到遗憾，因为我从那些经验中有所收获，但是如今我站在卫奕信径遗迹看浅水湾，回想起它们，我感到自己有一点愚蠢，这情绪同时夹杂着忧郁。有些时候，我希望世界依旧像我20岁时那样简单，所要做的事只是为了写"情景介绍"，花几个小时在酒吧，然后一切广度和复杂性好像都显而易见了。

　　到了像我现在这样的岁数，已经可以从这些微小而分散的"情景介绍"中观察到朴素的事实，明白那宏大的写作模式之外的意义。比方说，我在超级太平洋号上巡游的那天，我的儿子在水中绳子的那一头，这只是一个小片段。你看，舢板上有厨师，将鱿鱼和鳗鱼切成涮火锅的小薄片，有孩子跟着激光唱片唱卡拉OK，有人从冰块里取出法式白葡萄酒。到处都有奢华和特权，其中的寓意马上就得辨别出来。

　　那一晚，我故意考了考儿子班尼特。我怀疑他被这一天的玩乐弄得眼花缭乱，我得扳正他的朴素本性。因此，在他睡觉之前，我问他这次出游对香港印象最深的是什么。我没猜到他的回答，远比我之前希望的好。他说的是："印象最深的是我们和所有的堂兄妹在一起"。

---

① 格雷厄姆·格林（Graham Greene，1904—1991），英国作家。他信仰天主教，将探索人的内心世界与反映当代政治和社会问题结合起来。20世纪30年代末问世的《布莱顿硬糖》（*Brighton Rock*）与《权力与光荣》（*The Power and the Glory*）奠定了他作为20世纪英国重要小说家的地位。

意想不到的中国改革

一九九七年八月一〇日

　　我们在北京通过海关检查，推着行李进入候机室，儿子汤姆还没来。他来中国已一个月了，在天津一所中学替学生辅导英语，本来说好有朋友会送他来机场。但到现在还没看到他，我们有些担心。

　　不一会儿，我们在人群中看见他。他还戴着那个在加利福尼亚买来的破旧的印第安纳大学的帽子，欢天喜地地向我们走来。看他走路有点滑稽的样子，弓着背，好像嫌自己太高了。这是一个难得的瞬间，我们和15岁的儿子相遇在遥远的北京机场。

　　回酒店的路上，我们问起他这次中国之行怎么样。他说，无论他到哪里，人们都好奇地问，他是不是有个中国名字。还真猜对了，他确实有。

　　汤姆出生之时，我请在香港的父亲给他起个名字。我以为就是把他的美国名字转化成中文就可以了。但其实还有更多的东西要考虑，比如说精确的出生时间、出生地点的经度纬度等等。这些都是"风水"中讲究的必要数据。

　　我父亲是有美国教育背景的中国人，但连他的书桌摆放位置,都必须事先咨询风水先生。风水是中国古代的一种法则。风水的学问包含着自然界元素的几何学和精神力量,就是人和自然之间如何和谐相处的一种综合学问。

如果风水处理得不好,就会厄运临头。比如说鸡和猪毫无预兆地死去,一些意想不到的坏事情就会降临到头上。比如说香港有几座新大楼,楼中间故意留几个大洞,设计得十分怪异,这并不是建筑设计的别出心裁,都是根据风水来定的。据说这样能让"龙"在这里畅通无阻。家庭中出生的第一个孩子的名字,肯定也要考虑到风水。

当我们飞到北京与汤姆会合时,台风"维克多"盘旋在南海上,这肯定又是一个让人不安的征兆。两个小儿子班尼特和彼得正在新界的一个夏令营里,我们很担心他们。而在北京,人们正经历50年未遇的热浪。

我在1976年曾到过北京,那是一个完全不同的时代。毛泽东还在世,但是"四人帮"掌握着大权。路上到处都是横幅,写着类似"实行计划生育和强烈批判邓小平"的字样。人们一律穿着蓝色或者灰色的夹克和长裤。

我虽然读过关于中国改革开放的书,但显然,我还没有准备好,如今目睹的一切让我大吃一惊。我并不只是说满街红白色的"百威"伞,或是必胜客、奶品皇后,抑或是他们所说的电子街。在那里商店满街都是,贩卖着最新款的电脑和软件,而你最好不要管它们来自何方。

1976年在北京,如果你想在客房服务订一份冰块,送上来的是一片片像方糖那样单独包装的冰块。在饮料里加冰块在当时还是一种非常新奇的喝法,当客人要求这样的服务时,酒店都有些不知所措。

时隔 20 年,另外一幅景象在你面前浮现。在慕田峪长城漫步,需要在密密麻麻的卖 T 恤和饮料的人中穿行。当你来到一个可以直拨国际长途电话的电话亭,在长城顶上就可以和家里的亲人通话。

还有呢,暮色渐浓的时候开车穿过天安门广场,风筝在天空中翱翔。人民英雄纪念碑在暮色中显得轮廓分明。忽然之间,你回过神来,地平线的远端,纪念碑的后面,麦当劳那亮黄色的招牌直接进入你的视线。

妻子和我约了人,与孩子们分开行动了。汤姆到处逛,买东西讨价还价。我们游览了皇家景点,然后沿着街道走到腿酸。一个长长的周末过去了,我们也该回香港了。

香港还盛传着许多关于风水的故事。台风的警报信号已经结束,但这次警报信号达到最高的 9 级,是自 1983 年以来头一遭。台风维克多从海上而来,直击香港并继续往内陆挺进。从电话中,我们得知班尼特和彼得都安全,但多少还是有些担心。

到香港接他们的时候,他们看上去没有因台风受到惊吓。他们似乎仅仅懊恼台风来袭的时候不能出门,被强制待在室内,只能看《美女和野兽》来解闷。

台风过后,恢复了平静。台风肆虐固然糟糕,不过看起来这个夏令营的大楼风水不错,山坡提供了很好的遮蔽,挡住了台风,又离海滩比较远。当我们拖着露营工具到出租汽车上,我感谢这里的"风水",它们保护了我们孩子的安全。

我们在这里的时间不多了。前几天夜里，儿子汤姆在回美国之前最后一次去参加足球训练。他为帕洛阿尔托的朋友买了礼物，我们建议他把尖沙咀的硬石咖啡店（Hard Rock Café）作为最后一站。前往咖啡店途中，我们看到湾仔的人行道旁，两边商店的门外燃烧着小火堆。

那些火堆是为了中元节燃烧的——为了那些无人照料的不安宁的灵魂，人们在这一天焚烧冥币和香火。人们依旧那样逝去，但是香港人尽最大的努力去保证后事得到合适的处理。

因为寸土寸金，80%的死者被火化。在中国内地的墓地，死者的骨灰被存放在一个贴着照片的拱顶墓穴里。在香港，首要的死亡原因是癌症，因肺癌致死的比例正在以惊人的速度增加，内地也是一样。想一想原因吧，上个世纪让人上瘾致命的鸦片瘟疫，正在被如今的香烟替代——再也不需要惨烈的战争来保证贸易的繁荣。

我一直认为用这个节日来纪念亡者是很合适的方式。就在那天早晨,我们去了我父亲骨灰安放的墓地。这是我此行最想做的事之一,但当我最早向孩子们提及此事的时候,他们似乎无动于衷,我沮丧极了。

我想到堪萨斯城的纳尔逊(Nelson)画廊里,挂在中国收藏品区的三幅一联的孝道图。第一幅,父亲和儿子用草垫子垫在身上,背着祖父,那个老人早已经成了累赘。在第二幅中,他们把祖父留给森林里的野生动物。在最后一幅图中,父亲惊讶地发现儿子仍然背着那个草垫子。

为什么儿子还把草垫子带回来?父亲很疑惑——显然,答案是那个草垫子有一天要留给他用。我也设想有那么一天,我的孩子的孩子会说我只是个他们从没见过的陌生人。后来我因公出差去厦门,仍然为这样的想象难过,妻子趁机和孩子们谈了谈,所以当我们出发时,一切都好了。我们与我的兄弟博比、妹妹伊丽莎白以及她的女儿劳拉会合。

我父亲的骨灰葬在港岛西端的薄扶林墓地。那里被认为是个不错的地方,面朝远处陡峭的绿色山岭,左面是海,海那头坐落着大屿山岛,后来他的妻子的骨灰葬在那里,靠近宝莲禅寺天坛大佛。实际上,是因为圣约翰教堂的干涉才保住了他的墓地。在香港,无论生前身后,关系网都能产生巨大作用。

我从街边小贩那儿买了黄色的雏菊,把它们放在父亲的墓前。劳拉也将一束花放在那。博比拿出两张报纸——《南华早报》和《星岛日报》,轻轻展开,放在父亲照片的下方。我的父亲曾是个好编辑,他以身为《中国邮报》[1]的第一位华人主编而自

---

[1] 《中国邮报》,又译《德臣报》(China Mail,1845—1974),由英国出版商于1845年在香港创立,是香港历时最长、影响最大的英文报纸。

流年碎影

豪。这份历史悠久的报纸隶属于中国南华早报集团,如今已经停刊。《星岛日报》则是他最后工作的地方。

墓穴上的照片中,父亲身穿一件高档的深色西装,里面是一件翻领的定制衬衣,配着淡白的带着大结的丝绸领带。他,如其一贯的,看起来像一个百万富翁,但是却和他在 1983 年因肺癌去世前,我见到他的样子大不相同。

我知道那将是我们在一起的最后时光。他躺在港安医院里,俯瞰着跑马地。他那时脾气暴躁——因癌症这个事实而发怒,始终拒绝承认。他无缘无故地对妻子发怒,因医生不许他看报纸而发怒,因某个在大厅的尽头不停打电话的人而发怒。而我的出现,预告着他余日不多。

我一直没有很了解父亲。他从不轻易流露内心感情。在我的父母 1946 年离婚后,母亲和我离开上海去了堪萨斯城,我很久都没有再见他。我们这样互无联系地过了十几年,突然在 1964 年,他大张旗鼓地召我去香港。他当时正在纽约工作,因此,在那之后的 6 年里,我得以和他经常见面。他魅力四射,有令人难以置信的广泛人脉,凡事都慷慨大方地与别人分享,除了他的感情——那往往是遥不可及的。

在医院里,我们谈天说地,一些天后我得回美国了。那个 4 月的清晨,我们坐着,手揽着手,我告诉他,他对我很重要。他看起来有些不安,问我能不能简短地聊一会儿,但我们又谈了很久。他嘱咐我告诉旧金山的所有亲戚,如果身体好点,他一定会去拜访他们。

去墓地的那天,堂兄唐纳德带我们去了父亲最喜欢的餐厅吃午饭,那是一家上海餐馆,叫老正兴(Lao Ching Hing)。我们点了些父亲喜欢的菜,侍者和职员一个接一个地过来跟"吴嘉

申报馆（汉口路 309 号,吴嘉棠曾在这里办公,担任采访
主任）

申报馆今日全景

棠的儿子"及他的家人打招呼。我们在这遇到很多认识他的
人,也听到了一些风花雪月和报纸编辑的故事,以及那些在上
海的往事。

　　这些故事没有讲完,但是它们提供了关于父亲的一些细节,
这个人是我至今都在努力了解,并通过想象去理解的人。有时候

我认为,这么多年过去了,我仍继续这种尝试显得很古怪。但也许,它一点也不古怪,因为虽然我们也将变老,我们的父母也将逝去,但我们仍永远是他们的孩子。总有一天,我的孩子们也将明白这些。

思索新闻

土
豆
的
寓
言

　　很久很久以前,在遥远的地方,住着一个特别爱吃的国王。
他拥有世界上最精美的餐桌,由世上厨艺最高的厨师负责他的饮
食,生活无限美好,晚餐更是绝佳的享受。有一天,这位王室主厨
对国王说:我老了,该是回老家度晚年的时候了。

　　国王当然很难过,但他也理解老厨子,不过他请求老厨子再
待一个星期。国王说:"你在这一周里,为我烧你最拿手的饭菜,
这样我就能在今后的岁月里一直记着它们,也记着你。"

　　老厨子感谢国王的理解,开始了一周的烹饪。他烤啊烤,煮
啊煮,炖啊炖,煎蛋卷、砂锅菜、汤、沙司、蛋糕、面包、布丁、空心甜
饼……每一道都做得可口美味。但是国王,虽然还是以前的那个
国王,却越来越难满足了,每次在吃完这些无与伦比的食物后,他
都对老厨子说:"还有没有比这更好吃的?"

　　很快这一周过去了,眼看老厨子还要给国王做最后一餐饭。
他对国王说:"我把最好的手艺留到了最后这顿饭。"说完他回到
厨房,从食品室拿出一只土豆,还拿了一点盐,一点辣椒,想了想,
又随手拿了一点黄油——黄油永远摆放在王宫御用厨房里的工

土豆的寓言

191

作台上。厨师将所有烹饪中要用到的材料都准备在手边,然后开始为国王煮这只土豆。

当所有的调味料都就绪,所有的准备和布置都完成了,剩下的就是最简单的工作了:将土豆用精确无误的方法煮熟。一只土豆无法伪装成某种更华丽的食物,它就放在那,原貌的、朴素的、天然去雕饰,毫不做作。老厨子将土豆端上国王的餐桌,说道:"我花了一生的时间来为您准备这道菜。"在过去一周都难以满足的国王,在吃了这个土豆之后说,他有生以来从来没有吃过这么美味的食物。

作为一个记者,我一直在试着做出寓言中这只煮熟的土豆。我从事40年的新闻工作,还在努力写出一句简单而有力的导语——如果我也有一个国王,我也即将退休,我会将这句导语放在他面前,当作我此生致力所学的总和。这句话再正确不过,原貌而朴素,详尽而完整,没有矫饰,一个主语,一个动词,加上最纯粹的粉末辣椒和盐,读起来令人愉悦,将每一个事实都朴素而完美地表达出来。

将我领上新闻这条路的人,远没有寓言中的国王那么高贵。我很乐意和大家讲讲他的故事。当我回首这许多年,回望我们虽然困难重重却无比高尚的新闻事业,我逐渐理解到记者的职业道德实际上与生命不可分割。准确、公正等不仅仅是对新闻报道的要求,也是我们对自己的人生的要求。如果我们的人生违背了这些原则,也未必能在新闻操作中贯彻原则,我们也就做不出一个完美的土豆来呈现给评价我们的人。

我这位伟大的老师叫雷·莱尔,在1957年10月的一天晚上,我第一次上班,成为记者,他当时是《堪萨斯城星报》的城市版副主编。

我怀疑莱尔先生并没有大学学历。在今天任何一个充满自信的报社,他可能都无法通过一般正常的资格审查。我认识他时,他正值中年,说话声音粗哑,态度生硬,不刮胡子,不修边幅,不时发出打嗝之类的噪音,大大咧咧。他衔着雪茄思考问题,对着痰盂吐痰,还常诅咒,喜欢在酒吧喝酒,与平时被称作"妓女"的女人泡在一起。我们也奇怪,他对编辑部的两位女士都十分尊敬,温良有礼。

除了这些让人难忘的性格之外,莱尔先生对精确性决不妥协的态度让人记忆犹深。哪怕大街上一件最微小的事实没有弄清楚,他都会叫你回去重新查证——那个时代,回去查证意味着得坐电车。他以了解各处的时局为己任。在晚上开车,他会因超速被警察开罚单,他会记得记者的报道里的每一个人名和地名。如果附近某个地方发生了火灾,莱尔先生会指点记者在拐角处的德士古车站打电话去了解事情的进展。

我在《堪萨斯城星报》的前 6 个月都在写讣告。现在我仍然认为写讣告是对一个年轻记者最严格的训练。所有的人名和地址都要再三查证,每一件事实都要绝对精确无误。要知道,人们通常会将家人的讣告粘贴在家庭的剪贴本上。

1957 年 12 月的一个晚上,殡仪馆打电话给我们说,有一位叫 Vaughn Burkholder 的女士,在堪萨斯城市大学剧院的业余剧团的彩排中去世了。我们随后知道 Vaughn Burkholder 是一位上流社会的贵妇。编辑决定将她的讣告放上头版。

在那之前,我写的文章从来没有比用 5.5 号铅字排版的讣告更长,所以这可是我的"大稿子"。我认真地写完,交给编辑,不久莱尔先生就把我叫到办公桌前。

在《堪萨斯城星报》,被叫到办公桌前是一种特别的体验。声音从报社的扬声器里传出，通告："吴先生，请到办公桌来。"编辑部的同事全都可以看见你，你得在众目睽睽下站起来，尽量镇定地走到办公桌前。

"她是否自己感觉身体不错？她跟别人抱怨过生病了吗？"莱尔先生问。

——我不知道。于是他说："打电话给她的家人弄清楚。"

就这样，每一次我重新改写完这篇文章，都会被莱尔先生挑出茬来。

"吴先生，请到办公桌来。"

"当时有人试过要救她吗？""有人给她做过人工呼吸吗？打电话给她的家人弄清楚。"

这出戏剧的名字是什么？她在里面扮演什么角色？她在舞台上倒下时正在说台词吗？如果是，说的是什么？警察来了吗？验尸官呢？是自然死亡还是有其他待查明的原因？……到办公桌来。打电话给她的家人。打电话给警察，打电话给验尸官。弄清楚。

我的困窘在这一次次电话中加深。"这出戏剧会取消吗？还是会照常演出？打电话给导演弄清楚。"

编辑部的任何一个记者都能一口气写好这篇报道，让莱尔先生满意。我看着他们都坐在那，显而易见，我是一个失败者。那个晚上，我真是不灵光，看不懂莱尔先生在通过这次严酷的考验来训练我。

报纸一期又一期地出版，我也常被莱尔先生叫去办公桌前"上课"。我没有上过新闻学校，除了一段用小字体排的讣告之外，我没写过别的文章，而那一小段讣告又那么微不足道，大部分读者都不会注意。我满怀苦恼和羞辱，坦白地说："莱尔先生，我不知道怎么写。"

雷·莱尔将眼镜推到前额,出乎意料地温和地对我说:"Bill,你就写发生了什么。"

就写发生了什么(Just write what happened)。这四个词语就是我一生的新闻教育。

现在看来,莱尔先生的这句指导在理论上很简单,做起来却不简单,而且老实说,莱尔法则在理论上也并不简单。

他在承认任何人或事之前都会先质疑一番。但是他的教导"就写发生了什么"要求每一个努力想要做到这一点的人得去经历一番严酷的锻炼,才能探寻到真相的原貌。在我们报道任何事情之前,我们必须知道发生了什么,我们必须明白"什么"是什么。

要达到这一点就需要报道(reporting)——这种最古老的方式。要尽可能精确地呈现事实,不玩文字游戏,别添油加醋,这样,你努力想要挖掘的信息构成基本事实,就可算得上是纯粹而完美了。幸运的话,这些基本事实和词句会从报纸版面上跳出来,深入读者的内心。

雷·莱尔对年轻记者的教导强调了基本事实的重要性。记者不是为了做报道才去探寻基本事实,而是在一次又一次的练习实践中,尊重基本事实成了我们的第二本性。任何不尊重基本事实的做法都偏离了新闻的本意。

《圣路易斯信使报》的编辑部偶尔也会发现报道中的基本事实错误,我把它们比作最容易从棒球内场守垒者手下溜过去的地滚球。我不敢断言一个赛季中打出最多本垒打的球队就一定能进入到全国决赛,但我能保证,如果一个球队不能捕获一般的地滚球,他们连季后赛也进不去。

在体育界,球员每天都得做日常功课——进行好几个小时的内场训练,绕圈跑,自由投射,最后以体操训练结束。除非你不断地做最基本的训练,否则这些新闻基础无法成为你的第二本性,那么你也无法截杀那些简单的弹跳球,更不用说理解我们工作的精神原貌了。

我来讲几个反映基础训练如何影响我生活的小故事吧。第一个是已经写成报道的故事,第二个是没有发表在报纸上,但是却比我写过的任何东西都重要的故事,第三个是讲守信。

1961 年,约翰·F. 肯尼迪的副总统林登·约翰逊到堪萨斯城来做一个关于教育的演讲。这可是个大新闻,我渴望自己能被指派去报道此事。

然而我不是。有资格去约翰逊下榻和演讲的 Muehebach 酒店的,都是经验丰富的记者。我羡慕地看着他们出发,却只能回头做自己的工作:改写发布会的新闻稿以及堆积如山的普通讣告。

然后,警察机关的传真机里传来了信息:Muehebach 酒店着火啦! 莱尔先生匆忙调配了所有留在报社的记者,我也火速前往市区。当我赶到宾馆,看见到处都是警察和救火队员。我四处看了看,抓准一个时机,装作漠不关心地走进宾馆。我想副总统应该还在宾馆里面。如果我被抓住,那只能自认倒霉了。

我尽量不惹人注意,走进宾馆的大堂,看见两个穿黑套装的男人——联邦情报局的特工——扛着副总统演讲时放在演讲台上的大图章。他们从边门溜了出去。我对自己说:"跟着这个图章,就能看见副总统。"这是个风险很大的赌注。也是我仅有的一次。

我远远地跟在这两个特工后面,往东经过第 12 街,又拐了几个弯,向着大会堂走去。我的心一沉。一辆黑色私家轿车泊在路边,四周由闪着警示灯的警车护卫着。特工上了车,我就眼睁睁看着他们走了。我有个这么好的主意,而且我也尝试了,结果却是这样。阿门!

这时又一辆黑色的小车开到路边,我听到一个熟悉的声音:"嘿,兄弟。"是市长 H. 罗伊·巴特尔(H. Roe Bartle),我因为之前是替补的市政厅的记者而认识他。巴特尔是一个很有趣的人,他是南浸信会教友执事。如果我没记错的话,他还是一个很棒的演说家,他也很热爱媒体事业。"吴兄弟,"他说,"你想去机场吗?"真的吗?我跳上车,我们驶往市立机场。

我们在候机厅的旁边停了车,看见一架蓝白波音 707 大飞机,机身上印着"美利坚合众国"的字样。我跟着市长登上飞机,进入到我从未见过的豪华机舱,走廊边坐着一位穿着剪裁得体的灰西装的高个男人。"副总统先生,"市长介绍说,"这位是《堪萨斯城星报》的吴惠连。"

我和副总统握完手后就僵住了,不知说什么好。我听见自己说话的声音,几乎羞愧至死。我的声音仿佛从很远的地方传来。我说:"先生,您以前曾经因火灾被迫从宾馆里跑出来吗?"林登·约翰逊和善地看着我。"孩子,"他说,"我这辈子从来没从哪个该死的地方被迫跑出来过。你可以引用我的话。"

之后我们进行了很短但十分有益的谈话。我一直等到飞机起飞后才打电话回办公室。莱尔先生接电话时对我咆哮:"你到哪里去了?"我仿佛排练了这个电话很久那样,很酷地回答他:"我在采访副总统。"

这件事反映了什么精神呢?跟着线索,将你的报道进行到底,即使在某时它看来有些无望。你可能会抓住突变中的机会。而如果你不跟踪下去,你就肯定没有机会。

1963 年秋天的一个周五,我早早离开了《圣路易斯信使报》

报社,中途去了趟银行。我正在休假,打算去华盛顿看女朋友。出纳员在提取我的钱时,背后发生了一阵骚乱,她跑了出去,叫道:"总统被人枪杀了!"

我开车穿越伊利诺伊州和印第安纳州,天一直在下雨。没有州际的高速公路可走,我只好走一段又一段延伸出去的小路。在一些小镇,可以看见浸水的美国国旗系在停车的路标上,我听着小收音机以保持精力,在电波中我听到达拉斯传来的消息。灰暗的白天过去,糟糕的黑夜到来。肯尼迪是我第一位投票选举的总统,与成千上万的美国人一样,我难受极了。

到了匹兹堡,我打电话给报社的华盛顿分社自我介绍,表示我周日可以赶到首都,希望能尽我所能地提供帮助。这是我在堪萨斯城学到的:如果有大新闻发生,你就努力投入。他们很惊讶接到我的电话,连声致谢并要我周一早上去办公室。

这样我就可以报道约翰·F.肯尼迪的葬礼了!我禁不住想象我即将写出一篇刊在头版的报道,这将会是我最出色的文章,使脚下的石头都会为之激动落泪。住在圣路易斯的普通民众都可以知道在这历史性的一天华盛顿发生了什么,我会告诉他们细节,这有一种悲剧时刻的感觉。时机来了,我将用莱尔先生教我的方法来做这篇报道。

我周一去办公室,他们已经分配了任务给我。太多的差事要做,他们很高兴我能在那帮着做点事。当然,他们并不需要我去做这篇报道。他们需要一个跑腿的伙计。我像被压垮了,但是如果你在济济人才中只是个小辈,最好不要抱怨任何交给你的任务。

《圣路易斯信使报》雇请了芭芭拉·塔奇曼[①]来写总统的葬礼队伍及阿林顿国家公墓的葬礼。在她《八月炮火》这本书的开头，她写了一段关于爱德华七世的葬礼的感人文字。我们报纸则希望她也为约翰·F.肯尼迪写一篇类似的精彩文章。她需要去阿林顿国家公墓的媒体通行证，我的第一个差使便是去白宫为她拿通行证。

　　就这样，在那个冷冽晴朗的早晨，我沿着白宫的大圆车道走着。我停下来想要拍些照片，突然白宫的门大开，阳光照着遗孀杰奎琳·肯尼迪，她穿着一身黑衣走了出来，罗伯特·肯尼迪挽着她的手臂，还有两个孩子：小约翰·F.肯尼迪和卡罗琳。我看着他们走出来，要埋葬一个丈夫，一个父亲，一个兄弟，一个美国总统。

　　芭芭拉·塔奇曼当时在五月花酒店，华盛顿分社主任马奎斯·柴尔兹（Marquis Childs）为她订了一间套房，以俯瞰和远眺康涅狄格大街上的葬礼行进路线。我正要从电梯里出来，一个穿着宽大的灰白色外套的人站在我前面，看起来他需要去刮刮胡子。他是理查德·尼克松，被肯尼迪在政坛击败的对手。我们盯着对方看，这是人们在电梯门开时的习惯，然后他从我身边走过进了电梯。

　　我到了套房敲门，柴尔兹夫人开门。"马克，"她说，"信使报的男孩来啦。""不，亲爱的，"马克说，"他是吴惠连，我们优秀的专题作者之一。"这句话把我带到天堂。

---

① 美国历史学家塔奇曼夫人（Barbara Tuchman, 1912—1989），她写于 1962 年的《八月炮火》（*The Guns of August*）除了获得当年普利策"总体非文学类奖"外，还被兰登书屋推荐为 20 世纪最值得阅读的非虚构类历史著作之一（列第 18 位）。

吴惠连的新闻之路

　　他邀请我进去，我们谈了一会儿，然后我就出来了。我要去
巡游葬礼的路线，做笔记，写下细节，采访路人，期望能对记者这
篇报道有所贡献。不过最后发表的文章里并没有用到我写的东
西，但我不介意。借着承担报道任务中最微不足道的部分，我已
经站到了历史的边缘，只要我活着，我永远不会忘记那一天。

　　记住：如果你是一个记者，就要去追求好的报道。哪怕是做
一个志愿者，也要到现场。哪怕你分到的任务只是最微贱的工
作，这些都会成为你永远的记忆。

　　伊尔库茨克，位于莫斯科以东 5 219 千米，在贯穿西伯利亚的
铁路的沿线。它是个大城市，有 200 多万人口，以木材、矿产和重
工业为生。它旁边就是贝加尔湖，是世界上最深最清澈的湖，也
是被俄国人肆无忌惮的开发破坏的一座湖。

　　1967 年我被《圣路易斯信使报》派去该地，报道布尔什维克

　　　　　　　　　　　　　　　　　　　　　　　流年碎影

革命 50 周年。我和搭档,一名摄影师,一起在苏联旅行了好几个月,报道在苏共执政半个世纪之后,这辽阔而多元的土地上的变迁。我们报道能想到和能接触的所有事情,对工业、经济、文化、教育、农业、娱乐、残余的宗教等问题都进行了专题的图文报道。在那些旅行管制的日子里,我们去了所有允许去的地方,从莫斯科到太平洋,下到中亚,再到高加索山脉,到黑海,到乌克兰和波罗的海沿岸共和国。这是一个宏大却可怕的任务,因为那时正是冷战时期最黑暗的午夜。

在伊尔库茨克,我们花了整个下午拍摄古老的西伯利亚木屋,它们的历史可以追溯到 19 世纪。一些木屋的窗户边还有着明蓝色的雕刻,令我们叹为观止。西伯利亚看守这些木屋的人像对其他国外记者那样监视我们,他们看见我们将这些革命前的破房子奉若珍宝,觉得很可疑。后来我们被外交部叫去批评了一顿。

那天,我们工作结束后回宾馆。我们习惯在晚餐前订上 100 克的伏特加,配以宾馆里专门卖给外国人的珠光灰的鱼子酱。累了一天后,那是够吸引人的享受。

我们通常得花很长时间才能走回宾馆。就在快到达的时候,我忽然想起一件事,大叫道:"该死的雷·莱尔!我得回去了。"摄影师怔住了说不出话。

我忘了记下刚才我们拍摄的房子的地址了。对圣路易斯的读者来说,这房子的地址并没有太大意义,但我知道如果我忽略了这个细节,就无法面对莱尔先生了。我们又跋涉走回那幢房子,我抄下地址,然后我们再回宾馆,还有伏特加可喝。

我猜你们也许会觉得这样做太浪费时间了。为了一件无关紧要的事走这么多路——只是无伤大雅的地址。可是我这样做自己感觉很好,就像刚做完一次单调沉闷又冗长乏味、令人疲乏不堪的体育运动,心脏扑通扑通地跳,那时感觉也很好。你需要擦洗掉灵魂里的脂肪和怠惰,每次这样完成任务后,就更能忠于多年前你学到的"尊重事实"这个信仰。

注意:就像我之前说的,磨刀不误砍柴工。

我之前讲过,我们在新闻业持有的价值观,比如准确、公平,都是我们生活中价值观的一部分。如果我们不以准确公平作为生命的价值观,我们也不能确信能将它们变成我们工作的一部分。

在《堪萨斯城星报》为莱尔先生工作时,报纸头版大样的最上面,一般要写上"VERIF"(已验证),这意味着你已经核实了报道中的信息,是读者对报纸的庄严神圣的信任。核实报道意味着你得尽你所能去确认报道中的所有事实都是准确的。当我打电话跟对方说:"您的名字在新闻稿中,是这样拼写的吗?J-o-h-n B-r-o-w-n?"我常觉得自己像一个大傻瓜。

真实是最根本的伦理价值。准确与真实密切相关,却不等同于真实。有不符合事实的准确讯息,却没有不准确的事实。也就是说,你可以准确地引用别人的谎言,而不是传达真正的事实。但如果事实的细节不准确或者错误或者根本就是假话,这事实就根本不存在了。

记者容易犯两类错误。一种是下意识的,你想当然地写下。或者你想它是红的,却把它写成蓝色,对于这类错误,除了再三检查草稿之外别无他法。每次检查都要当作你是第一次看到这篇文章。

另一种错误就是程序中出的错。这样的错误可以通过一些步骤避免:再次确认报道中的基本事实,要经常使用(但别完全依赖)电脑拼写检查,记下采访对象的联系方式以便打电话核实。一个编辑部如果不重视这些核实的程序,新闻业就见不到晴天。

说着说着,我又想到了不久前一件关于核实的事。我的太太玛莎打电话告诉我,她听说我在圣路易斯的报纸工作时结交的一个朋友已是弥留状态,这位朋友因为喝酒把肝脏切除了,肾脏也不管用,医生说他的生命可能还能维持一天,也可能是一个星期。他是个不快乐的人,被妻子抛弃后住在一间破旧的公寓里,他讨厌在商业版做记者,而实际上他只是个边缘记者。但是,我曾经雇用了他。

我在华盛顿遇见他。那年我离开社论版,想找一个新的社论作者,这位朋友看起来是个有可能的候选人。他知道很多的军务,在一个退休的航空母舰的舰队司令领导的左倾智囊团里工作,他有潜力成为我们这份自由主义报纸的合适人选。他在《纽约时报》有让人印象深刻的报道。

我们下班后常在康涅狄格大街上一个叫 Blackies 的地方聊天。那里有冰冻得恰到好处的马提尼酒,盛在两用酒壶里,和饼干以及小罐的软切达奶酪一起端上来。有时,他邀请我们到靠近国会山庄的他狭小的地下室公寓做客,他和一位跟他结婚的商业艺术家住在一起。他们穷得像教堂里的老鼠,真的用挖来的树桩做椅子和咖啡桌。

根据他在《纽约时报》的一些好文章,以及我们之间一场愉快的谈话,我给了他这份在圣路易斯的工作以及在他看来很优厚的薪水,他自然就接受了。我很高兴能够将这个友善而且见多识广的家伙带到《圣路易斯信使报》。

事后我想,我真的应该查一查他的背景情况,查总比不查好。于是我打电话给舰队司令询问他的品格如何,舰队司令说他品格纯正。我又问了他的职业道德情况。得到的答案是智囊团里没有人比他工作更努力了。"好的，"我说，"我已经雇他了。"电话那头沉默了片刻，然后这个老舰队司令说："噢，太糟糕了。比尔，问题是，他写作一塌糊涂。"

他果然不会写。《纽约时报》的文章都是经过大幅度改写的。他努力做一个社论写手，但是我需要对他的文章做大篇幅的修改和编辑，试图使他的作品起死回生。我不断告诉自己多一点耐心，再过段时间他的工作会变好的。但我只是在自欺欺人。

我觉得对他有点不负责，是我带他穿越了大半个国家来到这里。他知道他做得不好，而当他看到他的作品需要重写，而且只会使我感觉更糟时，他脸上表情很痛苦。神秘主义写手约翰·D. 麦克唐纳曾把那种表情描绘为"一只狗在乡村被人踢打时的表情"，如果你看过一次我朋友的表情，你便知道这句话的意思。

后来我成为这家报纸的总编，社论版的继任者再三斟酌他的报道，最后把他弄去了商业版。在我搬到加州之后，报社的人对我说，他经常喝得醉醺醺才去上班。然后，就在听说他生命垂危的几天后，他就去世了。

我经常在想，如果我的朋友不离开稳定的智囊团，不去蹚对他来说太深太快的水，他的生活会怎么样？他当然会对他的生活负责。但是，想到我朋友的现在，我想如果我按照莱尔先生很久以前在《堪萨斯城星报》教我的做新闻的方法去雇人，结果可能会不一样。

我忽略了过程。我没有关心到他资格不足这个事实，我没有足够尊重现实。我时时被这样的想法萦绕着。在那个时候，对准确性的关心还不是我生命的一部分。

相反的，我按照我想象的或我希望的现实行事——那种很多记者为了避免辛苦的工作而采用的取巧方式。诚实的记者几乎都会事无巨细地收集材料，从零开始。我只看到事情的表面价值而没有去验证。虽然两者之间没有直接的对等线，但我还是希望能够一切重来。

我们如何才能使记者的伦理道德成为我们生活道德的一部分？我们怎样才能活出那些在我们做编辑记者的工作中试图实践的价值？这些问题不单和新闻工作有关，而且是我们安身立命之本。我们能从中得到什么启示？

我愿我能说：如果你坚守原则，生活会更轻松一些，有更多乐趣。但事实上，本着原则会使每件事都更困难。是的，更困难，但也更有意义——新闻事业和生活值得我们这样付出。

数年之前，我想要写一本关于我童年的书。我身上融合了两个人种、两个国家，我在两种文化组成的破碎家庭里长大，由单亲妈妈抚养成人。我经历了战争，经历了轰炸和在敌人占领下的生活。即使如此，和千千万万人一样，我的童年是正常的，没有十分反常的东西。

但看起来这些经历似乎形成了独特的世界观以及看待世界的可能性。从那时起甚至到现在，我都是以一个旁观者的姿态在看着这个世界。从我的经历中，我可能可以找出一些东西让别人得到启发，他们或许曾经也是像我一样的儿童。

我曾写信给罗伯特·科尔斯（Robert Coles）请教。这位哈佛大学的心理学家很快被我感染，送了我一本他的著作《儿童的道德生活》。这本书来自他对一个在新奥尔良市公立学校就读的小女孩的研究。她曾经被辱骂、诅咒、威胁，但她仍然保持了她的道德中心。她原谅了那些曾经恨她的人。她保持心智健康，让罗伯特·科尔斯感到震惊，给他好好上了一课。

所以,很多年来,我一直在思索所谓记者的道德生活问题。美国报业主编协会(ASNE)曾接受委托进行了一项关于信任度的研究,结果发现记者和非记者看待问题的方式迥异。调查问卷问道,如果一个被淹死的儿童的母亲哀求记者不要报道此事,因为阅读关于她死去的孩子的报道,会加剧她的巨大悲伤,这时候该怎么办? 在非记者中,75%的受访者说他们会尊重这个请求。而受访的记者中,只有1%的人会这么做。对非记者而言,他们的核心价值是尊重一位悲痛的母亲。对于记者来说,核心价值是新闻,过去了就没有了。

我们如何去调整同情心和新闻之间的冲突呢? 如果你坚持报道那个儿童被淹死的悲剧,那么你会坚持报道所有可能会使一些人痛苦的新闻吗? 在相互冲突的压力、紧张、价值观的挣扎下,我们还能保持健全的心灵并重视道德生活,但同时仍然做个好记者吗? 我的回答从学生给我的一封邮件开始。

这个学生说,他读了我要求他们读的很多报纸,对学东西很有帮助,问我还有其他好建议吗? 实际上,我没有其他可以推荐的。我回复说,要做的事是"阅读,阅读,再阅读(看报纸,看电视以及上网查所有东西)"。虽然我没有说出来,但我心里对此有更多的想法,做新闻不仅仅是简单地跟踪时事。

报纸的编辑和市场人员闲聊着如何"结合读者的需求",他们寻找新的办法来"重新与读者建立联系"。但我要说的是,如果我们不和人类站在一起,如果在海地,或者埃塞俄比亚,或者东帝汶,或者旧金山的贫民窟发生的事情不能被我们理解,那么没有什么会被联系起来。

如果我们不知道什么正在发生,如果我们不关心那个人类的"大陆",我们只能将报道、写作或者评论停留在表面。如果我们没有竭尽所能，学习关于这个世界和人类的知识，记者的道德问题将和我们无关。这就是我们需要不断继续阅读、继续增长见识的意义所在。

无论如何，那些有较高自我道德要求的记者，经常会挣扎在悲伤的母亲的请求这样的问题上。去年，一位南非黑人记者上了我在伯克利大学的伦理课，她讲述了怎样在种族隔离时代报道警察的暴行，她的报纸从不刊登官方的解释。

她说，那只是故事的一方。真相只有一个。另一方都是谎言，只想逃避反对种族隔离的崇高责任。对记者的道德要求是清晰的：不要管警察和政府官员的说辞，只发表评论、观点和受难者的声音。

我对学生说，伦理学家希斯拉·波克（Sisella Bok）可能会同意这个说法。波克说，当社会处于崩溃状态时，一个谎言不会增加混乱。去年，我们的伦理课由伯克利新闻系研究生部主任奥威尔·斯切尔（Orville Schell）来上。我问他如何调和新闻操守与为受压迫者争取利益的激进主义之间的关系。他回答得很简单："我相信我是我兄弟的看守者。"

这句话是从《创世纪》来的，在《圣经》的第一次杀人情节中，该隐（Cain）杀死了兄弟亚伯（Abel）。当上帝问亚伯的下落时，该隐假装不知道，说："我是我兄弟的看守者吗？"

从那开始，这个问题成为一个核心价值的讨论：我们有没有对人类兄弟的共同幸福负责？奥威尔·斯切尔这个记者回答得相当肯定，引用了这句《创世纪》的话。

但你呢？我呢？如果丧钟为那些生活受压迫、危如累卵的人而鸣，是否也等于向一位悲伤的母亲而鸣呢？我们要回应每次钟声，哪怕它听起来多么微弱吗？

土豆的寓言

这些问题需要我们扪心自问。如果我们回答得坚决肯定，那么我们所做的新闻事业的含义是什么呢？奥威尔·斯切尔和我的回答一致，做新闻必须诚实——事实必须真实，表达必须谨慎，而且新闻不能在过程中被破坏。

这并不容易。一些受人尊敬的记者已经能够把事业和职业整合起来，虽然他们的作为可能招来猜疑或者批评。另外一些令人尊敬的记者还没有整合好——因为这样或那样的原因，他们的事业或者他们的新闻，遗落在路边。

和大家讨论记者道德生活的时候，我的目的不是想将你们引导进某个方向。而是想要鼓励你们去面对艰困的两难——是选择一个痛苦的道德两难境地，还是选择安逸？请选择痛苦的道路，然后好好地去执行，记者们将会重新找回自己。我相信，困难的决定是一种最好的学习，当然不仅是出于教育的目的，而且是做出优秀新闻的需要。

世界上有容易的报道，也有好报道，但没有容易的好报道。我们可能会想起在记者生涯的早年，能够不费力气地将报道做好，但是越做越久之后，我们发现做好新闻会越来越难。

就像那个完美的煮土豆的寓言，完美的报道——写得很棒，信息量大，没有借口，朴素而完美的准确——那是能让人奉献一生的工作。就写发生了什么，莱尔先生的指导，是伴随我们终生的指令。但除非所有的记者都这么做，读者才能在他们做决定时享有足够的信息，才能使自由的人类过着自由的生活。

我于 1936 年出生在上海一个古老又传统的家庭里，祖母缠
着小脚走路，我上的是中文学校，战争期间住在租界。我的父亲
吴嘉棠是一个报纸主编，他在大学里遇见了我的母亲，一个美国
人，她也是个记者。

吴惠连的家庭既传统又西化，家中的所有男人都毕业于圣
约翰大学（原址位于今华东政法大学）

尽管从 1946 年起我就一直住在美国,成年后长期做美国记者,但在很多方面,我仍然认为自己是一个中国人。1986 年我成为《圣路易斯信使报》的总编辑时,成为知名美国大报中唯一的美籍华裔总编,这使我感到很自豪。

　　今天,我要讲一讲报纸的管理,重点在于如何处理政府与媒体的关系、如何平衡新闻道德与商业利益、如何抵挡商业与政治压力,以及如何做出新闻判断——这是个庞大的议程,但这些问题是互相联系的,并且对编辑来说十分重要。其中媒体与政府的关系,更是这些问题中的首要问题。

　　我下面所提到的媒体是指报纸,是指在各自的社区和全国内吸引众多读者的近 1 500 份日报。这些报纸加在一起有 55 000 000 的发行量,实际的读者要远远多于这个数字。我们知道,报纸的流通通过多种形式,一份报纸的读者数量肯定不止少数一两个人。

　　美国所有媒体都受到《宪法第一修正案》的保障,其中报纸又享有最大的自由度。美国的广播和电视是受政府调控的,播出频率都是受政府分配的,并且实行许可证制。但因电子网络报大多是独立媒体,《宪法第一修正案》里对它们的自由没有正式规定。

　　报纸的出版自由是绝对的。尽管如此,若有的机构和公民提起控告,报纸同样享受不了任何豁免。报纸如在报道过程中违法,会被起诉。报纸如果发表涉嫌中伤毁谤的文章,可能会被告到法庭,被罚巨款,报纸会面临关门的局面。但要注意,尽管报纸可以被罚,政府也不能取消或阻止报纸的出版。1971 年,最高法院在"五角大楼文件泄密案"中申明,政府无权干涉民间出版的权利。①

美国的报纸都是私有的,且以赚钱为目的。办报纸不需要政府发许可证,也不拿政府的津贴。现今的大部分报纸都是由个人股东所有,股票在华尔街上市交易。近年来,报业出现了集团化经营的趋势,其中最大的是甘乃特集团,拥有《今日美国》和其他97家报纸。

在这个大背景下,处理政府与报纸的关系是摆在我们面前的头等大事。横看成岭侧成峰,远近高低各不同。从不同的角度看,事物总是呈现不同的方面。政府与报纸的关系也因看问题的角度不同而歧异。

一些人认为美国的报纸是政府的仆人,报纸只反映政府的观点。而对一些美国记者来说,他们认为媒体有完整的独立性,因为它与政府的关系,与任何其他事物之间的关系截然不同,媒体的诸多胜利——如"水门事件"和我讲到的"五角大楼文件泄密案"都可以作为证据。

执这样的论点的双方各执一词。自 1963 年,伯纳德·科恩(Bernard C. Cohen)发表《传媒与外交政策》(*The Press and Foreign Policy*)后,一些分析家宣称媒体是官方外交政策建立的一种初级

① 1971 年 6 月 13 日,《纽约时报》刊登了一份五角大楼文件,披露了一批描写美国卷入越南战争的国防部绝密文件。这些文件是由一名颇有正义感的国防部官员丹尼尔·艾尔斯伯格透露给外界的。仅隔两天,纽约联邦南部法院颁布了临时限制令,禁止《纽约时报》继续刊登这份文件,理由是它会影响国防安全和国家利益。《纽约时报》则根据《宪法第一修正案》据理力争,认为任何人都无权事先约束消息的公布,并且政府禁止公布的原因是因为这份文件有碍自身形象而不是事关国家安全。这一事件轰动了美国新闻界。官司后来打到了最高法院。6 月 30 日,最高法院以 6∶3 做出裁决:报纸有权公布历史记录。《纽约时报》胜诉。这就是美国政治史和新闻史上著名的"五角大楼文件事件"。

搭档关系。举例来说,我在中国香港的同事和朋友,对美国报纸报道今年(2001年)侦察机事故的方式就颇有微词,他们认为报纸不经判断,只表达了华盛顿政府的意见。

所有的组织当然都希望尽量利用媒体。私人企业都有自己的公关专家。当工厂的工业废气导致环境污染的灾难时,公关人员就出手解决。这就是大家都知道的"危机公关"。

从另一方面来说,一个公司如果捐了巨款给当地慈善机构,负责公共关系的人员就会通过媒体尽可能地让公司的客户都知道。

对政府来说也是一样——无论是地方政府还是中央政府。它会散播某些信息,也会阻止一些消息见报。它们用的方式与私人企业一样,都是新闻发布会、简令、消息透露、与编委会开会、发新闻通稿、信息披露、文件公开、路演、和编辑委员会见面、平面和视频材料的发布等等。不过,政府与私人企业都不能命令媒体用某种方式来发布新闻。

上述方法都是很成功的,因为信息都是直接的,并非所有的"消息透露"都是谎言,并非所有的新闻通稿都是虚构的,也并不是所有的编委会都盯着负面信息。公关公司与政府的公共事务专家对工作都是认真尽责的,我就认识一些我很尊敬的公共事务专家。政府成功影响新闻报道的分量,取决于其他消息来源的不足和实用性的程度。如果政府与企业是唯一的消息来源,那么正面新闻报道肯定要占绝大比例了。而如果有了别的消息来源,结果则会不同。

刚才我提到了侦察机事故。但是,请大家看看最近的报道,包括新闻和评论,在波恩,美国正把自己孤立成世界上唯一拒绝接受关于温室效应的《京都议定书》的国家,新闻故事和社论有强大的覆盖效果。这时情况又有些不同了。

　　新闻记者对全球暖化及温室效应都十分精通,环境新闻记者多年来一直在报道这个现象,社论作者也形成了自己的立场。所有的人对这个问题与提议的解决方案都耳熟能详。此外,在波恩,相关专家大有人在,其他国家的官员和非政府组织也在不遗余力地提供有力的证据,提出他们的立场,反对美国行政部门的主张。大多数社论的说辞是在批评美国:当世界从它身边经过,它却成了冷眼旁观者。这就算不是公关的一场灾难,至少也是一个强有力的事件,证明行政部门不能让媒体只报道政府喜欢的新闻。

　　侦察机事故与《京都议定书》,对这两个重要的国际案例,媒体采用了两个截然不同的关注角度。

　　反方观点认为,媒体根本就是独立于政府的,当然历史上肯定也有重要的例子来证明此点。我刚提到的"水门事件"就是其一,以《华盛顿邮报》为首的新闻媒体调查,最后将总统拉下台。无疑,在这个例子中,行政部门所有的权力也不足以阻断媒体的调查。

　　在我刚才讲到的五角大楼文件泄密事件中,政府同样无权阻止媒体发表机密的官方文件,文件上详细说明了美国是怎样愈陷愈深地被卷入越南战争。在美国的诸多城镇,报纸成功地挑战了当地政府。

　　当行政部门受到越来越多的攻击时,尼克松总统与其助手编辑了一份白宫黑名单,上面列有 500 个组织与个人。我们的报纸与《纽约时报》《华盛顿邮报》这 3 家媒体榜上有名,我的 4 位同事也入围,我们以成为总统的敌人为傲,因为这证明我们独立而勇敢地在从事我们的工作。

那些认为媒体在根本上独立于政府的人认为：这是媒体的合法权益，它有表达不同意见的传统惯例。除了媒体本身，没有什么可以阻止媒体独立。但事实并不一直如此，在很多情况下，政府与媒体在一条战线上。我来说说一些原因。

　　首先，在我看来，大体上媒体成立之初都是中间派。沃尔特·李普曼，美国最早的新闻哲学家，很久前就说过，媒体都有些左倾或右倾，但如果过于极端，将很有可能失去读者。过了这些年，仍然如此。美国政府本质上仍是中立的。虽然有右倾的共和党人和左倾的民主党人，但两者之间的区别在于程度而不是大小和数量。

　　在外交政策危险期，这个情况更明显。中国有一句古话叫"攘外必先安内"，意思是说，当发生涉及国家利益的重大事件时，国内对立的政党都将联合起来。中立的媒体自然也将如此反映。但媒体不会无限地保持中立，当时间越久，优秀的报道越来越多时，或者当政策发生很明显的变更时，媒体可以站在与政府相反的立场那一边。

　　越南战争开始时，反对美国出兵的报纸不多，我所在的报纸《圣路易斯信使报》正属于这少数派。媒体反战的立场很及时地在世界各地传播，但多年以来，仍然可以说美国的媒体是反映政府政策的。

　　其次，许多学者曾指出过，美国媒体一直趋向于反映主流的言论。约翰·洛弗顿就曾发现：在历史上，除非是威胁到自己的利益，媒体在拥护《第一法案》时从未表现得敢作敢为。杰克·鲁勒在新书《媒体神话》中指出，新闻通常是先判断当下情况，再高举当下的社会舆论。

　　这没有什么神秘的。传统的、高度发展的媒体——比如《纽约时报》《圣路易斯信使报》《圣何塞水星报》等，这些报纸的记者与编辑大都是中产阶级背景，赞同被广泛认同的社会信条。不是所有人都是激进分子。媒体可以向布什总统的经济及辩护政策挑战，却不会谴责资本主义的利伯维尔场体制，也不会要求解除武装军力。

我们与政府一样，都在各自局限的范围内鼓动大众。看起来如果我们可以一起鼓动，就能简单地看出这些背后动机。

第三，就是一些人所说的媒体的羊群心理，也正是我认为的主流叙述的力量。通过主流媒体的叙述，即媒体里的意见领袖——诸如《纽约时报》《华盛顿邮报》这样的全国性报纸与一些大的网站（有时新闻机构也从中得到新闻线索），任何一条新闻被限定在既定的方式里一成不变，不管真正的事件是怎样。

当比尔·克林顿与莫尼卡·莱温斯基的绯闻成为头条新闻时，可以发现媒体都在报道克林顿的任期遭到了致命一击，克林顿先生看来不得不下台了。这就是媒体的主流声音。没有人哪怕是很短的报道，通过民意调查反映克林顿作为一个总统的声望及受欢迎程度，在美国历史上也是十分可观的。因为这不属于主流媒体的言论。

我之所以花这么多时间来说媒体与政府的关系，因为这真的至关重要，同时也异常复杂。媒体的独立绝对是可信度的要素，而如果没有可信度，媒体就如同被判了死刑。

虽然如此，但"新闻界与政府总是利益相悖，从不一致"的论调是一种误导。相同的误导还有：声称我们国家的媒体是政府的仆人或下级合伙，以及声称媒体在当权者总是对的并需要被支持的假定中运转。

接下来，我想谈一谈媒体如何平衡道德与商业的利害关系，与媒体如何抵挡商业与政治的压力,这两个问题是互相联系的。

在利伯维尔场经济的背景下,媒体依靠广告收入与销售报纸的钱来养活自己,经济压力是很大的。如果媒体冒犯了一个大广告商或广告领域,比如房地产或汽车,广告的收入便岌岌可危,后果则是损失数以百万计的美元。与大多数编辑一样,我也受过这样的威胁。小城市的媒体因为依赖广告商的程度更深,更容易有被广告商报复的风险。

在一些情况下,媒体会在压力面前让步。某些时候媒体不让步,为商业上的损失买单。但是一些好报纸——并不一定好报纸都是大报——的掌门人将在商业利益面前让步看作是在政治压力下妥协一样,都丧失了独立性。我刚才说过,没有独立性,报纸就没有公信力。

对编辑的要求之一是:他/她必须有新闻业的良心道德,当媒体的独立性受到威胁,他/她能大胆地说真话。这并不容易做到,但有职业道德和保持独立却是刻不容缓的。

编辑要保持独立,通常采取的安全措施是在编辑与商业操作中设置防火墙。这道防火墙旨在防止商业操作影响编辑的决定,在一些机构,商业部门与编辑部门甚至要避嫌。

近年来,管理学说提出这道防火墙也可能达不到预期目的——使新闻与商业成为伙伴的意义更胜于成为敌人。至少,如果可以的话,需要建立两者之间的外交关系。在这些理论指导下,编辑、市场经理、发行经理主管一起坐下来开委员会商议报纸的方向。大家认为这些商议不会妨碍新闻报道。但实际上有时确实会。

这同时也有风险。大家可能知道,《洛杉矶时报》的经营主管策划了一个特别的利润分配部门,这个部门坐落在繁华市区的多功能礼堂里,叫作"分配中心"。也就是说,在报道及其报道的主题之间,有一个财政方面的安排。当大家都知道这事之后,该报的信用值及声望一落千丈。执行主编、出版人及编辑都在之后的风暴中丢掉了饭碗。

新闻伦理学最重要的是做好"有信用"的新闻,如果你的读者有理由质疑你们的不诚实,你就失去了尊敬。我曾经主理过美国报业编辑协会的职业道德委员会,并在加州大学伯克利分校的新闻学研究所讲授新闻道德这门课,我可以证明:新闻业道德沦丧的事件确曾常常曝光,当然,现今这个道德的标准比起我40年前进入这一行时,要高出许多。

我知道,每个新闻机构与协会都有一套职业操作的道德准则,大部分准则媒体人都很认真地来对待。我的母报《圣何塞水星报》最近处罚了一个记者,他写了一篇出色的报道,讲的是一些医学研究人员通过一个机构找来孤儿,他们想看看是否能找到一种治疗口吃的方式。结果却事与愿违,许多孩子因此终身口吃。这名记者假装成一个学术研究人员来获得那些研究数据,他在调查的过程中撒了谎。而《圣何塞水星报》不但处罚了这位记者,主编还在专栏中向公众宣布了他违背新闻职业道德的事。这件事发生后,报纸要求我就报道中的欺骗手法问题,对全体员工做了一个在职培训。

越来越多的美国媒体在公众眼中的职业道德都在沦丧。如果一个记者被确认为剽窃,他无疑将受到惩罚——大多数都会被解雇。如果新闻机构通过不恰当的方式获得新闻,比如窃听某家公司的私人电话,这家报纸也必须认错。

这带来的正面效果是:让记者和编辑们回归,认识到新闻操作的"清洁"。然而不幸的是,也带来了副作用:当公众知道越来越多的媒体不遵守职业道德,他们越发认为,这样的不规范的新闻操作正在日益增加。

我再来简单总结媒体怎样做出新闻价值的判断。我将简单谈谈社论的方向,以及报纸是怎样选择将哪些言论及观点反映给它的读者。尽管没有两家美国报纸会用绝对一样的方式来判断新闻,但很多媒体的做法是相似的,却声称这是他们独特的判断方法。

典型的美国报纸是由一名总编或者一名执行主编来完成所有新闻操作。有时这个主编还负责社论的决定,就像我在《圣路易斯信使报》一样,有时社论的决定也由社论编辑来执行。一般来讲,比较大的新闻操作要向发行人报告,有的发行人是报纸的所有人,他们有时想要在社论中发表评论。但今天,所有的新闻和社论的决定,最终是媒体执行高层的责任。主要的例外是总统的批示,即使是发行人(报纸所有人)也要听从主编的决定。

社论页的决定一般是由社论页的负责人在每天的例会之后形成的,负责成员组成社论委员会,社论委员会一般是受两个因素影响:报纸的定位——自由派、保守派或中间派,另外也受到以前的惯例的影响。举例来说,《圣路易斯信使报》有一个历史悠久的传统,就是反对美国对外干涉殖民地战争,所以,从逻辑上,也从历史惯例来说,我们反对美国干涉越南事务。

在社论委员会的会议上,社论编辑一般向同事征集报纸第二天评论主题的建议。这些主题会一个个被讨论,最后通过一个社论选题,授权委员会里的某个成员来撰写社论。

这个会议并不完全是民主的,也就是说选题不是由投票决定。最后主编的观点总会占上风。

早上开始的一系列会议完全决定了次日的报纸内容。我在

《圣路易斯信使报》经常让各个版面的编辑凑在一起，描绘各自领域最重要的进展——体育、商业、专题，主要城市、全国乃至全球新闻等，这同样是在早上的会议上进行。编辑之间的讨论也是一种调查任务的分派。

最初的会议只是决定一些较容易和可快速解决的事情。讨论到最后，所有编辑都要对明天的主要新闻心里有谱。下午快结束的时候，新闻编辑开始他们的头版会议，重新把大的事件回顾一下，然后，某个人——可能是高级新闻编辑、执行主编或者总编决定哪些上头版，这些新闻怎么写。

我这里说的只是过程——事情是怎么做的，决定是怎么做出的。如果没有新闻使命这个目的驱动，所有过程都没有意义。报纸需要代表某种理想，而这些理想要能够反映在报纸的内容之中。

《圣路易斯信使报》的社论版每天都在发布普利策的哲学。社论版是《圣路易斯信使报》的一个平台，规定这个报纸"永远反对特权阶级以及民众掠夺者"。作为它的总编，我根据这个信条策划每天的新闻。

我们报道日常新闻。我让商业版去观察特权和财富，也就是说去调查大公司们怎样运作，以及这些运作对公众的效果怎么样。我们对商业的兴趣并不特别大众化，我把这当作是约瑟夫·普利策一世传下来的一个使命。

一张报纸如果没有指导哲学，就会像大海中一艘没有舵的船，随风随浪四处漂移。一张没有稳定方向的报纸，不代表任何永恒的东西。

你可能很熟悉 19 世纪英国首相本杰明·迪斯雷利（Benjamin Disraeli）的名言。他说："国家没有永恒的朋友和敌人，只有永恒的利益。"我想对于报纸来说,甚至更广地对整个新闻业来说,在这个意义上,我们也没有永恒的朋友和敌人,只有永恒的利益。

这些利益既不是政党定义的经济学思维,也不是时尚或者流行的思潮,更不是一时的情感,而是对指导原则的信念。指导原则要求我们独立地寻求真相并有勇气发表真相;指导原则让我们保持高度的人道主义标准;指导原则告诉我们这样的意义:社会有赖于人民享有"知的权利"。而我们的事业是将新闻信息完整且公平地告知民众。

对我来说,这些就是我所提到的《圣路易斯信使报》想要传递的精神。我想引述一段约瑟夫·普利策的话作为总结。这是约瑟夫在 1907 年说的一段话:

> 我相信我退休对这个基本准则没有影响。那就是永远为进步和改革而抗争,永不忍受不公和腐败;永远与各党派的政治野心家抗争,永不属于任何党派;永远反对特权阶级和掠夺民众的人,永不对穷人缺乏同情心;永远献身于公众事业,永不满足于只是印刷新闻;永远保持绝对的独立,永不畏惧攻击错误言行,不管这些错误言行是来自劫掠性的财阀,还是来自于劫掠性的贫穷者。

这段话经常出现在很多报纸管理的理论中。我一直尽力按照这些由我们报纸的创办者定下的基本原则来管理报纸,追求出色的新闻。

变化、价值观和新闻学

在今天的新闻业，"变化"和"价值观"是两个最流行的词语。你到处都能听到这两个已成为主流的话题。美国报业编辑协会（ASNE）几年前成立了两个委员会，一个关于"变化"，一个关于"价值观"。后者随后与新闻伦理常务委员会合并。

变化和价值观有很多共通的地方，主编们花了很多力气去定义它们。这两个概念并不相互排斥，但也不一定彼此兼容，要为两者找共通点很难。

对人类和所有生物的生活而言，变化是最根本的，也是不可避免的。大石头经过数百万年的风化，可能变成一颗沙粒，这是它的最终形态。放射性同位素可能经过数千年才衰竭，但它终会败亡。婴儿长成孩子，然后长大成人。变化是必然的，但我们往往可以加快或减缓变化的速度，或者改变它的方向。我们的一生，不管我们做什么，往往花了生命中的大部分时间去左右变化的步伐和方向，以为这就是在控制自己的命运。讲得没那么崇高的话，我们起码是要使事情往好的，而不是往更糟的方向发展。今天，我们称为"管理变化"。

价值观则正相反，它并不是大自然或者生存的一部分。你不会在草原上找到"价值观"遍地开花，也不会在海底发现"价值观"这一奇珍。价值观是人类独有的，产生于我们共同的经验。

人们不论文化背景，都会相信一些公认的价值观，比如诚实、对生命的尊重、同情心和尊严。但是，和变化不同的是，人类的普世价值不是自动发展而来的，也不是命定的，而是源于人们长期以来的反思。是人们有意识的对生活状态的选择，形成了我们所说的传统价值或永恒价值。

我起先提到，变化与价值观是新闻业的讨论热点。**Poynter** 新闻学院曾开了研讨会，主题是"变化时代的新闻价值观"，要探究这两者的关系。我是 30 多位参会者之一。

Poynter 很多事情都做得很到位，这个会也不例外，讨论会中各种各样的观点兼容并存，除了平面媒体和广播电视的记者，参加者还有其他领域的嘉宾和网站、商业公司及政府的代表。

会议先由与会者列出新闻业的核心价值观，包括真相、勇气、诚实、公平、同情、平衡、独立、公信力、多样性等。这流水账没有突出之处，但我注意到，其中没提到谦卑与庄重。

这使我恍然大悟——我们列出来新闻业的价值观实际上也是我们相信的普世价值。我越来越相信，世间其实没有新闻道德或新闻价值观这回事，我们只有一个适用于全人类的道德体系和价值体系。这些价值观与新闻业唯一相关的地方，是新闻人的工作处境凸显或唤起了这些价值观。

当碰到可怕的真相时，我们是基于对事主的同情而保持沉默？还是为了维护诚信，而不惜伤害他人的感情？你不一定要做记者或者编辑才会经历这些两难的情况。如果记者以为他们可以凌驾于这些价值观之上，那就是将自己从人道的洪流抽离出来,并且和读者拉开了距离。

这个会议很有启发性,讨论睿智并且深刻。在会上,人们提到很多报馆受到观念混乱和士气低落的困扰。对此波特兰市《俄勒冈人》报的主编桑德拉·敏斯·罗维(Sandra Mims Rowe)提出了最清晰、最精辟的分析。

她一针见血地指出,如果我们的问题是由只管赚钱的报纸老板造成的,那么写张支票就可以轻易地解决所有问题。症结是,我们之间缺乏沟通,因而意见纷纭,把所有困惑归结到动机上去;我们抛弃了新闻的语言,膜拜商业理论的语言,我们听任发行人与主编和记者之间的鸿沟日益加深。

我们谈到公众对媒体的不满,以及新技术带来的压力和机会,互联网正在摧毁旧媒体在传递信息和观点上的垄断地位。我们几乎无所不谈,但却没有仔细讨论真相、平衡、正直、独立等在开会之初罗列出来的价值。

我不是很明白这意味着什么。很明显,我们一直在讨论飘在半空的价值观,我只希望我们曾更直接和明白地讨论新闻的核心价值观,而这些价值观,还应加上谦卑和庄重。

报纸的危机和机遇

一九九五年一月二二日

我们上星期公布了童子军策划的调查结果,初高级中学的学生们列举了他们的职业愿望。对于像我这样在报业知足地工作多年的人来说,调查结果令人气馁、羞辱和难堪。

44 000 个接受调查的年轻人中,只有 362 人(还不足 1%)有意投身新闻工作或担任报社记者。99 个供选择的职业中,新闻工作只排到第 45 位。如果把大众传播学院和新闻学院涵盖的职业都包括进来,比如说摄影、电视广播和公共关系,得出的数字稍微好看点。

尽管这样,也不见得有多光彩。统计显示大众传媒合计起来的数据和前五名比起来也是少得可怜。前五名最受欢迎的职业排名分别是护工、律师、建筑师、医师和教师。这些都是可以大施拳脚的岗位,需要高水平的专门教育。

调查结果刊登的同一天,我飞到迈阿密去参加奈特基金会组织的一个讨论会。基金会计划投入近 900 万美元来发展新闻教育,邀请了教育专家和编辑组成的独立小组来讨论实行方案。与会者探讨新闻教育的长处和不足,以及如何使新闻教育更有成效。

编辑们认为,学校自身观念的狭隘造成新闻教育的一些弊

流年碎影

病,比如过分强调教师必须要有博士学历,而不重视有实践背景的教师,还有一个原因,是新闻学专业难以吸引到最优秀的学生。这些原因之间互相关联,互为因果。

在刚进入新闻界的人才中,80%是新闻院校培养的,可以说,如何改进新闻教育和与会者的利益相关。讨论时我不停地回想起童子军的调查,它不仅预示了报业的未来,还暗示着当前报业的现状。如果报纸对年轻人来说没有吸引力,又怎能责怪他们不把新闻工作纳入理想职业?

报纸不能吸引青年读者的事实几乎众人皆知。全美国 18～24 岁之间的年轻人只占每日报纸阅读人群的一小部分,而且比例还在缩小。这个趋势是新闻业的恶兆。

尽管我们都做了些猜测,但报纸无法吸引年轻人的原因并不十分明确。不管怎样,年轻一代的成长是以电视为伴的,其他电子媒体的地位也越来越不可小觑。很多年轻人培养的阅读习惯和我们大不一样。为了吸引目标群体,中年编辑们正如同大海捞针一般,试图弄清楚年轻读者的兴趣。

直觉告诉我们还有其他原因。年轻人对报纸的态度反映了父辈的观点——大众对新闻职业的敬意正日渐丧失。调查表明人们对电视内容的信任度正在下降,他们认为媒体并不客观,也越来越不欣赏报纸提供的内容——反而越来越多人抱怨报纸的内容煽情,通过制造轰动效应来炒作、赚钱。

我在迈阿密时,这一切反映在我读的一本黑兹尔·迪肯-加西亚①写的书中,书名是《19 世纪美国的新闻业标准》(*Journalistic*

---

① 黑兹尔·迪肯-加西亚(Hazel Dicken-Garcia),美国明尼苏达大学新闻与大众传播学院教授。

Standards in Nineteenth-Century America）。有趣的是,19 世纪 50 年代初对媒体的指责,恰好是我们今天面对的。

当时正像现在这样,人们指责媒体不讲道德原则地追逐利益,不尊重隐私和太过于煽情。报纸热心于发展大众读者的做法,被认为是媚俗以接近"普通读者",把平凡琐细的事当作重大事情来处理,降低了褒扬的价值——大加赞赏仅完成了本职工作的人。尽管存在指责,但当时媒体依然繁荣兴旺。而今天我们对这些责难都不是很"感冒"了。

同样有趣的是,媒体当时正处在技术革命中。蒸汽动力印刷术的发明,意味着 1 小时内可以印刷比原来多出数万张的报纸。铁路的普及、电报机和电话的发明对通信产生了深刻的影响,当然也深刻地影响了报纸的命运。

而现在,计算机网络和其他电子通信手段的发展,引发了一场关于报纸前途的激烈争论。悲观主义者将报纸视为夕阳产业,乐观者则认为报纸可以发展为新的媒介,作为信息收集和发布系统的中心,影响其他能想象得到的视听媒介。

报社编辑们并不打算束手无策地等待被遗忘的那一天,我们期望将来如乐观者所言。问题是我们要坚持报纸的哪些价值、传统、职责、功能和贡献,我们还要按它们的重要性决定优先次序。

这些问题的答案将影响新闻教育的方向,以及年轻人对新闻工作的态度。在新环境中我们努力探索报纸的发展方向,虽然我们的努力通常显得有些笨拙,而其他人并不关心我们的努力,那不足为奇。如果我们成功的话,我敢打赌理想职业的调查结果将会不一样了。

阅读崇拜的年代

　　很久以前,我还是堪萨斯州的一个新手记者,负责报道警察局的夜间新闻。警察局通常凌晨 3 点才下班,有时,我在写完稿子后,会和探员们一起参加 12 大街的休闲聚会。

　　凌晨的 12 大街很黑。警官们和店主寒暄几句后,服务员会拿过来一些肋条和几杯威士忌。我们从不付钱,有时甚至还带一些烧烤和半打啤酒回去。

　　那年我 22 岁。我的同事、报社的编辑,还有我自己都不觉得这有什么不妥。因为,每天晚上和警察们在一起,我真正的收获并不是那些烧烤,而是一次次火速赶到犯罪现场,走进邋遢的公寓或是酒店的后院,目睹还没被拖走的血淋淋的尸体等第一手的采访资料。那些在他们弥留之际记下的笔记、拍下的照片、所做的采访,让年轻的我第一次知道,短距离的枪火射击会让人如此面目全非,幸运的生还者会对逝者如此冷漠无情。

　　我寻求的就是这些信息,如果要付出的代价仅是和警察们一起在休闲聚会时,接受一点贿赂并对此保持缄默,我很乐意。事实上,一天到晚和总是受命于危难之际的警察在一起,当他们向我陈述事实时,眼眸里闪烁着纽伦堡的刽子手才会有的那种冷冷的绿色光芒,我还是有点为他们着迷。

但有时候,我要付出更大的代价。在警察局,有时就算很晚,你也会听到低沉的哭声和有人撞在金属枷锁上的响声。这表明警察的审问进行得很不顺利。如果是那样,面对需要迅速完成的稿子,我不禁头晕,毕竟在那时,警察和不认罪的犯人之间所发生的事情不能被称作新闻。

生活能给人赎罪的机会。一直以来,我都在寻找各种各样的机会弥补自己的沉默和无为,虽然这些事情并不经常发生,但是它们在我的记忆和潜意识里永远存在。毕竟,那时发生的新闻和今天的新闻制作是完全不一样的。

通常,我们会改造新闻照片,制造幻想中的现实,有时甚至要给全裸的死尸"穿"上一套合适的衣服,避免在报纸上给读者留下恐怖的视觉效果。一些摄影记者甚至在摄影车后面的行李厢里随时准备一些小道具,以便在必要时增加照片的震撼效果,比如在车祸的受害者旁边放一双鞋。

在一家我熟识的报社里,那里的艺术评论记者为读者介绍当地的博物馆。那一篇篇被刊发的评论客观公正,因为记者把采访目标的原貌还原给读者的能力,直接决定了他们的收入。社会新闻部的情况则相反,他们竟然用大幅版面来报道一些虚拟中的家庭,假想他们搬来堪萨斯州,然后又去了怀俄明州或者其他地方。当然,那时也没多少人看这个版面,它对报纸也没有多大作用。

那时在堪萨斯州,只要你是白种人,不管你的生活如何平凡,逝世时报纸上都会刊上你的讣告。但要是黑种人而且是个无名小辈,除非遭人暗算,被买通的犯人杀害,否则死讯一定不会被"昭告天下"。

记忆本身和图片编辑软件一样,可能会淡化真相,会扭曲事实,会欺骗你我。但对于 30 年前或是更久以前从事新闻工作的我们来说,那个时期是新闻的黄金时代。而且,从某个角度来说,这样的评价是很中肯的。尽管记者在新闻照片里伪造事实,也偶尔接受被采访者的小恩小惠,警察和官员之间薪水的秘密,更是永远不会被曝光,甚至那时的新闻制度不要求对与犯罪活动有关的普通公民提供任何保护,报纸还会与社会联手封锁有深远社会意义的重要信息……但那时的美国新闻界还是深得人们信任。当时的资料可以为证。

　　那时,人们对报纸上刊登的消息深信不疑,他们认为报纸说的话一定是真的,一定值得信任,而且照片不会说谎。读者很少会发现报纸上的错误,因为他们相信报纸是不会出错的。

　　1972 年,盖洛普机构的民意调查发现有 68% 的人对媒体十分信任,充满信心。3 年之后,该机构在大学校园进行了一场关于职业道德的民意调查,结果显示,在具有较高职业道德操守的职业中,第 5 个就是新闻记者,排在前面的依次是:大学教师、医生、工程师和精神病学家。

　　那时,我们还拥有读者的信任。但其后我们却将这个资产随意浪费,忘了它并不是用之不竭的。

一九九〇年五月一三日

　　几年前，我去参加美籍亚裔新闻工作者协会的会议。在平淡无奇的议程中，一家著名报纸的中层编辑说了一句无心之语：他非常希望看到美籍华裔记者的应聘申请表。

　　他知道这样的申请人必定具有出众的学术背景。他笑着说，其实最重要的是他认为这些美籍华人受聘后绝对不会带来任何麻烦。这个有趣的说法引起了一场热烈的讨论。大家提到，中国人在美国做出租车司机，开车比起其他人慢许多，而且经常不知道该开哪条道，会因此阻碍交通（我必须声明一下，那时候我还未加入亚裔新闻工作者协会）。

　　我想跟种族主义者及持有刻板观点的人探讨一下这个问题。我们先看看纽约市《新闻日报》的首席专栏作家吉米·布莱思林的事例。他因为一位美籍亚裔同事批评他的作品而使用种族侮辱性的词汇辱骂了那位记者。起初《新闻日报》批评了布莱思林，他还是一名普利策奖得主，但后来布莱思林却打电话给电台，对自己因骂过这位同事"黄杂种"和"斜眼佬"而做出的道歉表示不以为然，结果他被追加惩罚，停工两周。亚裔新闻工作者协会还要求《新闻日报》解雇他。

上述在亚裔新闻工作者协会内部会议上的讨论和布莱思林的话比起来，性质当然截然不同。就像《新闻日报》所做的判定，布莱思林的谩骂是恶意的，他言辞愤怒，其恶毒、难听的语言确确实实中伤了他批判的对象。

一个种族歧视的侮辱性绰号，就像在近距离对人射击。吉米·布莱思林写的文章有很灵敏的触觉，他应该十分清楚地知道，那惯常被歧视的人们的生命，仍然是无上崇高的。或者他以为自己只是在开玩笑，但就像安迪·鲁尼和吉米·斯奈德一样，因为观点在公众渠道发布而受到惩罚（哥伦比亚广播公司因其根深蒂固的种族言论而暂停了安迪·鲁尼的工作，并解雇了吉米·斯奈德）。

相对来说，美籍亚裔新闻工作者协会的会议上的玩笑并不是故意想伤害什么人。如果它真的触犯到亚裔人士，这也是亚裔自己内部的事情。这些有意无意的私下说法，只是许多年轻记者在自我调侃遇到的成见和偏见。幽默有时候像是苦口的药片，包层糖衣让人更容易吞服。

然而，我敢打赌，亚裔记者们肯定不能忍受他们的非亚裔同事所做的相似评论，就像黑人记者在主流的白人新闻编辑部不能忍受非裔记者被侮辱一样。如果一位白人记者和他的同事一起分享"中国出租车司机"的笑话，他就会遭到抗议了。

所以，我们谈论的事情有双重标准：如果是你自己同族的人，你的种族差异观念就没有错。从某种意义来说，这已经是一种进步。在过去，我们只接受白人、男人和新教徒歧视其他群体这个单一标准。这种歧视不是零风险的，大多数正派的人都不会支持这样的行为。但种族和性别歧视的绰号和玩笑，已经成为全国性的词汇和语言的一部分。

事情在慢慢地改变。我们能不能只针对某一个人开玩笑而不是针对整个种族开玩笑？这个问题我还是留给理论家来解决。但如果我们期望改变心灵和态度，来创造一个不把种族言论作为愤怒时逞口舌之快的途径的社会，那么仅仅是抗议绰号和惩罚那些使用绰号的人仍然是不够的。

如果我们希望别人不要对我们有成见，那么我们也同样不能对自己有成见。如果我们希望其他人摒弃种族主义，那我们就不能用种族主义对待自己人。简而言之，要获得他人的尊重，必先尊重自己。

　　我没有看过 Capitol Steps ①剧团嘲笑中国人讲话和外貌的短剧,但是和其他人一样,我对阿米·梁(Amy Leang)在美国报业编辑协会(ASNE)报告中的描述感到震惊,我越读越生气。

　　没有人站出来吗? 大家都不明白讽刺文学和等级歧视之间的区别吗? 但最后,蒂姆·麦克奎尔②的义愤切中了要害:今天最重要的不是每个人该做什么,想做什么,或已经做了什么,而是不断地学习和向前走。

　　根据这个精神,作为 ASNE 的一员,加上我两度出任协会董事,或许我可以跟大家分享一些我的经验。

　　首先,不论那出短剧如何冒犯了亚裔,这一事件本身并不反映 ASNE 坚定的信念,即认为我们的编辑部必须雇用更多的少数族裔记者。我曾为这个信念努力,我也认识目前为这一信念努力

---

① Capitol Steps 剧团,是美国的政治讽刺团体,由国会的雇员组成,始于 1981 年,起初是讽刺国会里的名人和大事。
② 蒂姆·麦克奎尔(Tim McGuire),明尼阿波利斯市《明星论坛报》的主编,曾做过 5 次普利策奖评委。

的人们。

但是,录用更多的少数族裔记者只是建立多元化队伍的一个环节,同样重要的是我们要将他们留在这个行业里。

最好的办法是,让新闻业成为欢迎少数族裔的地方,那不单是考虑到文化上的敏感,也是一个道德义务。每个主编,以及 ASNE 的每个成员做的任何事都是为了深化这一义务。同样,发布任何与之矛盾的信息都是破坏性的,这是为什么我认为 ASNE 没有及时批判那套短剧的做法是错误的。

这种破坏是不能挽回了,所以,ASNE 要保持警惕。少数族裔记者会看看到底 ASNE 和我们的编辑部是否已经从中吸取了教训。

第二个教训是从我作为一名亚裔美国人的角度出发的,我没有必要做特别的澄清。其他少数族裔也曾受歧视之苦。但是在近几年,亚裔美国人一再受到冒犯。Capitol Steps 这短剧所引起的反应是——充满愤怒、痛苦感觉和一种被出卖的感觉。

我不提这些历史长河中的旧事——排除法案、禁止亚洲人成为美国公民的法律、禁止美国白人与其他人种通婚的法律(这使我的父母不能在密苏里州结婚),还有第二次世界大战时将日裔美国人关进集中营的政策。我们只需回顾近几年的事情。

我们可以回想一下亚裔美国人是怎样被卷入 1996 年的政治献金纠纷的。那个论战被称为"亚洲献金丑闻",尽管亚裔人的非法政治收入和非亚裔人相比起来微不足道,但他们仍然成为政客、公众和媒体的矛头所指。

堪萨斯州有一个很老的笑话,说"两个黄种人在一起做不出好事"。麦克·李维斯在《纽约时报》星期日专刊中宣称:"如果把华盛顿的一些亚洲人用木栏围起来,用马运走,能够促进公众

　　　　　　　　　　　　　　　　　　　　　　流年碎影

对财政改革的支持的话,那么让我们把马儿拴好,驾!"这些抱怨使亚洲人警醒起来,抗议外界的陈词滥调。

李文和案的发展,使亚裔美国人几乎都成了嫌疑犯。如果你是一位科学家,又是一位亚裔人,那你就可能被怀疑背地里默默地效忠中国,不是一名"真正的"美国人。

现在,又有了侦察机事件,舆论又抬头了。美国著名的漫画大师 Pat Oliphant 的动画片里,出现了一个中国侍者向山姆大叔倒着面条,并喊道"美国人道歉!"的镜头,一些中西部的广播于是号召听众抵制中国餐馆。

这不是开玩笑,亚裔美国人在想,为什么这些反华的言论一次又一次地被掀起、被出版、被广播,而且其他人也不觉得不愉快。那使亚裔感到被出卖了的 Capitol Steps 讽刺剧是最新的证据。

最后我想和大家分享一下陈婉莹带来的启发,她曾是《纽约每日新闻报》的获奖记者,现在是香港大学新闻与传媒研究中心的总监。在 ASNE 大会后,她写了一封电子邮件给我,我希望每个年轻的亚裔美国记者都把这番话记在心里。你能够看出她的愤怒,但又如何呢? 已经有很多优秀的记者为此愤怒了,听听她是怎样说的:

> 看,从成为记者以来,我们就选择了将新闻作为向我们的读者和观众传递优秀报道的战场,无论如何,我们都应该致力于我们的工作。我们不能让目光短浅的主编和贪财的老板来阻止我们喜爱的工作。我们最好的回报是不管雇主,做出好报道。我们的最好的反击来自同行的认可,而不是法庭上的判决。

所以,让我们继续这样奋斗下去吧。

新闻学的边缘化：现代启示录？

　　非常高兴能够受香港新闻与传媒研究中心的邀请来到这里。我感觉非常亲切，就像这个大家庭的一员一样。

　　1999 年夏天，我曾经在这里为陈婉莹教授工作。当时我们正在为研究中心第一届学生开学做最后的准备。可以这样打个比方：这个项目诞生时，我就在它的产房。

　　我对这里做出的成绩感到吃惊。当陈婉莹教授在 1998 年启动这个项目的时候，困难很大，而现在她取得令人敬佩的成绩。如果要我用一只手来数数我认识的最了不起的人，我几乎不用想就会说，陈婉莹是其中之一。

　　我的演讲标题是：《新闻学的边缘化：现代启示录？》。"启示录"，是指《圣经》最后一篇里面描述的善恶交战。里面有四个骑士，其中最后一个代表死亡。①

---

① 这四个骑士分别骑着白色、红色、黑色、灰色的马，被耶稣赐予"有权柄……，可以用刀剑、饥荒、瘟疫、野兽，杀害地上四分之一的人"。（《新约启示录》第 6 章第 7、8 节）。第四匹马是灰色的。新英文《圣经》译本说是"死灰色"。美国标准版《圣经》用的形容词是"如灰烬"。它的骑士名叫"死"。

今天我不是来这里谈论新闻学或者报纸的消亡。我相信我们会胜利。而且,尽管这个标题多少有些宗教的意味,但我们将进行一场世俗的讨论。我不会争论善与恶的标准,虽然我相信新闻是一项道德的事业。这个启示录的意象并不牵强,美国的报业今天正处在一个严峻的考验时刻,面临着前所未有的压力。

我今天要谈的是目前美国报业的形势。我的视野也包括亚洲的报业和一些与香港新闻业有关的特殊问题。

例如,我会谈谈循环的经济压力,这当然是个全球普遍的问题,虽然它们会以不同的方式在不同的时间爆发。我谈到报社的结构转型问题,虽然美国社会和亚洲社会有许多不同之处,但美国社会在时代转变中的教育问题、工作压力,以及其他形式的消费型媒体给报纸带来的压力等问题,在亚洲也同样存在。媒体的内在压力,美国和亚洲都有,虽然触发它们的可能是不同的根源。

举个例子来说,在美国,政治环境一般不会引起记者的内在压力,但在亚洲情况则不同。相反,漫长的传统与社会中自由媒体的角色假设,以及对媒体的素质并不在意的媒体投资人在股票市场的表现,这三者之间的冲突,正在美国制造一场大范围的混乱,破坏我们的职业道德感,这些导致美国记者内在压力的根源,并不适用于其他国家和地区。

我没有对症的药方,真的,我没有诊断过亚洲报业正在面临的挑战。虽然早在 1940 年我就到过香港,我父亲曾在香港待过许多年,他也是一个优秀的编辑。我自己呢,我经常在香港做新闻报道,一直和很多实践中的新闻记者、新闻教授们进行长时间的讨论。尽管如此,我的了解程度仍不足以在这里做权威论断。我只是想简要描述一下这个主题。希望在我发言后的讨论中,大家能帮我为这个议题增光添彩。

在我今天谈论报业之前，我想先谈一下报纸——我为之奉献了生命大部分时间，也是我最熟悉的媒体。报纸现在面临的问题也和其他的媒体有所关联。

每个媒体都在争抢着受众，比如说读者。每个媒体——报纸、广播电视和互联网——都面临硬新闻与软新闻之间的竞争，也面临着耸动的新闻炒作与严肃分析之间的竞争。

美国报纸的知名度比香港乃至世界大多数地区的都要高，我解释一下，我所说的报纸，是1 500种大众日报。它们的总发行量大概是5 500万。

就像香港一样，美国的报纸是私人所有，志在赢利。大体上它们也都有不错的盈利。它们不需政府颁发许可证，也不拿政府补贴，根据美国《宪法第一修正案》，报纸不受政府的控制或干涉。《宪法第一修正案》上明文写着：限制媒体自由的法律是不能被通过的。

今天大多数美国的报纸是由股东持有，它们的股票在华尔街进行交易。最近几年流行的趋势是集团式的控股，最大的报业集团"甘乃特集团"，拥有《今日美国》等近100份报纸。

我刚才提到报纸正面临着一场深刻的考验。1996年，我在斯坦福大学教的第一门课程就是"变化、骚动以及道德混乱年代的新闻管理"。从那时到现在的情况变化不大，我们可以把"变化、动荡以及道德混乱"想象成启示录里的前三个骑士。

过去报纸的支柱——广告、读者、传统、公信力，现在都受到压力。过去习以为常的东西现在不怎么灵光了，过去的魔力已经消失了。

美国的报纸目前面临着结构转型。这些挑战包括在新技术的形势下怎么经营和生存、如何应对在不再是传统报纸市场的今天人口和社会的转变,以及一般美国人对媒体的感觉。

美国报纸还面临发行量的挑战。这表明前所未有的人员缩编已经来临:大把的新闻人会失业或被裁减。为什么说这是前所未有的呢?因为虽然美国经济增长的速度放慢,但美国仍处在其历史上的繁荣时期。即便这样,一家又一家的报纸员工仍在被辞退。

结构转型和发行量的压力加起来,为新闻从业人员带来心理和情感上的压力。于是,我所说的第四位骑士——那位恶人便登台了,那就是"恐惧"。变化、动荡、道德混乱加上现在的恐惧,虽然经济发展仍然强劲,虽然报纸仍在大笔地盈利,但是新闻人却处在职业恐慌的边缘。

出了什么问题?什么能够让这个行业恢复健康?什么才能驱散道德混乱和恐惧?

我这样向我的学生形容这个过程:"天堂到地狱之路"。或者也可以说这是从旧秩序到新现实的旅程。

很多美国人读过或者知道《孙子兵法》这本书,由中国的军事哲学家孙子所写。他在书里说:"知己知彼,百战不殆。"如果你只了解自己而不了解敌人,那么你每次胜利后都将伴随着失败,如果你对敌我彼此都不了解,那么每场战斗都会失败。

在今天,老一辈的新闻人了解自己。他们过去可以说是了解敌人,主要是因为敌人没有出现。在《恐龙传说》这本书中,古生物家罗伯特·巴克说,2.2亿年前,恐龙统治着地球,而其他哺乳动物的体型都大不过一只火鸡!

与此相似,在旧秩序的时代,报纸是食物链里的食肉动物。除了同行竞争之外,报纸没有真正的竞争对手。报纸以外的竞争对手就像侏罗纪里的哺乳动物一样,大不过一只火鸡。

在那些旧秩序的时代，新闻人对自己有一个浪漫的想象，产生了一种高贵的感觉。沃尔特·李普曼，美国最出色的新闻哲学家，曾如此描绘新闻业："那是一道焦虑不安的扫射光，在寻找一个接一个的片段来打破黑暗，迎来光明。"那是新闻人一个伟大的使命。

1957年，我还在《堪萨斯城星报》工作，待遇很低。我还能记起上班时口袋里只有25美分。但一碗蔬菜汤就花掉15美分，还有10美分可以留在工作之后享受啤酒。喝着酒时，你会想起你写过的文章，很可能就只是一些小段落，但你都会觉得你是世界上最幸运的人了。

实际上，记忆是正确的，那是最好的旧时光。在1970年，78%的美国成年人在周末阅读报纸。现在这个数字降到33%。在1970年，报纸的总发行量达到6 200万。今天，就像我说过的，只有5 500万。所以报纸读者损失了600多万，而同时全国人口总量却增加了9 000万。日报也从那时的1 800种缩到现在的不及1 500种。

过去新闻人有一种安全感，当然也同样在经济上有安全感。竞争者相当弱小，新闻人能够感觉到这份工作受美国人的尊重。25年前，乔治·盖洛普①的测验表明，70%的人们对媒体抱有信任和信心。

过去，都市日报是信息的主要来源。如今一切都过去了，现在的时代被称为"新现实时代"，在很多方面，美国已经变了，它

---

① 盖洛普（1901—1983），现代民意调查研究的创始人之一，盖洛普民意调查以其准确性和权威性在世界各地享有极高的声誉。它涉及人们社会生活的各个方面，其中有关政治领域的调查以其敏感性和新闻性更受到人们的注意。

与过去我做记者时的那个美国已经完全不同了。

美国人取得资讯和观点的方式发生了深刻的改变。竞争再也不能被忽略了，它以一种我们以前没有想象过也没有认识过的形式来临了。

而发行量继续滑坡，固有的广告收入市场中的争夺变得白热化。"是什么出了错?""什么战略能使报纸重新焕发活力?"的问题经常在新闻发布会和报纸的商业部里面被问到。

从表面上看，大多数美国报纸占据着垄断地位。但其实这是一种误导。并不是只有一家报纸可以刊登新闻和发布广告。在大都市，主导性的报纸通常只有 20% ~ 40% 的利润，也就是说，竞争对手可以拿 60% ~ 80% 的钱。今天报纸需要奋力竞争，才能达到大多数报纸所有者提出的"利润超过 20% "的目标。

利润收入的压力在很多报社里是巨大的——这不仅仅因为报纸所有者需要保持他们优裕的生活。自从甘乃特集团于 1967 年在股票市场上市，大多数报业集团已经为大众所持有，而且大多数必须屈服于短期盈利的压力。

一个报业公司在华尔街的命运不仅依赖持续的营利能力，还有很多和报纸本身无关的因素。而老报人们判断一张报纸是否成功的标准，正是它的新闻报道得怎么样。

实际上，在市场关心的范围里，新闻本身确实算不上一项指标，甚至于媒体组织也如此判断。去年 12 月，甘乃特集团在波士顿媒体会议上做出股票市场的预测分析，令人难以置信的是，"新闻学"这个词，居然在其发言中一次也没有出现过。

所以报纸开始将更多注意力投向经营和市场。定位、调查、态度研究、读者心理——这些事项现在是一个主编必须注意的。由市场和经营顾问带来的新理论开始涌现，并以之来判断读者需要什么,或者如何发现潜在的需求。

这一切加剧了混乱。一份报纸的目的究竟是什么?报纸开始学习适应。它们试图通过网络化和与读者互动来获得新生。

它们寻求新的做新闻的方式来拯救自己。一些主编开始接受叫作"城市新闻"的观念,这种观念中,报纸成为城市或者社区政治生活中活跃的参与者。追求感官效应的新闻成为大生意,即使是令人尊敬的新闻组织也都开始追求感官新闻。你可能听过infotainment(娱乐信息)这个词——它是 information 和 entertainment 的组合。

所以,我们在混沌面前感到迷惑、混乱。我们正处在怎样的时代里?现在是商业信息时代吗?娱乐商业时代?讲故事的时代?互动时代?我想以上都是。基本上来说,我们还处在新闻时代里。但即使是这样简单的论述都会引起争论。我们在硬新闻、软新闻,还是定制新闻的时代?我们是否正在用地方性的新闻代替全国性的或者全球性的新闻?

这种价值混乱,我相信会是美国报业史上最严重的一次。职业文化的转变使新闻业实际上已遭到严重的挫折。

我不知道在亚洲的具体情况怎么样,在亚洲很多地方,现代新闻的传统仍然在发展之中。我猜,在香港,报社长期受西方新闻理论影响,所以记者编辑的理想与报纸持有者的物质需要之间的冲突也十分紧张。

让我们看看现在美国报纸面临的结构转型压力。新闻报纸现在有三个对手:一是要与读者的休闲活动、有工作的父母的家庭责任等竞争,争取读者的阅读时间;一是要与那些压缩对报纸需求的因素竞争,包括阅读人口的改变、文盲状况、对新闻的不关心、报纸阅读习惯的缺失等等;当然,最显而易见的竞争对手,是

　　　　　　　　　　　　　　　　　　　流年碎影

想取代报纸成为新闻和广告的第一来源的其他媒体形式。

众所周知,人们通过邮件、电话或者互联网来购物的情况已日渐增加。这都减少了人们对报纸的依赖感——在过去的时代,报纸是理所当然的选择。而现在,人们把越来越多的时间花在了报纸以外的其他媒体上。

维罗尼斯·苏勒合伙公司(Veronis, Suhler & Associates),一家为投资银行进行媒介咨询的机构,在其 2000 年的报告中称,到 2004 年,美国人每天平均要花 10.4 小时在消费型媒体上。这个数字在去年是 9.3 小时。10.4 个小时,已经是每天 43% 的时间了。它说明一般人将花那么多的时间听广播或者看电视、上网、玩视频游戏等,当然也包括看报纸,但这部分正在萎缩,因为其他形式在增长。在竞争消费者的时间方面,报纸做得并不好。

同样,在和互联网竞争消费者的花费方面,报纸也做得不好。尽管几乎所有大报纸和大部分小报纸都有网络版,但事实上它们没有一家盈利。鉴于网络版的潜力,为了保护分类广告不被网络竞争对手分流,没有一家报纸敢放弃这个阵地。但是,问题很简单:如何使人们为那些他们习惯于从互联网上免费获取的信息付钱。

另一个结构转型必须解决的问题是,美国的报纸读者正在老龄化,而年轻的新读者并没有更替上来。最近由权威的《国际贸易杂志》(Trade Journal)做的一项调查显示,报纸总编和发行人发现,60% 以上的读者的年龄在 45 岁以上,其中大多数忠实读者是 65 岁以上的老人。在 18～34 岁这一关键族群中,只有 20% 认为他们还会经常读报纸。

老化的读者群折射出美国社会的变化。人们在改变。从 1980 年起,在外国出生的美国居民数目已经增加了一倍。在我的家乡帕罗阿托,学校里的儿童在家时说的语言有 35 种(除英语外)。

家庭也发生了改变。从 1980 年起,不结婚而组成的家庭数目增了三倍,这些家庭很少有孩子。

工作场所也发生变化,工人越来越多。从 1970 年起,参加工作的妇女数目已经增了两倍多。

公众的教育程度有了提高,在过去的 15 年,工厂中 25 岁以上的劳工中拥有大学学历者所占的百分比,差不多增了两倍。

美国人购物和休闲的方式也改变了。过去人们经常去市区的各种小商店购物,报纸的广告收入正是以之为基础建立起来的。今天他们去沃尔玛,但沃尔玛并不在大的日报上做广告。实际上,从 1915 年起,当第 100 万辆汽车从生产线上出厂时,美国传统风格的市区已经不复存在了。

这些都对报纸有所影响。哪种经营方式能对变化中的消费者适用?应该向日益减少读报时间的大众传递什么样的内容?他们受过良好教育而且比以往更加老练,他们的国别来源相当多元化。什么法宝能使报纸留住老读者,赢得新读者?

还有一个问题——公信力。没有公信力,我们的报社无法生存,更别说欣欣向荣了。25 年前,就像我刚才讲的,盖洛普调查表明,70% 的人们对媒体表达了信任和信心。

但是,最近由楼·哈里斯(Lou Harris)进行的调查发现,只有近半的人认为报纸报道的事实是正确的,三分之二的人认为不公正,四分之三的人认为有偏差。这些数字表明,不管你报道得多么好,很多读者仍然简单地认为报纸不值得信任。

这是美国报纸在结构转型中碰到的问题。它们是黑暗的、相互关联的、复杂的和可怕的。

这种结构转型不易立刻被人们察觉。它们潜伏在阴影里,虎视眈眈地盘踞着,可能将要发起突袭。而新闻人却浑然不觉。

如果说这些结构转型的压力不能引起全亚洲新闻人的共鸣,我会非常吃惊。我知道,在这里,和其他地方一样,媒体公信力和公众对媒体的尊重是很严肃的问题。在一些地方,公众对媒体的异议使政府很方便进行媒体控制。在这方面,报社和政治权威之间的关系,是一个结构性的命题。

发行压力,虽然是可以定量分析的,会计师能够了解,紧张地观察股票市场的经理们也都知道。但当这个压力变得很重,就像现在很多报纸面临的一样,它会引起恐慌。

发行通常是报纸生存环境的一部分。当经济在往前冲刺时,工厂开足马力生产,消费者任意地花钱,报纸就像其他产业一样,也发展良好。当经济发展放缓,或者进入萧条期时,工作职位供不应求,人们停止花钱消费和娱乐,报纸也赚不了钱。

我不想在这里给大家太多硬生生的数字,但需要一些数字来说明现在的发行压力。最疯狂的是下岗现象,数以千计的新闻人在公司压缩成本的名义下失业。在五大新闻公司——纽约时报、奈特里德新闻集团、道琼斯(出版《华尔街日报》)、论坛报公司(《芝加哥论坛报》《洛杉矶时报》)、甘乃特,大约共 5 000 名记者被裁减。报纸的士气因此受到很大的影响。

现在,新闻机构确实在经历过去没经历过的问题。在今年的头 3 个月,报纸广告收入比去年降低了 4.3%,发行继续在走低,虽然这已经不是新闻了。这个数字每年下降 1 个百分点。利润同样在滑坡。公众持股的媒体公司,包括大多数的美国主流报纸,利润在第 1 季下降到 18%,比去年 23% 的水平低了 5 个百分点。

这些就是发行压力，必须受到关注。事实上，媒体行业出现了大量的下岗和员工裁减、质量下降的情况，其紧缩已经显得有点过分了。

虽然美国经济增长确实放慢了，在我居住的硅谷地区，高科技产业受到了重创，但事实上，美国经济仍继续在发展。失业率仍然很低，通货膨胀几乎不存在。从历史标准来讲，美国经济仍然相当强劲。

报纸产业本身同样保持着强劲势头，今年第 1 季的利润率比去年低，但仍然远优于工业的水平。甘乃特集团在第 1 季取得了23.2% 的增长。这几乎是标准普尔统计的 500 家工业公司的平均水平的 2 倍——它们可都是领先的公司。

是什么导致了报纸的反应过度？是不是它过于恐惧了？是不是它太贪婪了？或者是其他的原因？答案可以在报纸日益增长的商业性中找到，它们大多数是华尔街上市公司集团中的一员。如果股价不走高，投资者将转移他处，而在缓慢增长的经济中，减少费用支出是使股价走高的合理办法。

这些挑战都很严峻，就像我说过的一样，这是美国报纸的考验时刻。但我也提醒你，我仍然对报纸持有乐观态度，虽然不论是我还是其他人都没有有效解决这些问题的办法。

发行量逐年下降，5 500 万读者仍然是这个产业雄厚的基础。报纸并不是正在消失。其次，尽管有很多困难，但报纸仍然由一个悠久而光荣的传统在支撑。那是一个巨大的力量来源，即使最坏的奸商也能认识到其重要性。至少他们嘴上是这样说的。

我不想忽视发行压力的严重性，很大的原因是人力成本的压力。这个紧缩来得太快，影响太大，而盈利的期望和要求又太高。

发行的压力在亚洲是怎么呈现的呢？和美国有什么不同呢？

在香港,媒体之间的直接竞争会更激烈,带来的市场震荡会比美国更直接而剧烈。如果经营者集中精力,可能事情会好转,但在这瞬息万变的竞争中,可能有不同的发行思路。在大集团里的新闻组织容易发现,新闻的顺位远远摆在追求利润之后。

尽管这一切都存在,但我并不想对报纸下宿命的论断。我有相当大的自信。事实上报纸比起过去已经管理得更好、更技术化。它们正在多元化旗下产品,并不是原地不动,它调整自身来适应结构转型的挑战。美国经济将会进入大萧条吗?可能会,也可能不会。但报纸以前也经历过困难时期,它们仍承受得住。发行压力的环境不断反复,稳定的产业,像报纸一样,则能安全渡过难关。

纸媒的网络版目前确实没有取得成功,也没有可广泛复制的商业模式,所有的报纸都只是往里面撒钱。但好消息是,报社已经省悟,不再把内容免费给那些网站了。在整个行业中,以网络为基础的报纸正在实验其营利模式,有一些将会成功。

社会的转变——人口、工作、雇佣模式、休闲活动、家庭结构——都给报纸制造了难题,但同时也创造了机会。在我住的地方,有一大群越南侨民,于是《圣何塞水星报》现在专门为他们做了一张报纸,叫《越南水星报》(*Viet Mercury*)。

这些只要求尽心尽力去做。如果报纸通过加强内容、增加发行、加强自我宣传来应对转变,可以吸引到新的读者并留住老读者。如果它们创造新的信息形式和渠道,增强与读者之间的互动,来应对技术革命的时代,它们将吸引新的读者并增强老的读者。

现在我来讲讲心理挑战这部分,这正是那第四个骑士所代表的“恐惧”。我已经谈到了转变、动荡以及道德观的混乱。不能和转变做抗争,但可以自我调整来适应它,跑到它的前面。你能够从混乱中找到秩序,只要全方位理解碰到的问题。同样,你也能够驱散道德观的混乱,只要产生新的目标和使命感。如果能做到这些,就不必带着恐惧面对未来。

我引用孙子的话来说:"知彼知己者,百战不殆;不知彼而知己,一胜一负;不知彼不知己,每战必殆。"如果你对自己一点都不了解,你将每战必败。我确信我们仍然处在新闻时代。这是我对自己和我的职业的理解,这也是为什么我忧虑,但我却不害怕。

我们正处在这样的时代——收集新闻,并加以清晰、公正、易懂以及聪明的报道,不带恐惧或者奉承,就像《纽约时报》宣称的那样;我们正处在这样的时代——对新闻做出专业的判断,什么是重要的,什么只是表面化的、感官的、粗俗的;我们正处在这样的时代——训练品味,能够在垃圾面前分辨它是垃圾;我们正处在这样的时代——以崇高的伦理标准来做我们的工作,所以我们不利用人,不欺骗人;我们正处在这样的时代——独立并与权力分离,无论是政治权力还是商业权力;我们正处在这样的时代——崇尚突破性的新闻故事,就像很久以前伦敦《泰晤士报》说的,报社靠揭露而生存。

一言以蔽之,我们正处在这样的时代——力求精确。如果你不精确,没有人会相信你。很多新闻实践建立在精确的基础上:查证、坚持、怀疑、彻底。没有精确,所有的信任都将丢失。

好的新闻有赖于稳定和持久的世界观。从 1907 年起,创立了传媒业最著名的新闻奖项的约瑟夫·普利策(同时也是《圣路易斯信使报》的创始人)的话便一直印在这家我效力过的报纸版权页上。他如此描述报纸的长远使命:

> 永远为进步和改革而奋斗,永不忍受不公和腐败;永远与各党派的政治野心家做抗争,永不属于任何党派;永远反对特权阶级和掠夺民众的人,永不对穷人缺乏同情心;永远献身于公众事业……

永远,永不,永远,永不,永远,永不。这些指令和下一季的盈利报告无关。长久以来,美国的报社认为最大的敌人是政府的暴政。现在,第一次,很多新闻人可能认为最大的敌人是市场的暴政。

我谈的这些可以在我们的传统中找到。太多的发行人和太多的主编已经或多或少忘记这些东西了。

在我所说的“新传统主义”方面,最大的进展是“关心记者委员会”的成立,它和“优秀新闻工作者项目”密切相关。这个委员会源于几年前一些高级编辑碰到一起开会讨论媒体公信力的缺失。编辑们发现,在很多方面,他们相信公信力的丧失是合理的。

委员会主席比尔·科瓦奇,同时也是哈佛大学尼曼基金会的前监护人,他写道:“除非收回自由办报的理念,新闻人才会冒险让他们的职业消失。”

科瓦奇和汤姆·罗森泰尔,分别是《洛杉矶时报》记者和“新闻优秀工作者项目”的总监,他们合写了一本《新闻的要素》。我认为它是近几年来最有影响力的媒介书籍之一。作者列出他们认为新闻人应该具备,并可借此重新获得信心最基本的要素。我强烈推荐,这些理念都应该被奉为基本原则来执行,它们对亚洲和香港的记者同样重要。

我总结了他们的评论并加上我的一些想法,归纳出如下的9条原则:

（1）新闻记者的第一义务是真实。（没有精确，就没有真实。）

（2）新闻首先需忠诚于公民。（也就是说，为了公众。新闻并不是为记者而忠诚，而是为了新闻的读者而忠诚。）

（3）新闻的基本要素是规范的再三查证。（规范、查证，这些是我们常用来锻炼新记者的，现在必须重提。）

（4）新闻的实践者必须坚持报道的独立性。（这可以认为是对某些现象的批评，比如报社与所报道的企业成为合作伙伴。）

（5）新闻必须成为权力的独立监视器。（"永远保持彻底的独立性"，约瑟夫·普利策说过。"看门狗"媒体和政府的关系必须永远是紧张的。）

（6）新闻必须为公众的批评和妥协提供一个平台。（换句话说，报社必须是有责任的。把批评抹开，并宣称"我们只报道我们的新闻"的时代已经过去了。）

（7）必须努力做"重大""有趣"和"相关性"的新闻。（这是对优秀的严肃主题报道的号召。做真正重大、有趣的报道，与把垃圾和琐事做成重大新闻的做法截然不同。）

（8）新闻必须易懂而具有美感。（这是对感官主义新闻的批判，它们在宣扬犯罪、性、"狂欢周"时忽视了所有的美感。）

最后，第9条，新闻从业者必须遵从他们个人的道德良心。（这实在太过浅显易懂却又如此深刻，我无法再附加什么东西在上面。）

无疑，这些原则容易使我被归类到新传统主义者一列。但我并不自认是一个新传统主义者。我自认是一个永远不失信念的旧传统主义者。

数年前的新闻现在大部分已经遗落在路边。不是所有过去的东西都值得保留,除非新的观念能够与我们的职业合为一体,不然就应该埋葬。

但我想说,这些原则和传统已经支撑了新闻业很多年——精确、公正、客观,以及其他值得一直保留的基础观念。负责任的新闻业正是在这些原则和基础上建立起来的。

一天晚上,我在堪萨斯城的启蒙编辑对我说:"比尔,就写发生了什么。"当时我正在为怎么写一个新闻故事而头痛。"就写发生了什么",我一生的新闻教育可以浓缩成这几个单词。

事实上,这个原则听起来简单,执行起来却很难。写"发生了什么",要求对事实进行严肃的探索。如果你尽最大努力去写发生了什么——不是"可能"发生了什么,也不是为了编好故事"认为"已经发生了什么,更不是你身边的其他记者说发生了什么——你必须尽最大努力去描绘已经存在的事实,尽最大的努力去做负责任的新闻。

"关心记者委员会"所做的种种努力,以及收到的回馈效果,让我感到希望:我们正处在新闻道德觉醒以及为古老而光辉的原则重新献身的边缘。当这些努力成功了,将不会再有混乱,不会有道德感混淆,而会有一些我们所期望的改变,没什么好怕的。当这些努力成功了,新闻业的前景会好起来,报纸也会重新变得强大。

新闻的"正常事故"

通过探讨报社是怎么失败的理论,记者将更明白在编辑部里发生了什么事情和为什么会发生这些事情。

当《纽约时报》在 2003 年春天经受重创,①引爆了一连串破坏性事件时,我和别人一样对此叹为观止。谁也没有想到一个资历极低的记者,竟能长期明目张胆地蒙骗这家大报,而他的解雇竟导致了一系列反应,先是一位得过普利策奖的知名记者离职、编辑室天翻地覆,后来导致两位最高层编辑因此请辞,《纽约时报》出版人也为此蒙羞,就在东窗事发前一天,出版人还表达了他对执行主编的信任。

它确实发生了,不是每天发生,但已够频繁。很多新闻机构因为忽视或误读大量的预警信号而遭遇困境。

---

① 2003 年 4 月,《纽约时报》一位名叫贾森·布莱尔(Jayson Blair)的 27 岁记者被查出大肆编造独家新闻,在多篇新闻稿中捏造、抄袭以及报道与事实有出入的行为。这一事件成为《纽约时报》创刊 152 周年以来爆出的最大丑闻。

像《纽约时报》一样,其他新闻机构也被迫处理一些无法预见的、看起来没有关联的事情,但还是无法解决问题。这些例子在细节有异,不过我们还是可以分析这些机构在出现问题前的共通性、该机构在出现问题时的反应,以及问题是如何失控而蔓延的。

"正常事故"理论

几年前,我开始进行"正常事故"理论的研究时,看到了威廉·朗戈维奇(William Langewiesche)在《大西洋月刊》上发表的一篇关于大型客机在佛罗里达湿地坠毁[①]的报告。ValuJet 592客机因货仓氧气罐爆炸而着火,引起飞机坠毁的真正原因或许更复杂。朗戈维奇认为这次坠毁是由一系列复杂的原因造成的,责任方包括:政府放宽管制后出现的新型航空公司、为 ValuJet 型客机提供服务的承包商、负责监管的政府部门。他总结说,空难是那些组织系统里的理论学者们所说的"正常事故"。

在某些机构里,事故被认为是正常的,这听起来真有些自相矛盾。这些机构组织总是复杂地相互关联着,它们的运作系统联系非常紧密,没有多少防御的空间。

新闻机构不像核电站、石油化工厂或大型客机那样涉及高风险的技术。新闻机构出事,尽管公信力会受打击,并因此对社会造成损害,但不会有死亡和毁灭性的后果。"正常事故"理论的要点,并非都适用于新闻机关,但是,这个理论足以被用来分析美国新闻机构发生事故的缘由。

在《宪法第一修正案》的保障下,媒体是一个独特的行业。但

---

① 1996 年 5 月 11 日,美国 ValuJet 公司的一架编号为 592 的 DC -9 客机从迈阿密飞往亚特兰大时,坠毁在佛罗里达州,造成 110 人死亡。

在某些方面，它又与其他一些易于发生"正常事故"的行业有相似之处。如果新闻人不能认识到这一点，他们不能解释为什么会一再出错，他们不仅没有能力阻止灾难的发生，而且不能很有效率地为《宪法第一修正案》服务。

贾森·布莱尔在《纽约时报》的所作所为不是"事故"，而是"故意"的。这个说法也适用于在其他新闻机构发生的灾难。它们不是我们通常所理解的"事故"，而是诸多违规行为的结果，如剽窃、缺乏判断力等其他新闻工作者的不当行为。

了解"正常事故"理论的人，对布莱尔事件以及其他新闻机构发生的问题并不会感到陌生。"正常事故"理论虽然不能解释每一件事情，但可以解释大多数事情。

1993 年，道格·安德伍德（Doug Underwood），前甘乃特报业集团记者，写了一本名为《当 MBA 统治了编辑部》的书。"实质上，"他说，"为了解决他们的难题，报业的工业化已使新闻从业者适应了公司化的管理和用市场营销的办法来解决问题的做法。"在接下来的几年中，新闻业管理的力度之大，是前所未有的，但是，我们还是看到灾难遍地开花。

大大小小的新闻机构走向低俗。它们剽窃、窃取信息或者售卖信息，用小说式的虚构来代替事实讲故事，摧毁性地打破新闻与商业之间的防火墙，在网上张贴刺激感官但虚假的信息，或者难堪地做出像 CNN 和《时代周刊》那样的关于美国在中南半岛使用神经毒气的虚假报道，以及《圣路易斯水星报》指控 CIA 将可卡因引入内地城市的"黑暗联盟"系列等等大篇幅而虚假的报道。

这些现象之间有没有某种联系呢？我们是不是可以从媒体的管理、结构和新技术等方面出现的问题中找到一些解释？

新闻编辑室的疏漏与失误

"正常事故"理论是在 1984 年由耶鲁大学社会学家查尔斯·佩罗（Charles Perrow）在其著作《正常事故：与高风险技术并存》（*Normal Accidents：Living With High-Risk Technologies*）中正式提出的。他所界定的很多"正常事故"的特征，都是新闻机构常见的问题。然而佩罗并不是第一个用新方法来调查正常事故的学者。1979 年，英国的社会学家巴里·A. 特纳（Barry A. Turner）在英国做了一个关于 84 起事故的研究之后，出版了一本《人为灾难》（*Man-Made Disasters*）。特纳指出了两种在媒体中常见的事故现象。

特纳观察到，人为灾难不是突然发生的。它们有一个潜伏期，那是一个不被人注意的问题累积时期。这样的潜伏期，在新闻领域当然也存在。

举例来说，《波士顿环球报》的专栏作家帕翠西亚·史密斯捏造了一些人和事，在 1999 年被迫辞职。她的求职履历里可以看到很多警告信号，有一些还可以追溯到 12 年前她为《芝加哥太阳时报》工作时，但是主编置之不理。

其次，特纳发现相关的细节经常被大量无关的信息所掩盖。人们走路时，不会闭着眼睛。但是特纳说："你看到某些东西的同时，意味着你没有看到另一些东西。"在一个实例中，特纳发现没有人看过那份本来可以阻止一场致命的铁路事故的备忘录，因为它在行政系统里被认为是"废纸"。

贾森·布莱尔的费用支出账户中的信息自相矛盾，是一个重大的线索：他从未去过那些在他的报道中出现的地方。在他交上来的费用支出中，比如说，说是在华盛顿吃的一顿饭，他却交来一张纽约布鲁克林的餐馆的发票。但是问题在于,费用支出账户经常几个月都不被注意。而且他的报账发票不是由了解他的工作情况的编辑审核的,而是给一个行政助理看的。

另一个例子是,在某个利益分配的协议下,《洛杉矶时报》在1998年10月,决定将其《星期日特刊》改为斯坦普斯(Staples)体育中心的特刊,作为一个营利部门之前的计划阶段。主编们参加了会议,在那里可以发现很多交易的线索。根据报纸批评家大卫·肖的叙述,在某个会议上,一份23页长的文件详细地描述了工作的安排,包括"收入机会"等等。23页的商业文本对工作繁忙的记者来说,确实是废纸一张。

特纳的著作在美国并没有引起多大的注意,但佩罗的书的重要性很快便被广泛认识到。他写道,正常事故发生在那些内部关联复杂,而且系统紧密连接的组织内。在那种情况下,"多样性的不能预期的交互式失败将无法避免"。

不是所有的核电站都会有严重事故。但从自然本身来讲,事故总在某时某地难以避免地发生。不是所有的报纸都会发现它的记者编造故事、抄袭,或者向低俗小报贩卖消息。但是编辑部的组织和管理方式,意味着灾难有时是难以避免的。

媒体在今天已经具有复杂关联的特征了。日益增长的对技术的依赖性(包括平面、网络、广播电视等媒体)需要这种特征。即使不是这些技术的原因,随着编辑部本身的发展,团队报道制度的传入,中层管理者权威的分散,媒体已经变成一个复杂的地方。权力下放能够将观点透视和报道的权力,从小的单位带到大的新闻项目里。但这种合作的要求更高,而且每个部门只做着自己整理的一部分,对问题失查的可能性就增加了。

1998年CNN和《纽约时报》的顺风(Tailwind)报道宣称,美国在老挝使用神经毒气。杂志和网络的联系代表了媒体之间出现一种新的关联复杂性。《纽约时报》在这个计划中只挂了个名，但在准备中却参与很少。CNN 想进行大量调查，却配备得很差。《纽约时报》自身的事实确认系统也太迟钝了，编辑过于相信 CNN 出具的一份摘要，以为他们进行了充分的调查。而 CNN 也从未向军事专家咨询。《哥伦比亚大学新闻评论》的报道称，美国 CNN 的领导也只是在节目播出后才读了这份 156 页的简述文件。

忽视警告和编辑部的其他问题

贾森·布莱尔在《纽约时报》工作的日子里，陆续待过至少 4 个独立的部门：实习部门、大都会部门、体育部和国内新闻部。它们是互相联结的，并与中心编辑部连接。但是许多漏洞把预警信号给淹没了。比如，曾有一份内部报告就建议不要再让布莱尔写稿。[①]

作为"事后诸葛"，我们很难相信这样的警报会被忽视。虽然"正常事故"理论教导我们：警报通常很少引起注意。像朗戈维奇说的："墨菲定律"错了。佩罗也指出，那些能出错的，却几乎总不会出现问题。否则谁会坐汽车呢？更不会有人坐飞机了。

不论从哪点来说，佩罗的观点都不比波士顿大学的社会学者黛安·沃恩（Diane Vaughan）的观点更具说服力。她 1986 年研究火箭灾难的著作《"挑战者号"的发射决定：NASA 冒险的技术、文化和违背常规》，值得所有编辑和出版人读一读。

---

① 《纽约时报》都市版编辑乔纳森·兰德曼（Jonathan Landman）2002 年 4 月曾经发了一封电子邮件给新闻部的行政管理层说："我们必须立即阻止贾森为时报写稿。"

航天飞机爆炸是因用于密封火箭发射引擎末端的 Viton 牌抗高温、耐腐蚀的 O 型橡皮环破损引起的。发射前，就有人担心，在 1 月份佛罗里达寒冷的天气中，这种 O 型环是否撑得住。尽管工程师们满怀疑虑，但任务还是照常执行。"挑战者号"爆炸时，造成 7 位宇航员丧生。然而，沃恩发现，在前几年的 9 次航天飞机发射中，就有 7 次发现 O 型环出现问题。"墨菲定律"错了，因 O 型环而应该出现的错误，却并没有出现。沃恩创造了一个新短语"异常的正常化"（the normalization of deviance），这一说法也适用于编辑室。

简单来说，当职业标准日益走下坡路，而实践中"可以接受"的范围不断扩大时，"异常的正常化"就发生了。当可能出错的事却正确了 7 次或者 70 次，我们便愿意再去试试它。而下一次，火箭可能爆炸，或者 10 亿美元的诽谤案就会降临到我们头上。

新技术把编辑部结合得很紧密。在现场拍摄的照片通过数码编辑系统传输，主编只在电脑屏幕飞快地看了看，它们就直接被登到报纸上去了。数码时代技法高明的假图片，像《洛杉矶时报》的摄影师布赖恩·沃尔斯基（Brian Walski）合成的伊拉克图片（他因此而丢了《洛杉矶时报》的工作），比他在暗房冲洗出来的图片更有可能获得顺利通过。

在网络媒体的压力下，编辑们会纷纷去贴那些未经验证的消息，以最快的速度到达读者那里。如果那些材料是假的，就像《达拉斯新闻晨报》和《华尔街日报》在克林顿与莱温斯基丑闻中所做的一样，报纸的公信力会在数百万的受众面前遭到尴尬的破坏。

布莱尔被揭露后激起了大家的愤怒，这也揭示了另一个问题。虽然《纽约时报》努力超前于新闻事件，但互联网上的新闻帖（尤其是在金·罗曼斯科的网站）会在第一时间给出鲜活的资讯，这促发了报纸去传播流言。朱迪思·米勒（Judith Miller）在伊拉克的报道使《纽约时报》面临着挑战。《纽约时报》的工作人员传出消息说，执行主编豪威尔·莱恩斯（Howell Raines）的管理方式引起了公愤。互联网让情况更白热化，成为了莱恩斯和编辑主任杰拉德·博伊德（Gerald Boyd）最终辞职的重要因素。

和"正常事故"理论相反，"高度可靠"理论认为，保持一种充分安全的系统，并且维持强大的组织文化，能够彻底地减少事故。航空货物操作和核武器管理证明这个理论十分有效。不幸的是，这个理论并不适用于新闻业。

编辑部中的异常变成正常化

斯坦福大学的政治学者斯科特·D.萨根（Scott D. Sagan），在他的书《安全的局限：组织、事故和核武器》中写道，要达到高度可靠，组织必须保持"一个强大的组织文化——以强烈的社会化方式和严格的纪律，与广泛的社会问题相隔绝……"很少有编辑部能够符合这个要求。航空货运的所有工人能够进行撞机训练，直到每个人确切知道该怎么做。有多少报纸能够或者应该每周执行全体员工反抄袭训练？

萨根描述了理论家们所称的"垃圾桶"组织。我想有些新闻机构也适合这个称呼。在"垃圾桶"组织的模式下，组织经常缺少明确一致的目标。发行人、主编以及都会版的助理主编在处理一个敏感故事时，可能对报纸的使命甚至他们各自的责任有不同的想法。"垃圾桶"组织使用"不干净的技术"，技术的过程是不为集团内部的所有成员所知晓的。网络版的主编可能只知道什么应该放上网络，记者就不懂这块了。在"垃圾桶"组织里，决议的过程非常不固定。"参加者来了又走，有的对会议内容予以注意，有的不管不顾,关键会议可能被毫不相干的、没有通知到的甚至不感兴趣的人主导。"什么记者没有在这样的编辑部干过?

"垃圾桶"组织也是"正常事故"的主要参与者。当事故发生时,机构都做出分析来龙去脉的架势,为求自保而去调查犯错人是怎么造成这个错误行为的,却不是去认识机构本身做错了什么。这样的分析通常以高傲地重申组织的价值作为结论。害群之马已经被查出来了,一切又都好了。

"做这事的人是贾森·布莱尔,"《纽约时报》发行人阿瑟·舒尔兹伯格(Arthur Sulzburger, Jr.)说,"不要把我们的执行队伍妖魔化。"实际上,舒尔兹伯格的麻烦才刚刚开始。

安全措施本身通常会导致"正常事故"的发生。就像萨根指出的一样,俄罗斯切尔诺贝利核电站的事故是因为他们在测试一套新的安全系统。在《纽约时报》的"大火"中,就像我们之后看到的,至少两个重大的安全措施没有成功灭火,而且还把事情弄得更糟。

有一次,职员把校样传给流程编辑。流程编辑通常要在编辑之前和编辑过程中仔细阅读校样。那个校样是关于一个全社会强行执行的典礼。但显然流程编辑们并没有认真工作,因为他们根本不会去好好看那些堆积如山的校样。如今在很多编辑部里,校样经常丢失——经常是因为预算的原因。

标准降低了,通常情况下并不会导致出错,但流程编辑忽略的小小错误,可能导致重大的后果。1999 年,美国报业编辑协会(ASNE)的信用项目报告指出:"小错误破坏公众对报社的信任,公众能在报纸中找到一大堆的小错误。"

《洛杉矶时报》的例子可以说明标准的大幅度降低。在马克·米勒于 1995 年成为执行主编之后,他宣称他将砸掉新闻与商业之间的防火墙:"如果必要的话,甚至要使用火箭筒"。尽管他说得天花乱坠,但这个想法很难成功实现。从那时开始,"全报经营"的概念已经存在于很多新闻机构。在关于《洛杉矶时报》报纸发行中心的报道中,媒体批评家大卫·肖解释了为什么记者们需要很长时间来认识到发行中心对报纸的诚信存在着严重威胁。

肖写道:"从写下第一个字母到最后的爆炸,最重要的原因是,这是一个逐步而阴险地对报纸进行改变的过程。很多编辑部已经习惯了在编辑过程中受商业考虑影响,他们变得对之不敏感,而且士气低落。"逐渐地,商业"入侵"也从异常变成了正常。

1998 年的克林顿与莱温斯基丑闻,提供了大规模集体式的"异常的正常化"的好例子。大家一度都将职业标准理解为报道必须有真实来源。如果消息不得不匿名发布,则规定必须有两个独立人士确认此事。"关心记者委员会"发现,在这个丑闻最初的关键 6 天里,只有 1% 的论述是根据两个或者更多的具名消息来源提供者,40% 的报道都是在匿名基础上,而且只有一个信息来源。

最可怕的"异常的正常化"还包括了编辑们对错误警觉性的降低。每个编辑都会说准确性是第一位的。但看看贾森·布莱尔、帕翠西亚·史密斯、麦克·巴尼科、珍妮特·库克、史蒂芬·格拉斯和鲁斯·沙里特,这些明目张胆地盗窃别人的文字以及造假报道的人,他们的共同点是什么?

一切都是因为他们的叙述能力,他们"讲故事"的能力,没有人以他们的报道能力来判断。像《纽约时报》前驻联合国分部主任芭芭拉·克罗塞特最近写的:"文笔好的报道现在能在新闻机构里快速得到最多的奖项。"

优美的文笔与扎实的写作应该并不冲突。但记者们面临要有"真实人物"的压力,要提供生动的细节,于是经验不足的记者用表现代替了表述,却因此获得肯定,这是很危险的。

在《新闻价值:信息时代的理念》这本书里,讲坛出版公司总裁和首席执行官杰克·福勒写道:"不能达到'准确'这一最低标准的记者不能被重用……"《纽约时报》的编辑们应该同意这一点。但是,尽管布莱尔写的报道中出现了那么多令人惊愕的错误,他却很受重用。

贾森·布莱尔和《纽约时报》

布莱尔的案子显示了"正常事故"是如何适用于新闻业的。我之前提到的互相关联的复杂性以及紧密联系的特征,使得组织容易发生"正常事故",这种事故就发生在《纽约时报》了。我也知道"正常事故"理论也不全然能解释这个案子的各个方面。

布莱尔,一个22岁的非洲裔美国人,1998年在《纽约时报》实习,一年后成为全职记者。他没有大学学历。在马里兰大学新闻学院进修以及后来在《波士顿环球报》实习期间,他成为一个争议性的人物。《纽约时报》的编辑觉得他聪明、帅气,看起来很坦率。报社显然以为他已经大学毕业,对他的背景调查做得马马虎虎,警报信号被排除,但问题正在酝酿。

布莱尔在《纽约时报》实习的项目,是想使一些少数族裔的记者进入编辑部。布莱尔后来能够以假冒的实践经历通过检查,也是因为他的种族。不过《纽约时报》后来否认了这点,从这个分析来说,他的种族并不是很重要。

需要重点观察的是,多元化已经成为新闻机构行事的一种价值观。它成为一种操作系统。某些新闻机构对多元化有着定量要求,而且被合并到经理的赔偿金项目里,成为新闻报道里的一个关键元素,如果没有它,新闻报道可能被认为不完整。作为一种操作系统,多元化也成为相互关联的复杂性的一环。

布莱尔进入报社后,他写的一些报道得到了高度赞扬,尽管文章里有一大堆待改的错误。到 2002 年初,他的表现引起报社里一些人的注意。大都会版的主编乔纳森·兰德曼,就曾发出警告,建议停止使用布莱尔为报纸写稿。

由于这些缺点,他短期地离开了报社。当他回到报社时,《纽约时报》用一种"严爱"的方式对他,编辑们发现他的工作态度严谨了些。报社认为这种安全措施已经成功了。但其实没有。编辑们对他恢复了信心,这给了布莱尔更多的机会来背叛这家报纸。布莱尔被安排到体育部,后来,他被送到华盛顿去报道突发新闻。在那里,他就报道过假新闻,也遭到了控诉,但却不见效。[①]

4 月底,《圣安东尼奥新闻快报》指控布莱尔剽窃了他们的一条得克萨斯州某名妇女的儿子在伊拉克失踪的新闻,他终于露出了狐狸尾巴。最后,报社针对这件事,对这个年轻记者的工作进行了调查。结果发现他不仅剽窃,还捏造了一些事实和一些信息来源,然后精心制作长篇报道,他假装他在城市调查后写出报道,而实际上他并没有去现场。

贾森·布莱尔被解雇了,很快,《纽约时报》刊发了一篇关于

---

① 布莱尔调到国内新闻部后,去报道当时极为敏感的华盛顿连环狙击手案件。在这一案件的报道中,布莱尔在仅仅 6 天的时间里就完成了一篇关于被俘的嫌疑犯的头版报道。他声称这一消息是一位未透露姓名的执法人员告诉他的。之后,他又继续编造了另外一名案犯的犯罪行为。两篇报道发表后,华盛顿警方对报道的"严重失实"提出了抗议。但高层对此置若罔闻。《纽约时报》执行总编辑瑞恩斯甚至声称布莱尔拿到了独家新闻,有些人是因为事实真相被揭穿,恼羞成怒才抱怨的。

布莱尔的所作所为的长篇报道。随后,舒尔兹伯格、莱恩斯和博伊德举行了一个特别会议,向《纽约时报》的员工讲话。会议的目的是公开交换意见,听听布莱尔的工作为何被听之任之的解释。莱恩斯也在会上承认了管理体系的问题。

但是这个会议没有成功灭火。随后,互联网上透露的事实让大家更愤怒了,纷纷严词批评管理层,事情闹大了。

在布莱尔离开《纽约时报》后的两星期,因为报纸的新闻操作流程被公开,另一个捏造新闻的记者也被揭露了。这一次是里克·布拉格(Rick Bragg),一位曾获普利策奖的作家,他以特约记者的身份写了一个报道并得了奖,他描绘得如此有声有色,而且标题署名栏只有他的名字。布拉格也是因为他的讲故事能力而平步青云的。来自报社外部的指控又一次使一名记者"下课"。①编辑部的其他同事再一次愤怒了:如果按照这个逻辑,那么新闻业的金法则里,署名栏和日期栏便无关紧要了。贾森·布莱尔点起的火,在闷烧了一阵之后,终于蔓延得无法控制。

舒尔兹伯格之前曾经说过,报社的执行层不能被妖魔化,而且他将不会接受莱恩斯的辞呈(如果他提出的话)。很难说清他的脑袋此时起了什么变化。可能是和华盛顿分部的一次会议使他确信这两名主编都必须走人。员工们对专制的莱恩斯的愤怒已经太深了,太剧烈了。而编辑主任博伊德是莱恩斯一手提拔

---

① 2003 年 5 月 23 日,《纽约时报》将该报的另一位名记者、普利策奖得主里克·布拉格停职两个星期。2002 年 6 月,该报刊登了一篇有关佛罗里达州海岸以捕牡蛎为生的人生计受到影响的报道。有读者揭露说,布拉格在这篇报道中"贪他人之功为己有"。当地民众根本没有见过布拉格。报社经过调查后发现,这篇文章事实上主要是由跟随布拉格实习的记者约德实地采访后写的。报社认为,文章应附加约德的署名。5 月 28 日,布拉格提出辞职,《纽约时报》当即批准。

的,也因布莱尔的事件而染上污点。不出意料地,他也辞职了。

两个主要的灭火努力都失败了。这场火烧得很旺,蔓延到一大堆人的身上。现在它已经继续威胁到整个报社。舒尔兹伯格采取了他能做的所有的激烈措施,除了他自己辞职。在林业学里,这被称为"逆火",即点起一堆火焰只是为了阻止另一场更大的火。

2003年6月5日,距离《圣安东尼奥新闻快报》在贾森·布莱尔事件上发难才一个多月,莱恩斯和博伊德辞职了。因为两位新闻执行主编都告别了编辑部,舒尔兹伯格宣布莱恩斯的位置将暂时由约瑟夫·勒利维德代替,他本来在2001年就从执行主编的位置上退休了。舒尔兹伯格悲伤地说,这张报纸经历了"冰火两重天"。

"我们将从中吸取教训,也将从中成长。"他说:"我们将回到做新闻的本身,因为这正是我们在这里的原因。"

需要吸取的教训

舒尔兹伯格的评论想要给这出闹剧画上句号,但是否就这样结束了,还是令人怀疑。一个由《纽约时报》主编阿伦·M. 西格尔(Allan M. Siegal)领导的调查委员会,旨在排除万难,弄清楚编辑部里究竟什么出错了,原因是什么。他们和其他两个工作小组一起做了一份报告。他们发现,《纽约时报》有一大堆的工作没有做,这种破坏不仅是由布莱尔事件带来的,更是日积月累带来的。而且,虽然"流氓记者"(西格尔委员会这样形容布莱尔)的问题已经解决了,"正常事故"理论又提出了其他的困难点。

通过研究贾森·布莱尔和《纽约时报》的案件,以及检视其他报社发生的灾难,我试着用"正常事故"的理论来分析媒体。容易发生"正常事故"的机构,通常有互相关联的、复杂运作的部门或者系统。新闻机构也一样。新闻机构日益发展得互相紧密连接,它们对新技术的依赖比其他的机构更甚。

发生"正常事故"的新闻机构正经历着"异常的正常化"的过程。通常问题在一开始是被掩盖的,相关信息被淹没在一大堆不相关信息之中。某些理论家说的"垃圾桶"组织的媒体机构,它们的流程和技术通常不容易让人弄清楚。我和"正常事故"理论家一样,认为安全措施有时反而有害。

贾森·布莱尔的闹剧将举目皆是吗?《纽约时报》能不能做什么来预防其发生?现在能做些什么来亡羊补牢吗?难道其他新闻机构不能防止相似事情的发生吗?

新闻机构都在劫难逃吗?

答案是绝对的:不。

正常事故产生于我们控制和管理新闻机构的方式。如果我们继续忍受行事标准的降低,比如核实查证的纪律屈服于生动吸引人的细节,屈服于想要以突发新闻的速度来取悦各方——那么,反常的正常化会继续在编辑部里出现。更准确地说,我们的新闻基石,会进一步腐蚀。

如果我们投资媒体,而不了解技术的交互性以及那些操纵技术的人,将会招致存在于紧密连接的系统之中的危险。当我们没看到编辑部里的价值分化,就像花言巧语地讲故事、决策过程的分散等操作系统的问题,便会觉得编辑部变得这么复杂,每种东西之间的复杂联系使我们很难有迹可循。结果是,我们无法知道下一个灾难是什么,直到它降临。

让我们用查尔斯·佩罗的话来结束吧,这位"正常事故"理论的创始者说:

这个系统是人造的,无论是由工程师和公司总裁设计的,还是无计划地、不知情地慢慢发展出来的结果,无论怎样它们都拒绝改变……但它们毕竟是人造的,人能解构它们,也能够重建它们。

"灾难为我们发出警报。"
把贾森·布莱尔和《纽约时报》当作新闻业的一个警报吧。

自由的媒体和自由的人民

1996 年，大约在我从《圣路易斯信使报》离开的前一年，报纸的高级编辑和经理们会见了一个顾问。这类顾问被有些人称为"变革专家"，他们将让我们变得更有创造性。变革正是新闻业里的新宠，空气里充斥着"业务性变革""转换性变革""革新者的黑夜"等词语。当我们会见完那位"变革专家"时，他问我们认为自己所从事的是什么行业。从主席到各个副总裁和执行编辑，他们一个接一个地说了同样的答案：我们从事的是信息行业。

轮到我时，我不同意他们的说法。我说，不，我们所处的是新闻行业。我说这是一个经过判断、识别，从而有见地地决定我们要发表什么东西的行业，我们不是在输出毫无意义的信息，这个过程不像从水管里流出水来那么简单。

会议桌上其他人的表情看起来像是在说：糟糕的同事，他居然连自己所处的是什么行业都不清楚。

不久以后，我向我的老朋友菲利普·迈耶①叙述了这件事情。他是北卡罗来纳大学的新闻学教授。当我转述其他人都说我们所处的是信息行业时，菲利普答道："错误的答案。"随后我告诉他，我认为我们所处的是新闻行业。"噢……噢……"他答道，"又是一个错误的答案。"

　　那么，新闻工作的目的究竟是什么呢？在我看来，新闻工作的目的不是从事新闻工作本身——就像外科手术的目的不是给病人开刀然后缝上伤口，而是要使病人恢复健康和生命力。

　　与此类似，通过记者的技能，即他们高超的报道和编辑能力（这些对于实现新闻工作非常必要），得到公众的信任，我认为这是新闻工作的目的。我曾经在哥伦比亚大学伯克利分校的新闻研究院和杰伊·哈里斯一起教过一门课程，杰伊是《圣何塞信使报》的前出版人，他全心服务于新闻的公众信任。那个时候，杰伊刚从《圣何塞信使报》辞职，以抗议该报的母公司奈特-里德公司的没有底线的新闻导向。他明白民众对新闻的期望，认为报纸不应只关注扩大报业老板的利润。

　　在我原来工作的报纸《圣路易斯信使报》，我们从来没有碰到一个广告摆放在报道穷人悲惨情况，比如受犯罪困扰、缺少教育、意外怀孕数字很高等的版面。他们告诉我们没人想读这些东西。然而我知道公众的信任，至少基于我们对新闻的定义，我们发表这些报道，这样我们的读者才能对这个社会有更好的理解，才能设法去改善这种情况。

---

① 菲利普·迈耶（Philip Meyer），精确新闻学创始人，也是作者在哈佛大学尼曼班的同学。著作有《消失的报纸》（*The Vanishing Newspaper：Saving Journalism in the Information Age*）等。

美国的记者认为他们负有公众责任,这一信念源自多方面:那些多年来拥有主流报纸的老板,认为在赚钱之外还有更重要的事要做。虽然他们期望赚钱,但当把钱投资在新闻上相较于投资在其他行业收益更少时,他们还是优先投资在新闻上,或者说是投资在公众的信任上。像《纽约时报》的苏兹伯格家族、《华盛顿邮报》的格雷厄姆家族、《圣路易斯信使报》的约瑟夫·普利策三代、路易斯维尔的丁汉姆家族、阿克伦和迈阿密的奈特家族、彼得斯堡的伯尔尼特家族,还有许多其他的新闻业老板,他们选择成为"新闻慈善家"——这是我从杰伊那里借用的一个词语。

这些家族创建并经营了几十年的报纸,孕育出这样的新闻理念:新闻不仅仅是报道谁、什么、何时、何地这些新闻要素,记者关心的是一些与自由的人民、坚实的民主等相关的重要事情。

我们正处在一个技术、人口和态度变化的时期。但是据我的理解,对美国新闻业最大的挑战,与新闻的目的有关。当媒体不再重视公众信任,它们就是在让美国人民沉沦。令人困扰的真相是,记者已经不再重视公众信任,但这种情况却被新的媒体结构和媒体与政府的暧昧关系掩盖了。最近就有四本书通过各种有趣和实用的方式,关注这方面的议题。

大约在 2 500 年前,中国的军事哲学家孙子,就提出了自知的重要性。他写道:"知己知彼,百战不殆"。20 世纪 50 年代,当我还是个年轻记者的时候,记者们对自己的职业很了解:他们在为报纸行业工作,对于这点没有任何混淆。记者们也很了解他们的敌人,甚至可以说敌人在那时候根本不存在。到了 20 世纪 90 年代中期我离开日报行业的时候,我们的敌人,包括平面媒体、电子媒体,还有网络媒体,却成排地出现了。它们都希望从以前被报纸主宰的广告收入中分一杯羹,它们都渴望取代报纸成为新闻、信息和广告的来源。我们不再了解自己了。我们所在的究竟是什么行业呢？

20世纪90年代以前，报纸从私人公司转变为可公开交易，一直都在进行着。20年前，在本·巴格迪肯被视为里程碑的著作《媒体垄断》的第1版中，他指出美国大部分的报纸、广播电视台、电影公司和出版社被15家公司控制在手里。而在他的《新媒体垄断》一书中，他指出这个数字已经减少为5个。在《媒体的问题》一书中，作者罗伯特·曼切斯尼全面记录了美国联邦政府在将近一个半世纪里资助大型媒体的过程。媒体垄断的种子很久以前就被播下，它在20世纪90年代以前一直在暗中生长。

伴随着媒体合并的扩展，媒体日渐失去公众的宠爱。1972年的一项盖洛普民意测验报告说，大约有70%的人相信媒体。到了2000年，这个数字已下降到30%。

是什么东西改变了呢？政府的政策和媒体所有权的集中，加剧了这些问题。但公众对媒体的信心下降，也应部分归咎于新闻质量的下降，最主要的是新闻价值向娱乐价值臣服，另外也反映了媒体管理阶层不重视报道公众议题。媒体管理者理所当然地认为公众对这些议题不感兴趣。他们认为公众需要的是实用的新闻，比如个人理财、个人健康、个人技术等，而公众议题不属于有实用价值的新闻。然而，立法会和市政厅公布的信息对读者和观众的影响，却远远要比介绍Google网站拍卖或者低碳水化合物饮食的文章大得多。

公众对媒体失去信心，与公众教育程度的提高有不可分割的联系。公众教育水平提高是一个社会趋势，它产生了正面的影响，鼓励公众质疑从大众媒体读到和听到的东西。

公众信心的下降也与公众可选择的信息来源相关。信息来源的多样化,使公众得到范围更广的事实和意见,形成自己的判断。从前人们会说,报纸上不报道他们就不知道,现在很难想象有人会这样说了。

最后一个原因在于,新闻业是唯一以前几乎没被挑战过的行业。教会、大学、法律、公司、政府,这些行业都曾被行业内外的怀疑所冲击。

多年以来,学者、行动家和记者,一直在讨论媒体的变化对美国"民主"的影响。这不足为奇。然而,媒体对于所有权集中这类深层次的问题,则不予回应。曼切斯尼也指出过,媒体对美国联邦通信委员会放松媒体所有权的规定,却迟迟不报道。

比尔·莫耶斯在他的新文集《莫耶斯谈美国》中,如此形容媒体目前的情况:

> 尽管我们在许多谈及出版社、电台和电视媒体自由的场合都会听到许多客套话,可是有三股主要的力量正在破坏这种自由:第一个是政府长达几世纪来不情愿在揭发和批评的阳光下运作,即使是民选政府也一样。第二个原因更敏感,发生时间也更靠近当前,即出现媒体巨头的趋势、依照大商业的原则来运作媒体、以民主价值为代价来提高商业价值。第三个是半官方的媒体在意识形态上与独裁主义政府结合,轮流担任世界上最大的金融利益集团的盟友和代理人。

《莫耶斯谈美国》收录了许多优秀的演讲和评论。它为一般读者精辟地描述了媒体(特别是商业电视)受到的压力。和巴格迪肯及曼切斯尼一样,莫耶斯同样担心媒体的变化对民主的影响。"我发现今天的问题是,民主无力去解决一些摆在我们民族面前的重要问题。"他写道,"这些问题因为美国的贫富差异日渐严重而显得更加紧急,但几乎都没有在屏幕上出现并让公众讨论过。"

巴格迪肯是加利福尼亚大学伯克利分校传播学院前院长,被誉为对美国媒体所有权集中的结果有深刻见地的学者。在《媒体垄断》一书的多个版本中,他详细地列出了媒体老板追求最大利润的妄想,如何令他们忽略了新闻这个可能影响他们根本利益的东西。在最新的《新媒体垄断》一书中,巴格迪肯从政治角度尖锐地分析:

> "自 20 世纪 80 年代以来,美国的政治光谱急剧转向极端保守主义。从前的中立派被推到左翼,而从前的极端保守主义现在变成了中立派。"

在《媒体的问题》一书中,伊利诺伊州大学传播学教授麦克切斯尼提出,媒体的沦落是政府的政策制定者和媒体老板贪得无厌地追求利润的产物,是双方历史性地共谋的产物。他指出,民主社会中媒体有三个责任:社会看门犬、发掘真相,以及在重要议题中广泛地提供有见地的观点,而媒体在这三方面都失败了。

在激烈竞争的市场里,由利润驱使的新闻业直接滋生出来的问题,始于一个世纪以前。这个系统不是"天生"的,而是一系列政策所产生的结果,促成了媒体垄断和商业主义。

麦克切斯尼找到了一个可能解决这个问题的办法,称之为"2003 年起义"——联邦通信委员会试图进一步放松媒体所有权规定,公众对此采取了空前的反对,我们还在观察这种反对是否能成功。

麦克切斯尼讲述了一个引人入胜的故事：先前潜伏的公众苏醒了，变得愤怒，开始采取行动。但是这种反对行动是否能被复制还是个问题。一方面，在这个事件中的公众具有明确的反对对象。另一方面，通信委员会少数族裔的领袖也进行了抗争。如果不是通信委员会采取了行动，美国仍将对媒体所有权的集中毫无防范之力。第三，政府对广播电视的规范已经有很长的历史了，对平面媒体却没有类似的规定，而媒体所有权集中对平面媒体的危害同样存在。

《圣何塞信使报》的科技专栏作家丹·吉尔墨是我的朋友，每年都为我的学生开设讲座，为媒体提供了一个别开生面的视角。相对于麦克切斯尼提出的对媒体的"政府私人"所有权进行正面攻击的策略，吉尔墨看到了由数百万"公民记者"钻出来的缺口。

吉尔墨寄望于一个"新闻业的转变"，从 20 世纪的大众媒体结构转向更加草根和民主的生态，一个由博客、短信息、集体邮件、维基、摄像头手机、互联网广播、对等网络文件共享、RSS 新闻聚合等新技术创造的可能性。全世界的公民记者都在运用这些应用软件。不是吗？中国记者第一次知道 SARS 的爆发就是通过手机短信了解的。借由专业记者、公民记者，还有其他想要抢占发言空间而加入讨论的人，吉尔墨预见到新闻正在发生根本性的转变。

新闻生产者和消费者的界限变得模糊，双方的角色也会通过这种方式进行改变。通信网络会成为每个人发声的平台，而不仅仅是服务于那些能够支付数百万美元去购买印刷媒体、发射卫星，或者获得政府同意取得广播所有权的人。

在这个转变过程中，准确和公平无疑会受到一些冲击。但新媒体会带来更多的声音、更多的意见，还有更多的事实，这无疑会丰富我们对一些重要议题的讨论。

　　吉尔墨对美国社会的观点与我的想法非常接近。我们都认为，民主不是最终目标。个人的独立自主和自由才是最终目的，而民主是美国人民选择实现这一最终目的的途径。

　　因此，媒体地位的降低，如同汽车的引擎熄火一样，是非常严重的，甚至可能是灾难性的。幸运的是，虽然并不是所有人都在努力，但我们还在继续前进。

　　草根媒体揭示，除却政府和私人企业联手控制媒体所有权的做法，公民记者们照样报道真相、传播准确的信息、提倡激进的思想。现在，如果我们不能骑车前进，那就让我们一步步踏步前行吧。

象征的力量

　　1945 年秋季的一天,在中国上海,我走进了一间教室,同学们都欢呼起来。这是我第一次大受欢迎,但其实我并没有做任何值得他们欢呼的事情。只不过,在我的卡其布衬衫的袖子上,母亲给我缝上了一块有 CBI 标志的布片,像当时"中国—缅甸—印度"战区的美国士兵缝在制服上的那样。就是这个象征物使那些男孩和女孩们欢呼起来。

　　于是,当我还是个 8 岁小孩的时候,我就接受到有关"象征的力量"的第一课。CBI 的小布代表着美国,红白的条纹和蓝底白星的图案来自美国国旗。一个月以前,上海被解放了,现在战争结束了,军事占领解除了,空袭解除了,恐怖的气氛也消散了。当中国人民为对日战争的胜利而自豪时,就连小孩子也觉得是美国让胜利成为了可能。

　　所以,当我穿着那件衣服走进教室的时候,我发现自己突然变成了一个值得尊敬的人,而这一切都来自一块小小的布片。

　　象征的威力并没有在年幼的我身上散去。过了不久,战争又继续了,才不过短短的一段时间后,一些之前尊敬我的小孩又因我的美国籍母亲而奚落我。

　　我于是明白了：美国国旗比军事上的成功有着更大的象征意义。我开始认同它所代表的基本含义：这个伟大的思想便是"所有的人生而平等且对自由享有同样的权利"。在 1776 年，这还被认为是异端的思想，严重到能够被判为武装叛变。我们不应该忘记那些倡导平等与自由的思想，曾深深地被"正统"的政治所憎恶。

　　在 1789 年《美国宪法》最初制定的时候，自由独立的概念并没有被很明确地提出来。那份文件把重点放在确定自治的制度上。而重要的自由——宗教自由、言论自由、集会自由、出版自由——针对当时泛滥的任意搜查，逼供和独断的审判——在《权利法案》中一一被列举了出来。法定的自由是如此珍贵，也得到了大家的尊重，以至于在通过后的 199 年中，《权利法案》没有被改动一个字来限制或变更它。

　　乔治·布什总统与一些其他的政治人物希望修改法案，惩罚那些曾烧毁美国国旗的人。而法院始终认为，烧毁国旗这种象征性的行为是表达政治意见的一种方式，虽然可能有进攻性的意味，但是这种行为受《宪法第一修正案》保护。

　　在认为《权利法案》的权威被挑战之前，我们或许应该停下来听一听这些抗议者说的话，看一看他们的主张和行为是否极端到对我们的历史进行不正当的评判。这之前发生了一系列导致权利法案可能被改写的运动，发起者叫作格里高利·李·约翰逊，1984 年共和国会议在达拉斯举行的时候，他焚烧了美国国旗。

　　约翰逊借焚烧国旗来表达他对罗纳德·里根的蔑视，他和其他的示威者一起反对政府的核能政策，认为其可能导致战争。这些意见并没有太过激进。在不到一天的时间，从国会大厅到各个报刊都在谈论这件多年未遇的事情。得克萨斯州法院根据州法律判处约翰逊的罪名为亵渎神圣庄严的事物,但最高法院推翻了这条罪名。

美国议会对法院判决做出的反应,引发了一场丑化国旗的战争。发生其他一些类似的焚烧事件,有几个被逮捕的人说,他们反对强制性的爱国;而其他人则说,他们不能同意政府凌驾在公民之上来攻击民众的主张。没有一种观点(或者用焚烧旗帜来表达意见)能够明确地被定义为对共和国的直接威胁。

1946 年,一个叫特米尼罗的人在芝加哥被逮捕判刑,罪名是用让人厌恶的言论攻击黑人、犹太人以及罗斯福的行政部门。他几乎煽动起一场暴乱。然而最高法院推翻了对他的指控,说是因为"在政府系统管理下让言论自由"正是我们的职能。尽管这些不同观点可能导致局面动荡,激起人们对现状不满,甚至激怒民众,但它们服务于同样的宗旨。

我们不可剥夺的政治权利有可能会侵犯他人且引起别人的愤怒。但这种权利产生于革命的熔炉,植根于《权利法案》,也体现在国旗上。

那些想要保卫国旗的美国人,不能通过国家的审查制度来对抗立国之本的政治言论自由的主张。那才是对国家最根本的亵渎。正如法官安东尼麦肯狄对约翰逊案的睿智评语所说:"虽然很痛苦,但不得不承认的基本原则是,正是国旗保护着那些轻蔑地举着它的人。"

我在美国服兵役的时候，并没有置身于炮火之下。但很多年前，当我还是个小男孩的时候，曾经生活在一个被炸弹笼罩着的城市，在那里战事是日常生活的一部分。那时候的一些体验大多倒还是有趣的。

所以在过去的几天里，我一直在想着巴格达的儿童们——当然还有那些生活在以色列以及美国的儿童。我曾设法去回忆当年在战争的嘈杂与混乱中自己的反应；借着这些回忆，我试着去想象那些在巴格达的孩子会有着怎样的经历。现在我已经告别了孩提时代，随着年龄的增长也有了些阅历，我开始思考这一切在那些儿童身上所产生的影响。

被战争深刻影响的儿童有两类。对其中一类来说，所有的战争行为本质上来说都好像一场戏剧——或者，用今天的科技来讲，战争只存在于电视荧屏上。这一类小孩子从远处安全却真切地目睹了战争。

曾经，我也是他们中的一员。或许他们可以躲过战争正面的蹂躏，但这并不意味着他们身上没有留下战争的痕迹，更不意味着这些瘢痕没有印刻在他们的灵魂深处。

而第二类的儿童则亲历了战争的焦土。他们无疑是战争最直接的受害者。

在我这一生的记忆中,已经留存了两幅灼人的图景用来述说这些孩子的故事。第一幅图是一个男婴的照片,他独自坐在已被炸成废墟的上海火车站里大哭。另一张图片是一个越南小女孩,在公路上歇斯底里地奔跑着,她的衣服已经被凝固汽油弹烧掉了。通过这些展现苦痛的照片,这些孩子成为不朽的形象。他们触动了整个世界的良心。

对于第二类儿童,战争从来就不是刺激的体验或荣誉的象征。失去亲人、残疾和毁容、精神上的创伤,战争的影响波及他们一生。他们的血肉和生命只是政客军人们眼中抽象的概念,他们是无罪的,却无端被牵连、牺牲。所有的地方都有儿童,究竟有多少儿童卷入了战争,我们不得而知。

这两类儿童,作为战争的见证人与受害者,他们在战争中是绝对无助的,所有的事件和变化都远远超过他们能力所及的范围,他们要么在不知不觉中被拉进战争,要么对周围的暴力和争斗不明不白。所以,他们总是会对正在发生的事情没有防备,又总是不知道突然会发生什么。

就算对比较幸运的儿童来讲,身陷战争仍然让他们的生活不安全、不稳定,整个世界没有一处能给予他们安全感。面对着这一切,他们只能恐惧地战栗。就像儿时的我一样,看着那些远方冲天的烟柱和一轮轮呼啸掠过的战机,听着空袭后长而尖利的警报响彻夜空,这种梦魇般的恐惧远不是孩子们能够懂得的,也远不是他们能够逃避的。

对于战争中的儿童,他们的无助与无力是绵绵不绝的,他们过早地懂得了攻击是生活的一种常态,这个世界也过早地变成了一个不值得信任的地方。

像那些巴格达和以色列的儿童一样,美国本土的孩子们也同样体验着一场战争。虽然有一些孩子收到了波斯湾传来的亲人战死的噩耗,从此承担长久的痛苦和悲伤,我们还是应该庆幸,他们绝大多数都只是千里之外的旁观者。但同龄的中东儿童,战争在这些孩子身上留下了永恒的烙印。

如果我们掉以轻心,即使我们的孩子和战争的距离不会比面对电视屏幕时更近,战争的影响仍然会微妙地发生在他们身上。我们一直都在争论这次的战争,无论支持者还是反对者都有值得认同的论据。随着战事的进展,我认为现在有必要也有意义告诉我们的孩子——这场战争到底是怎么样的。我们要告诉他们我们的所见所想,摒弃那些正在被政治弄得平庸琐碎的事件,当然也忽视那些背后操弄的政治力量。

这不是世界棒球职业联赛,也不是电脑游戏或者生动活泼的电视节目,更不是在争夺停车位的争吵斗殴。如果我们允许他们这样看待一场战争,这并不代表我们有多么呵护他们敏感的神经。如果我们鼓励或放纵我们的孩子去漠视别人的牺牲与痛苦,这更是个祸国殃民的误导。

　　一艘叫"金色冒险号"的货船载着近 300 名中国移民,于 6 月
6 日搁浅在纽约洛克维(Rockaway)海滩的时候,许多人开始意识
到中国人口的偷渡现象。在紧接着的几周里,美国民众渐渐习惯
了这种悲惨的商业交易。

　　海岸警卫队拦截了 3 艘正准备离开加利福尼亚州海港的轮
船,船上载着接近 700 名中国人。随后在墨西哥,当地的官员又
对外宣称有 19 艘可疑的轮船,估计也载满了中国的移民,正准备
往北美方向驶去。自 1991 年 8 月以来,美国政府已经 14 次宣
布,发现准备偷渡到美国的中国人。到目前为止,共有 2 300 名无
证件的中国移民被拘留。

　　我们可以从两个方面来看这种交易。从小处看,这些偷渡的
人口其实是违法剥削现象背后的受害者。另一方面,我们从宏观
来考虑,这些大量的可怜偷渡者形成了目前大规模的国际移民趋
势。这个月,美国人口基金委员会在一篇报告中发表声明说,移
民现象已出现空前的规模。参与到这场移民运动的人数已经超
过了 1 亿。

让我们看看这场声势浩大的人类迁徙运动吧——人们从乡村迁徙到城市，从自己的国家漂洋过海，越过边境，到达另外一个国家——如同密西西比河泛滥的河水一样，有规律地持续涌来。

他们的迁徙取决于很多原因，比如政治发展、环境条件、社会和经济因素等。但除了这些，他们自身也解释了一种生物学现象。在动物和植物王国中，这种迁徙的现象无处不在。鸟类的迁徙，有些距离甚至超过了 7 000 公里。鱼类、哺乳动物甚至像鲸鱼，还有南非的跳羚，这些物种都在迁徙。爬行类动物像海龟在迁徙，昆虫类也在迁徙。有谁没听过蝗灾吗？那不也是迁徙现象的一种吗？

甚至，就连树木也会迁徙。几千年前，大量的冰川从密苏里州转移时，留下的只有云杉和冷杉。从那时起，橡树和山胡桃树便迁徙到美国中西部地区，即从卡罗来纳州的海岸到得克萨斯州中心南部的爱德华兹高原，某些距离甚至超过了 1 000 公里。今天，这些阔叶树占据了森林大部分的面积。

而对于人类来说，从国家发展的角度看，这种标志性的大规模迁徙现象是合理的。英国有一个很好的说法："在公元 900 年，柏林没有德国人存在，莫斯科没有俄国人存在，布达佩斯没有匈牙利人存在；马德里只是摩尔人的殖民地；没有土耳其人住在安卡拉，而居住在伊斯坦布尔为数很少的人，无非也是些奴隶和地主。"而在哥伦布发现新大陆的 500 年后，才有白人登上北美洲的领土。

正如密西西比河的洪灾是支流泛滥的结果，目前大规模人口迁徙现象也是个人运动带来的影响。人口过剩是其中一个因素。国家经济发展的不均衡是另外一个原因。根据非正式统计，90%在美国从事农业劳动的人出生地在墨西哥。

战争、政治压迫，也造成了目前人口迁徙的现象。在美国离开中南半岛的 20 年后，东南亚的难民仍然移民至美国。在对海地人民长期的殖民统治之后，海地人民也不断涌入佛罗里达州海岸，随之带来的是超越政治的道德精神挑战。

我们通常用"潜移默化"来形容人类行为和社会生态力量瓦解之后，所带来的环境灾难。雨林的破坏、水渠的淤积、土壤腐蚀、荒漠化……这些更加剧了迁徙现象。

正如密西西比河的防护堤决口般，大规模的迁徙运动也使各国政府对不断涌入的外来人口失去了控制。印度正在与孟加拉国的交界处修筑一段 3 000 公里长的围墙，像大堤一样对付不断涌入的外来人口。

在美国，原本表示欢迎意义的自由女神雕像逐渐被冷落。我们在大海上拦截了那些绝望的移民，把他们遣送回去……为的是什么？他们还是一样会再回来，乘船、偷偷摸摸地跨越边境、躲在飞机轮下。专家认为，目前在美国大概还有 350 万的移民。他们中大部分人从事农业和司机、保姆等工作。

由于在人口过剩、环境退化、经济发展等问题上缺乏全球性的统一行动，单一的国家政策并不能有效地治理这种移民现象，哪怕是控制移民的数量。而后者可能只能成为唯一的治理方针。

移民者并不只会增加移入国的资源紧张，他们也在为国家的建设和富强做贡献，美国的历史经验就足以证明这一点。

人生的秘诀不期而至

一九九五年三月一九日

9 年前,我担任这份报纸的编辑不久后,便收到理查德·马荷尼(Richard J. Mahoney)——孟山都公司①年轻的主席兼总裁邀请共进午餐。我立刻意识到这是个机会。

那个时候,全美国的编辑都在探寻"管理"之道,许多人还到商学院进修。而对一个编辑部来说,"没有工商管理硕士"就几乎要与"陷入极度困境"画上等号。我们曾经提拔了那些没有管理经验的人作为高层人员,还为自己发现了行业行之已久的惯例而自鸣得意。

没有在商学院进修的编辑们也忙着阅读经济学著作:《边缘管理》②《MBA 口袋书》③和《日本的管理艺术》④。此外,我们还

---

① 孟山都公司(Monsanto Co.),美国生物技术巨头公司。
②《边缘管理》(*Managing on the* Edge),理查德·坦纳·帕斯卡尔(Richard Tanner Pascale)著于 1989 年。
③《MBA 口袋书》(*The Portable MBA*),罗伯特·F. 布鲁纳(Robert F. Bruner)、马克·R. 埃克(Mark R. Eaker)、罗伯特·E. 斯贝克曼(Robert E. Spekman)等著。
④《日本的管理艺术》(The *Art of Japanese Management*),里查德·帕斯卡尔(Richard Pascale)著于 1981 年。

需要学习禅宗式的管理者,①以及瑞典人的管理方式。只要不是混饭吃的编辑,都能轻而易举地使用诸如"目标管理""走动管理""让大象起舞"这样的词语。如果你连彼得·德鲁克②的话都不会引用,那就实在是太无知了。

我痛苦地发觉自己的能力是多么有限。我要管理超过250人的编辑部,在此之前,我在这间报社负责的最大一支团队,也只不过是评论版的大约12个人。9年前的某一天,我去拜访了与自己年龄相仿,却成功地经营着一家大型公司的迪克·马荷尼。他是一个管理专家,也是可以告知我人生秘诀的人。

我们坐在他办公室里那张精美的椭圆形桌子旁,这顿午餐证实了我对时下CEO饮食方式的所有预想:少量的饭、一小块精心烹饪的清爽鱼肉、一小份绿色沙拉以及一点清新得仿佛可以反照出孟山都公司实验室标记的甜品。等到我认为时机已到,我问他:"迪克,告诉我该怎么做吧。你是怎样管理一个庞大机构的?"

在认识迪克多年以后,我意识到当时提出的那个问题是多么鲁莽——他对自己认为很笨的人缺乏耐心,也不愿与之为伍。但在回答我之前,他很严肃地看着我。

"你始终要腾出一部分工作时间,用来做你喜欢做的事。"他说,"但是这一部分不能太大。如果你喜欢某件事,你大概会把它做得很好;但如果你花费太多时间在自己干得不错的事情上,你就会认为自己把每件事都做得很好。而事实上你没有,也永远

---

① 禅宗乃佛教学派。禅宗式管理者利用禅宗智慧,神超物外,身在商海中不为物累。

② 彼得·德鲁克(Peter Drucker, 1909—2005),出生于维也纳,后移居美国,管理学科的创始人,共出版《卓有成效的管理者》《管理实践》等39部著作,2002年获美国总统乔治·布什颁发的"总统自由勋章"。

不能。"

这是我最不希望从他口中听到的话,幸运的是我还有些悟性,能参透这话中的深意。有的人智能和巧思兼备,这对所有人来说,都是最好的结合。做你喜欢的事,是一种智慧。不要做得过多,则是一种巧思。

实际上,他送给我人生的秘诀。这个秘诀超乎我的预期,但世事常常就是这样出人意表。

紧接下来的那个星期,我开始为专栏撰稿,每个星期我都会腾出早晨的时间来写作。第一篇文章与切尔诺贝利的核泄漏事故有关,它警诫着人们,那些复杂而设计完美的系统,以及通过训练能熟练操作这些系统的人,将怎样随着时间而不可避免地走向衰败。如今回想起来,迪克·马荷尼未必能从这篇文章里得到什么乐趣,因为他正好管理着这样的人和系统。

迪克·马荷尼没有不理我。每年我都会收到一至两次邀请,与他在办公室里共进午餐。这些都是让我增进知识的大好机会。迪克不是所谓的苏格拉底问答法①的谦卑信徒,我发现他喜欢向别人学习,同时也很乐意教导别人,喜欢海阔天空地谈论各种主题,可以从英国前首相温斯顿·丘吉尔一直谈到罗孚老式跑车。

我再也没有向他提过"管理"的问题,也没有从他那里学到任何管理的知识。但是在迪克身上我确实得到了很多关于一个人的远见和决心的东西。

从他早期担任主席兼总裁开始,他就为孟山都公司树立起一

---

① "苏格拉底问答法",又称"产婆术",苏格拉底不直接给学生灌输某种概念,而是始终以师生问答的形式引导学生。他向学生提出问题,如果学生回答错了也不直接纠正,而是提出另外的问题让学生思考,最终一步一步得出正确的结论。

个重要的概念：能够被称为"伟大"的公司不多，他希望孟山都能成为其中之一。为了达到这个目标，孟山都就需要向人们证明其在盈利方面的出色表现、在同行中如正派公民般的优良举止以及在员工福利方面高人一等的水平。

这三点是个整体，缺一不可，只做好其中任何一点都不够。此外，在一个制度大变革的时期，这些目标需要人们坚持不懈地去实现。这位主席看到，公司的未来并非来自为其提供原料的中东油田，而在于它自身的实验室，在于决定公司未来产业领袖地位的生物工艺学。

迪克·马荷尼还是一个执着的报刊自由评论家，他会给《纽约时报》写信，指责纵横字谜的编辑只是流于文字表面的巧妙构造。而对我，他会在我的办公桌上放上一首哀诗："我一直试着为新闻人带来光明，到现在也没有绝望过……"

作为我的专栏的教父，他毫不留情地警告我，他察觉到我的文章中的套话越发地多了起来，这是一种懒惰的趋势。如此的批评让我很生气，很想反驳他：除了你这个化学公司的领导人，还会有谁到处都能听到套话？尽管如此，我还是将他批评的不足之处重新审视了一番。

不久前，我们在他的办公室里享用了最后一顿午餐。过些日子迪克就将从孟山都公司退休了。我希望能以他那样的方式，赠予他人生的秘诀。但是我没有任何秘诀，无论是给他还是其他人。我能给他的，是尊重、友情，还有感激，因为是他告诉我，应该腾出一部分但不必过多的工作时间，去做自己喜欢的事。

从走廊的玻璃看出去,地势急剧向梅勒梅克河（Meramec River）倾斜。河流穿过克罗弗德县（Crawford County）,缓慢地流向石灰崖下那片广阔的沙洲。早晨6点后,气温升高了。薄雾弥漫着天际,太阳从河对岸的山上升了起来。

昨天,小男孩们成群结队地在蓝泉溪（Blue Springs Creek）边玩耍,我们都划了橡皮艇。8岁的彼得也加入我们的队伍。说起来,这是他第一次单独划船。食物像以往一样,简单而美味,有猪小排、鸡翅、满满一盘的沙拉瓜果。音乐从我耳机里响起,这是莫扎特在15岁的时候写的曲子。那时的莫扎特就比我家汤姆大几个月。

此时我思绪万千。如果要论世界上最幸福的人,我算是一个。如果要论世界上最不幸的人,我根本就不搭界。我时刻明白这一点。

我又想到了很久以前母亲教我读的几句寓意深刻的话。这几句话探讨了时间的问题,说到生、死、爱、乐、静,每一个阶段都有其独特的价值。随着时间流逝,我们都会亲身经历到这些过程。

现在,我也要面对这个人生必经的时刻:我不得不说再见了。

几天后，我将离开我工作了 34 年的《圣路易斯信使报》。这是我在这份报纸上发表的最后一篇文章。

我刚说我是世界上最幸运的人，不仅仅因为我的妻子、三个儿子、朋友，也因为我的工作。我任职的这份报纸先后由三位约瑟夫·普利策家族成员担任主编，他们在业内都有旁人不可比拟的崇高地位。他们将这报纸委托给我 10 年，我十分感激这家报纸的老板。

《圣路易斯信使报》的卡通吉祥物

在这个离别的时刻，我希望能够一直写下去。但冥冥中自有天意，时间会把我们带到该去的地方，对这一切的发生，我不应该有任何怨言。如果说我没有感到失望，那一定是违心之言。我想我的失望，是因为将这路上的一次挫折和自己风华正茂时取得的成就相比而产生的，我想我是明白这一点的。

从写第一篇专栏开始，我就有意写得很个人化。我们的报纸素来受到读者的称赞。我想，如果读者感受到编辑也和他们是一样的人，可能会更加了解我们这份报纸。在专栏里，我和读者一起分享家庭的乐趣，分享抚养孩子的愉悦和烦恼；回忆小时候得到的教训和长辈的教导；分担父母病魔缠身，不幸离世的伤心；回味生活中的坎坷、挫折。我想读者如果能够了解我们报社遇到的成功和失败，是非常有益的。在这里工作的员工有着和读者共同的追求，那就是让我们的国家更团结、更互助。

有时候我会谈论我到美国以前的历史，但我并不是引用文献或者内部消息，而是说亲身经历，这终究也是民众看待公众事件的方法。我希望写一些新闻背后或者集体意愿之外的故事。我不喜欢生意中那些虚假、借口和伪善。我只是想把事情本身展示在公众面前。那样我们可以只关注事实和简单的陈述。否则，我们维护公民知情权的使命最终会失败。

我很想引导读者去探索人类心灵和个性，发现每一个角落潜在的光芒。在探索人类的内心时，我总是带上我的儿子小汤姆。他本来是个学步的婴儿，现在他已经 14 岁了。他和 11 岁的班尼特及 8 岁的彼得，成为我最好的伙伴和人类心灵探索的向导。很多读者从我的文章中认识他们，有些读者也写信给他们，这对我来说很有意义。

这些孩子也将同样随着我的离开而离开。他们性情不错，让我能自如地写他们。现在他们快要长成小伙子了。我停写专栏后，或许他们会有更多的私人空间。

汤姆到了这个年纪，开始变得独立。我希望他能尽快找到他的"远日点"，也就是彗星绕轨道转动的过程中，离太阳最远的那个点。班尼特总是露出天真无邪的微笑，好像在召唤小天使们歌唱，让我每天都能听到欢声笑语。小彼得进步很快，但总是神秘兮兮的，为我们带来无限的乐趣和惊奇。

有一天，小彼得竟然开始仔细研究我全家人的名字。他告诉妈妈："我是真正的彼得，班尼特确实是班尼特，汤姆确实是汤姆。"然后他顿了顿继续说，"但如果你和爸爸叫我埃维斯（Elvis），那就更酷了。"

孩子们，赶快抓住我的手！我们要穿过这条街，街的那边还有一个世界等着我们。我们不要在这里闲逛啦。

梅勒梅克河从上游缓缓流动，奔向石灰崖下面的弯道，流到那目光之外的地方。这是一个寂静安宁的早晨。到时间离开了，我在这里祝各位一切安好。

到了该说告别的时刻

界定记者的功能

谁是记者？记者就是从事新闻工作的人。

吴惠连在中国成都做新闻业务演讲

市民新闻或草根新闻的出现,不可避免地引发了一个问题,即博客、新闻网站的工作人员,甚至自由撰稿人是否应该被视为记者？他们是否和受雇于传统新闻机构的记者一样,享有相同的法律权利？《加州保护新闻秘密法》①（*The California Shield*

---

① 《加州保护新闻秘密法》保障记者在行使新闻采访的职责时,有不暴露新闻来源秘密的特权,这样就可以不必暴露匿名消息来源和未出版信息。

Law)的一些解释对此持肯定的态度,尽管到目前为止,这样的解释对于一位无名被告来说几乎毫无帮助,这位被告在 2004 年被苹果电脑公司起诉未经许可在互联网上散布公司新产品的信息。

这个案件的核心是被告是否应被视为记者。如果是记者,他们就可以获得《宪法第一修正案》和《加州保护新闻秘密法》的保护。圣塔克拉拉(Santa Clara)县高等法院法官杰姆逊·克莱思伯格(James P. Kleinberg)在去年 3 月份公布的判决中认为,将被告视为记者的说法,是不成立的,也和案情无关。他说,这个案件与记者和特权的问题无关,而是关于商业机密和"偷窃他人财物"的问题。

法官在 2004 年的判决说,被告是否具有记者身份,与案情无关。"加州的立法者并没有对记者、博客或其他人规定任何例外的情况"。

克莱思伯格还说:"随着媒体类别的增加,界定记者的概念已经变得越来越复杂。即使被告具有记者身份,也不可以为所欲为。"

克莱思伯格重申苹果公司有权保护该公司的商业机密。他还认为:"即使我们假定被告是记者,法院也不认为应该否定(苹果公司)这一权利。"

案件现正在上诉中,但是认为被告是记者而可获得特别保护的想法仍未得到答复。

斯坦福网络与社会研究中心的助理主任罗兰·格曼(Lauren Gelman)于 4 月 11 日向受理上诉的州法庭提交了一份法庭之友的答辩状,他认为,为彰显《宪法第一修正案》所确立的重要使命,法院对"新闻收集者"的特权的解释,应该考虑到多方面的重要消息来源。

新闻收集者特权的适用性,不应取决于报道者作为职业记者的正式身份,而更应取决于报道者旨在采集新闻,以进行大众传播的功能性行为。

简而言之,答辩状提出了一个功能性的标准,以界定记者的身份。

反思对记者的界定

3 月份的苹果案件判决促使我考虑为记者提供一个功能性的定义。我和尼曼班的老同学菲利浦·迈耶(Philip Meyer)多次通电话讨论。迈耶现在是北卡罗来纳大学的新闻学奈特讲座教授,2005 年 4 月 7 日,我传给他一个备忘录,提出对这问题的一些看法,这也是我们在这里讨论的要点。

对记者的传统定义往往是基于雇佣及其他联系。《加州保护新闻秘密法》的措辞,是这一观点的典型代表,其第 1 条第 2 款(b)使用了如下措辞:"报纸、杂志或其他期刊聘请或雇用的出版人、编辑、记者及其他被新闻社、通讯社聘请、雇用的人,不应因拒绝公开消息来源或出于大众传播的目的公开经采访的任何未曾出版的信息,而被司法、立法或行政机关判定为藐视法庭。"法律也保障"电台或电视台的新闻记者以及其他被电台、电视台所雇用或和这些组织有关的人士"。

值得注意的是,除了雇佣和组织联系之外,直接与实际从事新闻工作有关的规定只限于两点:拒绝公开"在采访过程中获得的未经发表的消息"及"接受和处理信息并传播给大众"。后面这点,与我将在后文论及的受众的功能性需要的话题密切相关。

《宪法第一修正案》研究小组等组织的想法或愿望,是法律的保护可以适用于"特约记者、自由撰稿人和作家",由此也可扩大到适用于博客作者,网络工作者,用手机发送新闻人物或事件图片并用于发表、广播和张贴的人,以及其他利用新技术和软件来发布信息的人。

我再三思考了这个问题,总结出下列新闻工作功能性定义的构成要素:

第一,我不赞同用雇佣或组织作为界定记者的基础,也不同意笛卡儿式的界定——即"我认为我是一个记者,于是我就是一个记者"。我认为,只有从事新闻工作的人才是记者。独立的时事评论员、博客博主、都市日报记者与公园里的街头演说家,都受到《宪法第一修正案》的保护,但《加州保护新闻秘密法》只适用于前三者。

第二,我们应按照传统、常识和"理性人"——或者称之为常人或者理性的受众——的思维来判断一个人是否为记者。"理性人"这个概念被广泛地用于法律和道德哲学领域。最近高等法院审理一个53岁的电梯操作女工的雇佣案,就以这一观念来论证恶劣的工作环境"令人难以忍受,以至于一个'理性的人'都会被迫辞职"。

一个理性的人是什么意思?法律词典的解释是他/她充分知情,并能够公正地认知、理解法律。在任何特殊的环境中,一个理性的人都会以理性的方式来行动和思考。

道德哲学中也有同样例子,茜茜拉·波克(Sissela Bok)在她的著作《谎言》中坚持认为,所有的道德选择中最重要的决定因素是"公开",她写道:"公开能检测谁在说谎,否则他们很可能向理性人请求无罪而逃脱惩罚。"

第三,功能性的定义能阐明诸如《加州保护新闻秘密法》等法律的保护范围,这些法律声明受保护的范围包括"被聘请或雇用在报纸、杂志或其他期刊上发表文章而拒绝公开消息来源"的做法。

按照功能性的原则,新闻机构的雇员必须是在实际从事新闻工作时,才能得到保护。据我推测,尽管没有明言,但保护新闻秘密法隐含了这样的前提条件。并且,一个人仅仅被新闻机构雇用,但从事与新闻无关的活动,并不受保护新闻秘密法的保护。

第四,功能性的定义要阐明"从事新闻工作"的构成要素。我们无法界定全部有关"从事新闻工作"的活动,因为会有其他活动也符合理性人判断的标准。

谁有资格获得保护

并不是只有符合全部的定义标准,才有权获得保护新闻秘密法的保护。但是有些标准可以构成充分的条件。下面就是一些可能被视为从事新闻工作的情形。

第一,有一个正在进行和被采访的新闻(或者一系列新闻报道/文章)。也就是说,报道活动的目的是撰写一篇新闻作品。一个故事是否算是新闻报道,要看理性人的判断。在我看来,在多数情况下,他/她不难就这问题做出决定。这则报道是否被发表及传播是个相关的因素,但不是最具决定性的因素。许多记者进行采访和报道活动,但并没有写出新闻作品。虽然如此,他们在报道时,仍然是从事合法的新闻工作。

第二,报道成果的对象是面向大众的。记者的目的,必须是让自己的报道被人读到、看到或听到。诗人、独立的小册子作者、博客作者(或者《纽约时报》的记者)如果是为了获得个人满足而写作的话,则无权获得保护新闻秘密法的保护。

第三,报道或工作的成果涵盖了公共利益。保护新闻秘密法的存在基于一个假设,即新闻事业关乎公共利益,社会因而应该为那些从事新闻工作的人提供特别的保护。

实际来说,要求我们的理性人来判断或定义何谓公共利益并不困难。美国最高法院1957年"罗斯诉美国"(Roth v. United States)一案中,认为判断淫秽作品的一个标准就是那些材料"没有任何社会价值"。换句话说,这些材料对公众没有任何好处。

最高法院在"罗斯诉美国"一案中还认为:"即使是异端观念、矛盾观念甚至仇视主流社会意识形态的观点,只要这些观点有一点点社会价值,也应该享受《宪法第一修正案》的完全保护。"我提出的关于新闻工作的功能定义认为,"没有任何社会价值"的概念也应延伸,用来判断公民和草根记者的新闻作品,前提是他们在从事新闻活动。

总而言之,新闻的功能定义和关于鸭子的功能定义有些相似。如果一个组织看起来像是新闻机构,从事着新闻工作,撰写的是新闻作品,那么,这就是新闻事业,而从事这类新闻业的人,无论他们是谁,就是记者。

注:本文发表于《尼曼报告》2005年冬季号

附录一 吴惠连年表

1936 年　　10 月 4 日　出生于上海

1946 年　　离开上海,随母回到美国

1957 年　　正式成为《堪萨斯城星报》记者

1962 年　　加入著名报人普利策创办的《圣路易斯信使报》

1966 年　　成为哈佛大学的尼曼学者

1973 年　　成为《圣路易斯信使报》评论部主任

1986 年　　成为《圣路易斯信使报》历史上第一位不姓普利策的
　　　　　　总编

1990 年　　获得美国亚裔新闻工作者协会终身成就奖

1991 年　　获美国最老牌的密苏里新闻学院金质荣誉奖

1996 年　　辞去总编职位,被斯坦福大学聘为洛基(Lorry Lokey)客
　　　　　　座教授

1997 年　　吴惠连与妻子得到奈特基金资助,前往香港考察传
　　　　　　媒业

1999 年　　受聘为香港大学新闻传媒中心访问教授

2006 年　　4 月 12 日　因结肠癌并发症在美国家中去世

来自亲友的悼念

比尔(吴惠连)喜欢钓鱼。我和他曾合租了一间位于密苏里州西南梅勒梅克河上游的小屋,专供钓鱼之用。很自然地,当听到比尔去世的消息后,我便独自钓鱼去了。

多年前,当我陷入中年困境时,比尔送给我一件礼物。那是弗朗兹·约瑟夫·海顿在战争时期的作品,他说希望这能带给我一些安慰。那是多么令人感动的恩惠,我喜欢《弥撒曲》,但我总怀疑在标题后是否有另一层不祥的意义。后来,我经历的虽不是拿破仑一世的战争,却是一次悲伤的离婚。

比尔是一个非常复杂的人。他说话轻柔而含蓄,有时甚至很不明朗,我经常不得不花时间去理解话外之意。有时,你会觉得,比尔像一首诗那般难懂。

当比尔在《圣路易斯信使报》担任编辑一段时间后,报社里有人抱怨他词不达意,有时他似乎在念叨中文。面对此事时,比尔莞尔一笑,他说以后讲话会尽量清楚一点。同时,他提出,要职员都学会一点中文或许不失为一个好主意。

在我的脑海里,比尔将三种人格特质诠释得无可挑剔,那就是激情、高雅和正直。它们具体表现在他所钟爱的事物上,比如莫扎特、李斯特·杨、《圣路易斯信使报》给他的平台,以及我们和年轻人都喜欢的诗歌。不久后,我就意识到还需加上第四个词——勇气。

比尔与我相识于20世纪50年代中期的堪萨斯大学。我们和另外两个年轻人住在一起,在他的帮助下,我得以进入《圣路易斯信使报》工作,我们一直保持着朋友关系。但后来他和玛莎有了三个儿子,家庭必定会分散他的许多精力。自此,家人成为他日常生活的主要旋律。最近几年,甚至在我迁往加州之前,我并没有如我所愿经常见到比尔,但愿他其实也想经常与我见面。然而,当我见到他时,就像许多年前看到我们心爱的堪萨斯大学篮球队在圣路易斯参加全国大学生联赛那次,那一刻多么珍贵。幸运的是,当他的大儿子汤姆出生时,我们又聚在一起。

比尔走后,我渐渐地少去钓鱼了。我重读他写的专栏,《圣路易斯信使报》有许多他的专栏文章。我80多岁的继母很爱看这些文章,仿佛是她自己的孩子所写,是关于自己孩子的故事。而后,我邂逅了一篇最触动我心灵的文章,我想在此与大家分享一部分。

那是在一场小型洪水袭击他的家乡后,比尔不得不处理一大堆被损坏的书籍。仔细检查那些书,他开始思索它们对他的意义。他写道:

> 对那些你贮藏起来的书籍,你很少会翻看。总设想有一天回来读完那些书,就像许诺打电话请朋友吃饭却一直没做

到。有些时候,这种"朋友关系"就会像湿气对书的腐蚀那样糟糕。

这种对书籍和朋友的负罪感,就好像我扔掉了工作一样。海明威、福克纳、J. D. 沙林杰、莎士比亚、柏拉图、林肯·斯蒂芬斯、凯西·肖恩、约翰·D.麦克唐纳、沃尔特·凯利……要读的书似乎永无止尽。而每一本都会令我想起关于作者的一切。

我感觉自己只是在囫囵吞枣。对一些书的印象如此深刻,我真不忍心让它们像废物一样被扔掉。保存它们与文学意义毫无关系,唯有记忆和我身后长长的足迹,才是真实的原因。

卡明斯会让我忆起大学时代和其他三个年轻人一起住在宿舍,我们习惯在晚上听李斯特·杨和莫扎特的乐曲,学着品尝外国啤酒,谨慎地引用艾略特①和卡明斯的话高谈阔论。无论如何,我们都该保持年轻和快乐的心情吗? 那是许多年前的事情了。

比尔,一切回忆起来就如昨日般清晰。

哈珀·巴恩斯(圣路易斯)

我们一起度过了风平浪静的少年时代,友情长达 60 年。

我们是不分彼此的好朋友和好兄弟。由于两位伟大母亲的关系,我们两家联系很紧密。我的脑海里开始浮现那些年的

---

① 艾略特(1888—1965),剧作家和文学评论家。生于美国密苏里州圣路易斯,1927 年加入英籍。1930 年以后的 30 年里,艾略特成为英国文坛上最卓越的诗人及评论家,其作品对 20 世纪乃至今日的文学史影响极为深远。1947 年获哈佛大学名誉博士学位,1948 年因诗歌《四个四重奏》获诺贝尔文学奖。

画面。

比尔，难以名状的悲伤向我涌来，脑里全是你的优雅、勇气与幽默。

不要说再见，但愿你拥有一个美好的新旅程。

谢谢你，我的朋友。

你的生命很精彩！

大卫·撒切尔（美国华盛顿州克莱德山）

我在堪萨斯州长大，沿着我家门前的街道走到拐角处，就到了吴惠连的家。我们一起上波得斯达小学以及西南中学。后来，我们失去联系很多年，而他在《圣路易斯信使报》的作品使他再次走进我的生活。第三次与他相遇是在中学50周年校庆时。有人建议邀请比尔演讲，他犹豫着是否接受，是他的孩子说服他接受了邀请。对此，一班人乃至数百人以及他们爱的人，都将永远致以谢意。

他演讲的主题是，我们的高中生活经历以及如何影响现在的生活。写演讲稿时，我们在电话和邮件里聊过多次，拼命回忆诸如"那门课的老师叫什么名字？"之类的问题。我习惯叫他的小名比利，而他也乐意，说我有权叫他少年时代的名字。他的演讲基于《一代人》这本书，刚好我们那班人就属于这一年龄范畴。演讲结束时，他请大家都起立，然后为所有到场和没有到场的人祝酒。我们为了成功而干杯，大家的眼睛都湿润了。没有人会忘却那一刻……

乔安·克里其曼（美国堪萨斯州欧弗兰帕克）

吴惠连是我小学和中学的好朋友，然而遗憾的是，自从1954

年毕业后，我俩便失去联系。再一次邂逅已是 2004 年同学聚会上。比尔告诉我，他采访孟山都公司我的前任老板，也提到 CEO 如何能赢得员工们出色的工作。聚会晚餐后，比尔对我讲的一番话对我意义重大。从那时起，我便庆幸认识了比尔，而现在这种想法愈加强烈。他走进许多人的生命，认识他或曾被他教导过的人们，都会永远思念他。

埃德蒙·弗丁（美国弗吉尼亚州夏洛茨维尔市）

刚刚收到里茨·巴尔兰德的邮件，被告知比尔逝世的噩耗时，我简直惊呆了，这真是令人难以置信。11 年前，我的丈夫死于癌症，自此我便为整个家庭操碎了心。我与比尔相识于美国西南中学，此后，我们也在堪萨斯大学共同度过。我对他有过一阵很狂热的迷恋，当然他那时已有意中人，但这并不影响我们的好朋友关系。他是一位优秀的舞伴，最喜欢的歌曲是《忧伤的旅程》，恐怕如今已经不容易找到这首曲子了。10 年前，我得知他在加利福尼亚，随即打电话给他，那次我们聊得很愉快。他在我心中始终占有一席之地。愿上帝保佑他全家。

玛丽·伯尼·斯努克斯（美国北卡罗来纳州希科里市）

在我的印象中，比尔是一位慈爱而深沉的父亲。我有幸成为他的儿子汤姆的小学老师。尽管那时比尔和玛莎都很忙，他们的儿子却总是最早出现在教室。那时我同时是国际象棋俱乐部的指导老师，现在我仍保存着汤姆写的关于国际象棋艺术的文章。对于那段和汤姆一家相识的时光，我至今仍心存感激。在此对吴家致以诚挚的慰问。

斯凯勒·哈曼（美国密苏里州韦伯思特市）

1997 年，我第一次见到吴惠连，当时他站在帕洛阿尔托市的老普利球场，兴致勃勃地观看堪萨斯州的篮球赛。可以看出，惠连非常迷恋堪萨斯州大学篮球赛。总的来说，他热爱运动。

他穿着一件旧旧的堪萨斯州大学的运动衫。从那一刻起，今后的每个赛季我们都会欢聚一堂，观看堪萨斯州大学的篮球赛。比赛结束前 5 分钟，我们经常喝上一罐百威啤酒，我们相信这样做能在某种程度上帮助球队取得最后的胜利。

随着岁月的流逝，我们也会在篮球赛季以外的日子聚会，并成为好朋友。我经常沉浸在那些美好的回忆中。

昨天，汤姆来到我家，留下了那件破旧的运动衫。这是一件怎样的礼物！我将穿着它观看下个赛季的比赛，继续那最后 5 分钟的啤酒，当然是为了呐喊助威。

与惠连相识并成为朋友，是我此生的一笔财富。

玛莎、汤姆、班尼特还有彼得，我想念你们并为你们祈祷。愿上帝保佑你们。

多瑞斯·里皮特（美国加利福尼亚州帕洛阿尔托市）

1997 年，比尔的儿子汤姆就读于加州帕洛阿尔托的耿氏中学，作为他的足球教练，我有幸结识了比尔全家。那三年时间，我总是期待每周五晚上在老普利球场的球赛后，与比尔一家见面，或者团队聚餐到他家去吃晚饭，大家无所不谈。比尔很有幽默感，他那惊人的诙谐口吻和一颗伟大的心，我将永远牢记于心。

2001 年，当我全家准备从农村迁往堪萨斯城时，比尔将他家很珍贵的一只堪萨斯毛绒玩具送给我刚出世的儿子约旦。非常感谢你这些年的支持，让我最后一次为你举杯。

杰夫·雷明顿（美国加利福尼亚州圣何塞市）

我永远感谢吴惠连教授在斯坦福大学对我儿子威尔的指导，也由于这层关系，我和妻子斯图亚特逐渐认识他，并把他当作朋友，对此我深表感激。每次我们去帕洛阿尔托看望儿子，都会与吴教授共进午餐，这为我们的旅程增色不少。

对年轻记者来说，比尔真是一位既有天赋又富技巧，而且很负责的老师。我有幸阅读了比尔每周写给班上学生的特别信件。他有非凡的天分，将自己作为记者的经验编成一则则引人入胜的故事，让学生在潜移默化中接受那些原则，以达到预期的教育目的。我从事教育工作40年，也未曾发现有谁的教学技巧可与比尔的博爱、人道与能力媲美。比尔的智慧和魅力、气度和灵魂、对毕生事业的热情，以及帮助那些年轻的追随者的责任感，都将成为我们宝贵的回忆，驱散失去他的悲痛。

我们的世界将因为比尔的离去而显得有些许贫瘠。愿他的精神永驻于我们的心灵，他的学生将为实现他的价值而奋斗。

埃拉·奥里梅斯（美国俄亥俄州哥伦布市）

吴惠连的生活令人羡慕。他在美国日报记者最后的黄金时代，选择了自己喜欢的新闻工作并将智力发挥到极致。

正如他喜欢办报一样，他的家人也是他值得骄傲的资本，带给他乐趣。他的妻子玛莎和三个儿子汤姆、班尼特和彼得，给予他爱和乐趣，让他得到许多优秀的专栏文章的灵感。

当比尔在《圣路易斯信使报》时，该报是美国为数不多的几家发表《五角大楼文件》的报纸之一。当时比尔不仅担心这个传统会遇到的风险，而且担心他走后报社能否保留这一传统。

他的许多老朋友都认为他的真实称谓应该是一位大学教授。

当他获得这个机会时,事实证明,我们的想法没错。

比尔属于这个时代,他的离世是一个遗憾。我们国家和媒体正需要像他这样的人,而实际上这样的人已经快要消失殆尽。

迈克尔·林奇(美国加利福尼亚州蒙特里市)

或许比尔并不知道,在我心中他是一位英雄。

当我还是一个小女孩时,便渴望成为一名作家。我心中的英雄是那些平凡却有着特别的品质的人,比如我的父母。我尤其钦佩两位杰出的记者——我的叔叔比尔和阿姨玛莎。

当我成为一名大学生时,比尔邀请我同他一起去斯坦福大学。我有幸坐在他的教室听他讲课。那时我 16 岁,比尔鼓励我加入与其他同学的讨论(前提是我得知道自己在谈什么)。他这一举手之劳的善举,却给予我无限的荣誉。

尽管后来我没有继续学习新闻,但对比尔我一如既往地仰慕。他的智慧、谦卑、正直以及慈爱,都将永远地受到我的钦佩。

我和父母都给予比尔极大的敬意。他的品格我们永远铭记心中。

阿曼达·夏克(美国宾夕法尼亚州费城)

来自新闻同业的悼念

1985 年,吴惠连将我引入《圣路易斯信使报》社论版,开始教我如何遴选文章。此外,他经常提醒我和同事,要斟酌报道的语调和效果。

他并不是了不起的圣人,也不是无所不知的记者。在我眼里,他是一位文雅、出色和耐心的老师,从他身上,我获益匪浅。

1988 年,比尔促成我重回越南,20 年前我曾在那儿作战,他认为我带女儿同去越南是一个好主意,因为她的外祖母一家生活在越南南部。

允许我带 13 岁的女儿出差,这可是要担一些风险的,不过这次旅程成为改变我和女儿生活的转折点。

这就是慷慨的比尔,他帮助我成为《圣路易斯信使报》的一分子,我永远心存感激。

雷普·哈得森(密苏里州圣路易斯市)　2006 年 4 月 13 日

比尔是一位罕见的有风度、有思想、有原则的人,他的尊严甚至能感染其他人。在评断新闻作品时,我们与他肩并肩共事过两年,我们经常会在走廊或在我们的办公室撞见他。当我们正在为解决敏感复杂的种族话题而陷入窘境时,他总是突然出现在面前并提出建议。

比尔喜欢将一个话题从不同角度来分析,然后再进行总结,就如宝石商检查一块多面体宝石。他具有明察秋毫的洞察力,而这是他日积月累获得的才能。

他既是一位古典的大师,又有着充分的现代理论。

今天我们都陷入悲痛,对于比尔智力和心灵上的慷慨帮助,我们感激万分。当我们遇到新闻学最困难的问题时,总会请教于比尔,而我们从未后悔听从他的建议。

约翰·麦克米伦(美国加利福尼亚州森尼韦尔市)

我深信不疑:如果不是因为吴惠连,我不可能成为现在的自已。多年前，我期待在《圣路易斯信使报》的版面上读到他的文章，因为他善于用绝对正直、善良和博爱的力量来激励人们。当我抚养自己的两个儿子时，他在很多年前讲述的关于儿子的故事，给予我很多启示。因此，当我得知他离开《圣路易斯信使报》时，当即意识到我将失去这个领域极其重要的声音，我难过极了。

当我得知他去世的消息时，我感觉自己也损失了一些东西，但愿可以将我的哀悼寄予玛莎和他的孩子——他能够感染别人，鼓励许多人努力从而改变这个世界，不知有多少人因此对他表示赞美和尊敬，或许你可以从中寻找一些慰藉。我会永远将他作为人生的导师，并牢牢地记住他。相信天堂会因他的到达而增辉。在平静中安息吧，我的朋友。

丹尼斯·吉尔伯特（美国艾奥瓦州沃特卢市）

我和吴惠连相识在 2001 年 9 月 11 日的前两天。经朋友介绍，他来中国上海和《上海英文星报》的记者座谈。想不到"9·11"事件使所有飞往美国的航班都被取消。滞留上海的吴惠连打电话，问我是否可到我们这里工作几天，看看中国报社的运作。我高兴地答应了。第二天一早，他就来参加我们的报道会。那天我们一口气做了 13 个版，封面和封底联成一体，很有震撼力。想不到这个头版后来作为中国唯一的一份报纸头版，于 2001年被美国新闻博物馆收录。

当他访问上海时，与我的同事谈了很多。他们都很喜欢他。作为记者，他已经相当有成就，然而，他与我们走得很近，又很有风度。他很像我的父亲。

1997 年，吴惠连和太太一起被奈特基金会派往香港，考察回归中国后当地的新闻业状况。之后，吴惠连几乎每年都到中国讲学和考察。他担任香港大学媒介和新闻研究中心的客座教授，帮助中心在较短的时间内发展成较有影响力的机构。他到清华大学演讲，和学生讨论新闻工作者的职业道德和原则。

我在2004—2005年以奈特新闻学者身份在斯坦福大学进修，他为我们讲课，还带我去考察美国大选。当时一群加州湾区的妇女正组织起来，写信给俄亥俄州摇摆的选民，希望他们支持民主党候选人约翰·克里。吴惠连是民主党的支持者，他也在一旁出力，帮忙给那些写信的人端茶递水。

2004年8月，比尔请我们吃早餐，就是这次，我的女儿茜茜与比尔在斯坦福大学附近的咖啡屋交谈，令她至今难以忘怀。

茜茜以为等她三年后到斯坦福大学时，有机会再见比尔。比尔曾答应为她写推荐信。

我感到很愧疚，由于工作繁忙，最近几周都没与比尔联系。这显然不是一个好的借口。我天真地以为手术痊愈后，他今年会有时间再来上海。

直到在斯坦福的最后一天，我才意识到比尔是在接受化疗后来到课堂。他的精神状态很好，这证明了他顽强的毅力以及对教育和学生的爱。

全班同学都喜欢听他讲话，也欣赏他每周写信鼓励大家。许多人认为他应该被授予斯坦福大学最佳教学奖。

作为斯坦福大学奈特新闻学者的10个月期满后，我加入了《中国日报》(*China Daily*)评论版，同时为报纸写评论文章。这得归功于比尔的课程，对此，我深表感谢。

我相信，当年那些同学会永远铭记比尔的社论写作课，比如讲出事实的真相，即使是面对强权。这个讲台将永远激励着我们前进,就如普利策激励着比尔奋斗。

他多次请我吃饭。临回国前的午餐,他才告诉我他的病情。几个月来他一直在接受化疗。为了怕学生担心,除了家人之外,很少有人知道他的病况。回想他在课堂上精神饱满的样子,真不知需要多大的毅力才能做到。那天吃完饭,他开车帮我把留给下届奈特学者的一些小家电从住处搬到办公室。现在想想,我真后悔当时去麻烦他。

去年年底,当他写信告诉我手术成功时,我异常兴奋。我想他可以如愿以偿,再到中国写关于他父亲吴嘉棠的书,我告诉他可以住在我家,万万想不到这竟然是永别。

我们所有人都将怀念比尔。他永远活在我们心中。

陈卫华(中国上海)

对勇气的思考

——尼曼记者班同学对吴惠连的怀念

吴惠连毕业于1967年的哈佛大学尼曼记者班,他比我们当中的任何一个都更享受那段时间。报纸行业在20世纪60年代开始关注读者数量,而就在那之后的很短时间内,报纸读者数量开始下降,对未来的担忧促使出版商提高新闻的质量。一个黄金时代开始了。

这个黄金时代为刚从哈佛毕业的吴惠连带来令人兴奋的工作。在哈佛攻读尼曼记者班之前,他已经是《圣路易斯信使报》的特写记者,毕业后,他回到《圣路易斯信使报》,享有确定自己的采访题目并四处采访的自由。

"这是寂静安宁的早晨,到时间离开了"。①

他告诉约瑟夫·普利策,他看到了在社会和文化趋势上的选题,"从本质上说,就像把哈佛大学的学期论文变成新闻,包括黑人社区的失业问题、美国的住房问题、电影院的性暴露问题,还有校园叛逆问题等等"。这个工作带给他其他的工作机会,为了留住他,《圣路易斯信使报》把他升为社论版的助理编辑,并在1973年任命他为社论版的编辑。

他与普利策的亲密关系——那种犹如父子和一家人的关系——帮助他在新闻行业有更好的发展。他的个人经历使他具有跨越文化的热情和能力。他的父母在密苏里大学相识,吴惠连诞生于上海,并在那里度过了第二次世界大战时期的岁月。有一次,他回忆他"从位于海格路的家的楼上的门窗望出去,看到美国飞机像一层层银色的波浪,用红色和黄色的降落伞充满了整个天空",为在上海的西方人投递物资。

吴惠连的父母在第二次世界大战后不久离异,他的母亲带着10岁的他回到美国堪萨斯,在那儿把他抚养成人。吴惠连在堪萨斯大学攻读英国文学,然后在《堪萨斯城星报》旗下的《堪萨斯都市时报》工作。5年后,吴惠连来到《圣路易斯信使报》工作。

当1986年吴惠连成为《圣路易斯信使报》总编辑的时候,前社论版编辑 William Freivogel 回忆说:"他是(《圣路易斯信使报》)历史上第一位不姓普利策的总编辑。"他继续撰写评论,"每个周日都写精彩的专栏","他能对世界、民族、社区面临的问题侃侃而谈,也会在评论中写到他的家庭、太太和三个

---

① 这是作者引用吴惠连在《圣路易斯信使报》写的告别专栏中的一句话"It is a still, peaceful morning, and this is the time"。

孩子"。

20 世纪 90 年代之前,报业的黄金时代开始逝去。报纸的读者被其他的媒体抢走。约瑟夫·普利策在 1993 年逝世,他的继承人迈克·普利策试图对新闻形式进行改革。吴惠连坚持传统价值观,坚持新闻质量与深度报道。双方的冲突促使他于 1996 年离开《圣路易斯信使报》,到斯坦福大学任教。在那里,他以写信给他的学生的形式,继续写专栏文章,每一篇提出一个有关新闻和社会的哲学观点。

在 2005 年一篇关于感恩节的文章里,他提到在感恩节的晚宴桌上,很难找到合适的、听起来既不是喃喃自语也不像老生常谈的感谢词。他说起一个因批评政府官员而遭受枪击的泰国记者 Amnat Khunyosying 的案子。

"我真心感谢他,还有世界上那些勇敢的人。他们每一日的斗争,印证着一种理想的力量:能够自由地思考、发表和谈论,是自由与束缚的分界线。"他写道。

吴惠连在圣路易斯悄悄地去世了,沉睡在密苏里高地旁边 Meramec 河畔的小屋里。去世的时候,他还在写专栏文章。他曾写道:"古老的、碧绿的 Meramec 河缓缓流过,来自远方,在石灰石下面拐了个弯,又继续朝着那看不见的远处奔去。"

"这是寂静安宁的早晨,到时间离开了"。

10 年后,他因为癌症在 4 月 12 日离开。他去世前的一天还在发邮件,力促斯坦福大学增加助学金来帮助一个有前途的学生。在他去世的时候,他的电脑还在工作着。

Philip Meyer(精确新闻学创始人)

(本文原载于《尼曼报道》2006 年夏季号)

　　　　　　　　　　　　　　　　　　　流年碎影

读者来信摘抄

——触摸读者心灵的新闻人

原载于《圣路易斯信使报》1996 年 7 月 13 日

人们往往都是在失去宝贵的东西之后,才会充分地认识到它真正的价值。对于我来说也是如此,《圣路易斯信使报》编辑吴惠连的辞职就属于这种情况。我个人觉得这是一个很大的损失,我对因人事变动而影响报纸编辑工作的情况深表关注。

我一直对吴总编的周日版充满期待,对他撰写的每一篇文章都有浓厚的兴趣。他尽可能地使用最明了的语言和事例,让他的读者去读懂他所写的每一篇文章,当中闪烁的思想火花就是对他坚守的道德与理想的最好的赞歌。我非常欣赏他的人格魅力,他是一个仁者。

缺少了我所崇拜的吴先生,《圣路易斯信使报》将失去她的风采。

洛伊斯·温特

慢慢地,墙壁在坍塌,街道在破损,曾经那么青翠的草地失去了生命的绿意,整个世界将变得毫无生气。

现在,这突然的一击震撼了《圣路易斯信使报》的办报精神:吴惠连就要离开《圣路易斯信使报》了。他把对事物深刻的洞察力、高尚的道德标准还有身上散发着的人性的光辉带到了西部,这是我们的损失。

我们为吴先生的离去感到悲哀,在此,恭祝平安! 谢谢您!

A. K. 柯汀

既然要吴先生离去,那我们大多数人就不看他们的报纸了,这或许对恢复报纸的正常发行有所帮助。

几年前,我们发现《圣路易斯信使报》无疑地带有自由主义倾向。人们呼吁报纸提供给公众的信息要真实、要坦率,报道不要带任何偏见。当该报的主管部门对此置若罔闻时,我们感到有些忧虑。

作为一个前加利福尼亚人,我对吴先生的去向也很赞同,在那里,他的思想观点毫无疑问地会很快为公众所接受。

李查德·H. 哲丁

我对宣布吴先生"退休"的消息,感到悲伤与愤怒,《圣路易斯信使报》将会因他的离去而受到人们的冷落。

吉姆·阿诺德

作为一个喜欢品味文字,也喜欢那些精于文字之道的作家的读者来说,我觉得很难估量因读者看不到吴惠连先生每周的评论而带给《圣路易斯信使报》的巨大损失。

每个周日的早晨,我做的第一件事就是看吴先生写的每周评论,即使在上班那几天匆匆忙忙的日子里,如果没有其他的大事情,我也会挤出时间去阅读吴先生撰写的专栏。

是的,专栏具有鲜明的个人风格,但它所涉猎的话题却和大众的生活息息相关,在某种程度上来说,它对我们每个人的生命都是一次次震撼。

　　　　　　　　　　　　　　　　　　　　　　　　　流年碎影

哈里·莱温斯形容吴先生发表的评论,是他骨子里追求自由精神的流露。应该承认:吴先生是站在更高的层面上,以公正、客观的态度进行写作。值得赞扬的是,他从来不迎合任何人的观点,从来不人云亦云。他全球化的视角开阔了我们的视野。

虽然说出来也于事无补,但我还想对吴先生和《圣路易斯信使报》说:吴先生的专栏对于我和家人有多么重要。我想特别强调:吴先生的文章让我们的生活更加丰富多彩。

如果说这是圣路易斯的损失和斯坦福大学的收获,可能有点陈词滥调,但回到斯坦福对吴先生和他的家人未尝不是一件好事。当我们向吴先生和他的文章说再见时,吴先生可能正好和家人"再会"!让我们感到一丝安慰的是,或许有一天我们会读到他的一本厚厚的文集。

陶瑞斯·K.米绍

在过去的 10 年里,吴先生成功地改变了一个人 38 年的习惯。原来对他的文章只是好奇,到后来看他的文章成了我生活中不可缺少的一部分。

从 1986 年以来的每个周日,他的专栏是我所看到最具有创造力的文章,他把纷纭复杂的问题阐述得那样条理清晰、明白透彻。这是我们一家受益最大的一个栏目。我原来的习惯是打开报纸先翻体育版,现在则是先看吴先生的专栏,看看吴先生又把什么看上去不惹人注意的生活小事,演绎成发人深省的大文章。

报社的法人代表说,他们这样做是想更具"创造性和革新精神",同时也是对吴先生独具特色、坚守正义的职业品质的一种保护。这也是他的一次机会。现代网络通信技术不会使我们和他有任何距离感,《圣路易斯信使报》和他的读者没有理由不继续欣赏吴先生阐述客观事实、分析世态炎凉的生花妙笔。

因为有了吴先生每周一次或每月一次的专栏,你的读者们才会对细腻入微又充满道德原则的文字有所期待。我们也许失去了一个总编辑,但我们不会失去吴先生这样一位作家。

杰克·费泽

吴惠连先生,谢谢您这些年来所撰写的专栏文章。在你的文章里,我们了解了你的家人、你的生活以及你的思想,这对我们来说是一件很快乐的事情。

圣路易斯地区将失去一位好人,《圣路易斯信使报》将失去一位好编辑,不管你新的征程在何处,好运将永远伴随你。

玛丽·罗米勒

当我读着吴惠连先生最后一期专栏时,我感到很悲伤,就好像在和一个老朋友告别。

每周我都先读他的专栏,他的文章总是带给我们对生活独具慧眼的审视,简直就是文学精品。

他的文章已经融入我的生活,我确信很多人与我的感受一样,没有人能够取代他在我们心目中的地位。当前总编杰克·迈克斯走的时候,我也有同感,那时人们以为《圣路易斯信使报》不能找到像他那样与读者情投意合的人了。

但是,吴先生是一个能带领我的灵魂行走天涯的人,我好像是坐在他的肩膀上,欣赏沿途的美丽风景。有时候我甚至感到有点苦恼,因为他给我展示的世界是我从来没有见过的,但在他的笔下,那个世界竟是如此栩栩如生。

得知他的离去主要是商业利益方面的原因,这使我感到如鲠在喉。《圣路易斯信使报》的损失是斯坦福大学的意外收获。

但愿有朝一日吴先生能返回圣路易斯,他仍然能打动我们的心灵,就像过去许多年那样,我满怀希望地期待着,并准备回赠我深深的谢意。

丹尼斯·M.吉尔伯特

吴惠连新闻教育基金会启事

吴惠连新闻教育基金会是由吴惠连家人及香港大学新闻及传播研究中心联合设立,为培养中国内地新闻记者或学生的基金会。吴惠连先生的家人恳请亲友将纪念性的捐赠款捐归香港大学,成立吴惠连新闻教育纪念基金,以资助中国内地的新闻记者或学生到香港和美国进修。本书的版税也将如数归入基金会中,为更多的新闻学子创造学习机会。

捐款支票抬头请写"香港大学",请注明捐给"吴惠连新闻教育基金",寄"香港薄扶林道香港大学新闻及传媒研究中心"。

版权说明:

本书第一、二、三部分的文章版权皆属于《圣路易斯信使报》(除第三部分的最后四篇文章曾发表在《旧金山观察家报》),本书获其特别许可,将吴惠连的专栏文章进行翻译出版。

Copyright Information

All writings that previously appeared in the *St. Louis-Post Dispatch* are copyrighted by the *St. Louis-Post Dispatch*. Except 4 articles that previously appeared in the *San Francisco Examiner* are copyrighted by the *San Francisco Examiner*.

We gratefully acknowledge *St. Louis Post-Dispatch* and *San Francisco Examiner* to give us permission to reprint the materials below.

An Overture and a Recessional, November 20, 1988, William Woo

A Time of Change a Vision of Hope, December 23, 1990, William Woo

Mother's Voice Calls in Silence, May 12, 1991, William Woo

A Christmas Gift: Life's Continuity, December 22, 1991, William Woo

Father and Son: Medals, Memories, June 20, 1993, William Woo

Extended Family's Enduring Values, October 3, 1993, William Woo

Traveling Across Distances and Time, September 4, 1994, William Woo

Contract' no Cure For Those in Need, November 13, 1994, William Woo

A Mother's Guidance and Love Live On, May 14, 1995, William Woo

A Family Weaves The Ties That Bind, May 28, 1995, William Woo

Father And Son, Memories And Dreams, June 18, 1995, William Woo

War's End, And Time To Confront Losses, August 13, 1995, William Woo

In One Secend, Four New Lives, January 24, 1988, William Woo

Man To Man: Explaining Facts Of Life, July 22, 1990, William Woo

From A Father, Frall And Doting, August 18, 1991, William Woo

Father And Son: A Glimpse Of Past And Future, June 7, 1992,

William Woo

Winter's Dream, *Life's Realities*, February 28, 1993, William Woo

Sharing A Child's Summer Secrets, September 5, 1993, William Woo

A Priceless Gift Chosen With Care, December 19, 1993, William Woo

Father And Son, *Counting Blessings*, March 20, 1994, William Woo

With Our Children We Can Soar Anew, May 1, 1994, William Woo

With Persistence And Luck, *A Dream Can Take Wing*, July 3, 1994, William Woo

A Generation Full Of Worry And Hope, January 8, 1995, William Woo

A Spring Memory To Last A Lifetime, April 2, 1995, William Woo

The Ending Of More THAN JUST SUMMER, September 17, 1995, William Woo

Celebrating A Son's Independence Day, March 24, 1996, William Woo

The Thriving Garden That Is America, April 28, 1996, William Woo

One Father's Day, *Now And Forever*, June 16, 1996, William Woo

At Fifty, *A Semicolon*, October 26, 1986, William Woo

A Christmas Gift After 42 Years, December 25, 1988, William Woo

In The Shadows Of Blue Mountains, June 11, 1989, William Woo

A Reflection Recollections Of A Time Of War, September 3, 1989, William Woo

When Two Boys Said Goodbye, December 17, 1989, William Woo

Fragile Sounds At Night Signal Time's Passage, September 29, 1991, William Woo

War Arrived, *Ending Forever A Way Of Life*, December 8, 1991, William Woo

Dog's Worth Outdistances Puppy Love, May 3, 1992, William Woo

Beauty, *Discipline*, *Integrity And Mozart*, March 17, 1996, William Woo

When Hongkong Come Back, June, 1997, William Woo

Transformation And Continuity, June 24, 1997, William Woo

The Power Of Symbols, June 17, 1990, William Woo

Thinking About The Chldren Of Baghdad And Israel And Our Own, January 20, 1991, William Woo

Humanity's Flood Laps At Our Borders, July 25, 1993, William Woo

The Secret Of Life Came Unexpectedly, March 19, 1995, William Woo

The Time Has Come To Say Goodbye, July 7, 1996, William Woo

Change And Values And Journalism, March 3, 1996, William Woo

Newspapers' Danger And Opportunity, January 22, 1995, William Woo

When Reading Was Believing, April 25, 1993, William Woo

The Demeaning Consequences Of Stereotyping Ourselves, May 13, 1990, William Woo

HONG KONG. Changing Of The Guard, June 29, July 20, 1997, William Woo

Unprepared For China's Transformation, August 10, 1997, William Woo

Some Lessons In The Tradition Of Filial Piety, August 24, 1997, William Woo

Shanghai: A City Easier To Remember Than Explain, August 31, 1997, William Woo

THE PARABLE OF THE POTATO

April 28 , 2001

THE MANAGEMENT OF A NEWSPAPER

July 7 , 1996

FOR THE AMERICAN EDITOR   ASNE

May 28 , 2001

JOURNALISM AT THE BRINK   Speech at JMSC

August 27 , 2001

JOURNALISM'S NORMAL ACCIDENTS Nieman report

The FREE PRESS AND FREE PEOPLE

November 9 , 2004

DEFINING A JOURNALIST'S FUNCTION

Nieman report   Winter 2005

后记

　　著名新闻人,美国斯坦福大学新闻学教授吴惠连先生
(William F. Woo)于 2006 年 4 月 12 日于美国加州帕罗阿托家中
去世。吴惠连生前的遗愿,是写一本关于他的家族故事的自传。
我们编辑出版他的文集,希望能够稍微弥补他未竟的心愿。

　　吴惠连生前曾参与了香港大学新闻及传媒研究中心的创立
工作,并应中心总监陈婉莹教授的邀请,担任中心的访问教授。
同时,他还到陈婉莹教授创立的汕头大学长江新闻与传播学院讲
学,同样出任访问教授,与新闻学子广泛交流。

　　为了表达对吴惠连先生的缅怀之情,由陈婉莹教授牵头,一
方面在香港大学新闻及传媒研究中心成立了吴惠连基金会,募集
捐款以帮助中国内地的新闻从业人员到香港和美国学习,另一方
面,也通过汕头长江新闻与传播学院请专人收集、翻译、整理了吴
惠连生前发表的专栏、演讲等,结集此书,由生活·读书·新知三
联书店出版,使吴先生的新闻思想和人格魅力能够在他的祖国得
到更广泛的传播。此书的出版,对于研究和了解中美之间的新闻
交流和发展,具有非常重要的意义,也是非常翔实的新闻历史研

究材料。

　　吴惠连先生的遗孀玛莎·史克（Martha Shirk）女士，给本书的出版支持良多，为该书提供了大量的文章、图片，并为本书作序。

　　我们从吴惠连近 600 篇专栏文章中精选出 60 篇，跟着他优美的文字重温一个跨越中美的新闻家族的故事，共同思索全球化的今天，我们如何做好一个新闻人。遗憾的是，吴先生就任美国斯坦福大学新闻学教授 10 年间给学生的信，由于版权的关系未能录入此书，是为美中不足。

　　该书由陈婉莹、徐璇协调统筹。汕头大学学生林子漩、黄立坚、何彦、曹飞跃、祝致远、骆德芬、畲珊、李春燕、贺靓、李胤茜、陈喜宁、徐锐峰、刘卫等同学，及北京大学高虹同学参与了本书的前期翻译工作，特此感谢。

徐璇

2013 年 9 月